Rudolf Rach

alles war möglich

Rudolf Rach

alles war möglich

'39 bis '86

Verlag der Buchhandlung Klaus Bittner

Für K., der ich dieses Buch
und ein halbes Leben verdanke.

I

Im Stammbuch der Familie mit Sippen- und Ahnentafel steht, dass ich in Köln geboren bin, gleich zu Anfang des Zweiten Weltkrieges. Als die alliierten Bombenangriffe anfingen, holte mich meine Mutter jede Nacht einmal, manchmal sogar zweimal aus dem Bett und rannte mit mir in ein nahe gelegenes Fort aus dem Ersten Weltkrieg. Unser Haus am Rande der Stadt hatte nämlich keinen Keller. Wir stiegen in einen Luftschutzbunker und hockten uns auf eine Holzpritsche. Die Frauen murmelten Gebete oder ließen den Rosenkranz durch die Finger gleiten. Bis die Sirenen erneut heulten und der Angriff vorbei war. Der Rückweg war einfacher, weil das Feuer der abbrennenden Häuser bis in die Vorstädte schien. Dicke Rauchwolken quollen in den Himmel und spiegelten die lichterloh sterbende Stadt. Bis heute kann ich Feuerwerken nicht viel abgewinnen und mag keine Toaster, in denen Brot anbrennt.

2

In einem Interview erzählt der amerikanische Maler Jasper Johns von einer Klassenkameradin, die der Lehrer bestrafen will, weil sie sich schlecht benommen hat. Er befiehlt sie zu sich, um ihr mit dem Lineal eins über die Finger zu geben. Die Schülerin steht auf, geht nach vorne, und ehe der Lehrer sich versieht, nimmt sie das Lineal, mit dem sie gezüchtigt werden soll, und zerbricht es.

Diesen Protest hat Jasper Johns nie vergessen; sogar den Namen seiner Schulkameradin hat er bis ins hohe Alter behalten. Er, der allen Erinnerungen so misstrauisch gegenüber war. Der immer sagte: vorausgesetzt, es stimmt. Dabei spielt das kaum eine Rolle, weil auch etwas, was man nur für wahr hält, wichtig sein kann.

3

Gegen Ende des Krieges, im November 1944, als die Amerikaner mit ihren Panzerbataillonen von Westen vorrückten, flohen wir von Köln in Richtung Sachsen. Mutter, Großmutter und ich. Die NSDAP-Gauleitung behauptete, es sei dort sicherer. Als wir in Delitzsch ankamen, musste eine Unterkunft gefunden werden. Für ein Hotel fehlte das Geld. Meine Mutter zog mich an der Hand von einem Haus zum anderen und klingelte. Es regnete und war kalt. Wenn jemand an die Tür kam, schaute man uns misstrauisch an und ehe meine Mutter ihre Frage ganz vorbringen konnte, wurde schon die Tür zugeschlagen. Niemand wollte uns ein Zimmer vermieten. Meine Mutter rieb sich verstohlen die Tränen aus den Augen und sie tat mir leid. Bis wir endlich im Haus eines Zahnarztes, gleich am Wallgraben, Aufnahme fanden.

Obwohl das Haus einladend war und die Leute freundlich, schreckte ich nachts auf, weil Blut aus meinen Händen quoll. Zuerst sagte ich nichts, starrte auf meine Wunden und versuchte, mit meinem Unglück allein fertig zu werden. Doch als es in den folgenden Nächten immer schlimmer wurde, schrie ich das Haus zusammen. Es half nichts, dass meine Mutter sagte, ich bildete mir meine Verletzungen nur ein. Erst als sie den Arzt zu Hilfe rief und der ihre Diagnose bestätigte, verschwanden die nächtlichen Anfälle.

Der Winter 44/45 war bitterkalt und der Wallgraben eingefroren. Immer neue Trecks mit noch mehr Flüchtlingen sammelten sich in der Stadt. Im Osten rückten die Russen vor und von Westen die Amerikaner. Wer würde zuerst in Delitzsch sein? Im April 1945 war es soweit: die Amerikaner besetzten mit ihren Panzern die Stadt und stießen von dort aus weiter bis nach Torgau an der Elbe vor. Da trafen sie auf die Russen, die etwa zur gleichen Zeit das andere Ufer und damit den ganzen Osten erobert hatten. Der Krieg war zu Ende und Deutschland gab es nicht mehr.

4

Die Nazi-Verwaltung hatte jetzt nichts mehr zu sagen. Stattdessen versuchte das amerikanische Militär die öffentliche Ordnung aufrecht zu erhalten. Die Russen hatten eine riesige Masse von Flüchtlingen vor sich hergejagt und die Angst vor Übergriffen war mit den Händen zu greifen. Die beiden Frauen wollten so schnell wie möglich zurück nach Köln. Ohne verlässliche Nachrichten aus der Heimat sorgten sie sich um das Haus, das sie zurückgelassen hatten. Stand es noch? Oder waren unterdessen Fremde darin eingezogen? Und was war aus dem

Sohn und Bruder geworden, der sich lange „gedrückt“ hatte und im Herbst 44 doch noch eingezogen worden war?

5

Auf dem letzten Klassentreffen schubste mich ein Schulfreund an.

Wenn ich Dich sehe, blinzelte er, muss ich an die Geschichte mit deiner Mutter denken.

Sie ist vor ein paar Jahren gestorben, wich ich aus, in einem Altersheim. Ich habe sie im Rollstuhl durch die Flure geschoben. An offenen Türen mit laufenden Fernsehern und kreischenden Nachbarinnen vorbei. Wenn das Wetter schön war, habe ich sie in den Garten gefahren, mich auf eine Bank gesetzt und versucht, mit ihr zu reden. Sie sprach sehr langsam, obwohl sie klar im Kopf war. Während der letzten vierundzwanzig Stunden habe ich neben ihrem Bett gesessen. Und war froh, nein, erleichtert, bei ihr zu sein.

Der Freund hob die Hand wie ein Kapellmeister, der den nächsten Einsatz vorbereitet.

Weil sie mehr für dich bedeutete, als du glaubtest. Was hast du eigentlich gedacht, als du unter dem Auto lagst?

Er meinte nicht den elterlichen Volkswagen, mit dem wir nachts Spritztouren machten. Ohne Führerschein natürlich. Oder die kühnen Rennwagenkonstruktionen, die wir aufs Papier warfen.

Du musst doch etwas gefühlt haben, drängte er.

Ja sicher, erwiderte ich, obwohl auch das verblasst. Wie ein überraschender Donnerschlag, der zwischen die Häuser haut. Meine Mutter hatte mich zum Einkaufen mitgenommen, als uns ein Militär-Lkw entgegenkam. Einer von diesen grün-braunen hochbeinigen Planwagen. Irgendetwas stimmte nicht. Das Fahrzeug schleuderte von einer Seite der Straße auf die andere.

Meine Mutter fing an zu laufen. Dabei zog sie mich an der Hand hinter sich her. Nach ein paar Metern kam ich nicht mehr mit, fiel hin und blieb auf dem Trottoir liegen. Ehe ich aufstehen konnte, donnerte der Lkw über mich hinweg gegen die Hauswand.

Ungefähr so habe ich die Geschichte in Erinnerung, sagte der Freund bedächtig. Was für ein Dusel. Bruchteile von Sekunden. Wenn du aufgestanden wärst oder das Fahrzeug nicht so eine hohe Bodenfreiheit gehabt hätte ...

Als mich meine Mutter unter dem Fahrzeug hervorgezogen hatte, tauchte die Militärpolizei auf. Der Fahrer, stockbesoffen oder voll mit Drogen, hing noch hinter dem Steuer. Die MPs zogen ihn raus und führten ihn ab. Einer von ihnen hob mich auf die Schulter und ein anderer fütterte mich mit einem Stück Schokolade. Die meinten es gut.

Mein Freund schüttelte behutsam den Kopf.

Umso weniger verstehe ich, warum du die Schuld auf deine Mutter geschoben hast und nicht auf den GI, der die Karre gegen die Mauer gesteuert hat. Was für ein Glück. Alle kamen mit heiler Haut davon. Du lagst unverletzt unter dem Fahrzeug und der Kerl hatte niemanden umgebracht.

Vielleicht sind wir von Natur aus ungerecht. Oder ich habe zum ersten Mal mitbekommen, was es heißt, auf der Welt zu sein.

Habt ihr später nochmal darüber gesprochen?

Nie wieder. Wenn wir darüber gesprochen hätten, hätte ich sie fragen müssen, warum sie mich losgelassen hat. Warum sie weitergelaufen ist.

Um ihr Leben zu retten, sagte der Freund ruhig.

Ist das nicht der springende Punkt, fragte ich zurück.

Seine Augen funkelten.

Unsinn, nicht sie ist schuld, sondern der Fahrer, allein der.

Sie rettet sich und lässt mich liegen, protestierte ich.

Nichts normaler als das, erwiderte der Freund streng. Und

damals, am Ende des Krieges, war es noch viel normaler. Die Leute krepierten am Straßenrand und die, die noch ein bisschen Saft in den Knochen hatten, zogen weiter. Ohne sich lange umzusehen. Nein, du bist ungerecht.

Er beugte sich nach vorne, so als wolle er mir etwas anvertrauen.

Unsere Vorwürfe gehen an den Erstbesten. Zusammenhänge interessieren nicht, wenn wir überkochen wie ein Milchtopf.

6

Zurück nach Köln. Aber wie? Benzin war Mangelware, der Auto- und Busverkehr zum Erliegen gekommen. Die Raffinerien bombardiert. Gleise und Waggons zerstört. Überall zogen hochbeladene Pferdefuhrwerke, ab und zu auch Kutschen, durch die Straßen. Doch meine Mutter ließ sich nicht entmutigen. Und die Reichsbahn verfügte noch über Kohlevorräte, um hier und da ein paar Lokomotiven unter Dampf zu setzen. So ging es von einem Bahnhof zum nächsten, aus einem Zug in den anderen. In offenen Güterwaggons, in die es reinregnete; in denen der nasse Kohlenstaub die Wände runter lief. Die Leute kauerten unter feuchten Wolldecken. Das Lachen war ihnen vergangen. Niemand betete mehr, die Stimmung niedergeschlagen. Nachts wurde auf Bahnsteigen geschlafen. Auf Brettern, die auf zwei Ziegelsteinen lagen, um sich den kalten Boden vom Leib zu halten. Trotzdem wachte ich morgens immer auf der Erde auf.

Die Reise dauerte acht Tage. Als wir in Köln ankamen, waren die Rheinbrücken eingestürzt oder in die Luft gesprengt. Die Innenstadt ein Trampelpfad durch Ruinen. Nur der Dom stand noch, jedenfalls tat er so. In einem Pferdewagen ging es über eine schwimmende Behelfsbrücke, die der amerikanischen General Patton hatte errichten lassen. Die Pontons schaukelten unter der Last der Militärfahrzeuge und das Rheinwasser gurgelte unter den Holzplanken.

7

Meiner Mutter und Großmutter fiel eine Last von der Schulter, als sie ihr Haus sahen. Eine Brandbombe war durch das Dach geschlagen und lag im Wohnzimmer. Das Loch im Linoleumboden erinnerte viele Jahre daran. Der Kohleofen war vollgestopft mit Hakenkreuzfahnen. Von den Nazis, die sich bei uns einquartiert hatten. Überzeugten Nazis, die lange an den Endsieg geglaubt hatten und erst kurz vor Toresschluss von Bord gingen.

In der Volksschule fiel den Lehrern auf, dass ich schneller lernte als meine Kameraden. Sie ließen mich im Schulgarten Äpfel pflücken, während die anderen büffeln mussten. Dafür kriegte ich auf dem Nachhauseweg mein Fett weg. Im Winter rieben mich die Schulkameraden mit Schnee ein und im Sommer warfen sie mich in den Bach, der neben dem Nachhauseweg floss. Ich ahnte, dass das etwas mit den Äpfeln zu tun hatte.

8

Nach und nach kamen die Männer aus der Gefangenschaft zurück; bis auf die, die nicht kamen. Wie der Bruder meiner Mutter. Die Frauen hatten Mühe, sich an die Verlierer zu gewöhnen. Ich sehe Männer vor mir, die auf dem Trottoir knien und auf Befehl der Besatzer die Ritzen mit Zahnbürsten reinigen.

Meine Mutter und mein Vater stritten sich oft. Mir tat das weh. Warum sie sich stritten, wurde mir verheimlicht. Meine Großmutter, die Schwiegermutter, spielte dabei eine Rolle und ich sicherlich auch. Mein Vater war mir fremd und brachte unser Leben mit seinen Militärgewohnheiten ziemlich durcheinander. Wenn ich etwas angestellt hatte, fackelte er nicht lange – das war eine Redewendung, die er gerne benutzte – und griff zu seinem Militärkoppel.

Wir Kinder spielten fast ausschließlich im Freien, oft in Schützengräben, wo ab und zu eine Granate hochging. Amerikanisches Weißbrot und die ersten Orangen tauchten auf. Es wurde „gemaggelt“ – so hieß das im Rheinland. Die Frauen fuhren mit Bargeld oder Schmuck aufs Land und versuchten, bei den Bauern zu hamstern. Echte Butter, frische Eier, fetter Speck. Als 1948 die Währungsreform kam, wurden jedem vierzig Deutsche Mark zugeteilt. Geld war wieder etwas wert. Mit einem Schlag füllten sich die Auslagen der Geschäfte; der schwarze Markt brach zusammen. Zu Weihnachten kriegte ich ein Paar Schuhe mit Kreppsohlen und während der Christmette starrte ich immer wieder auf dieses weiche, federnde Wunderwerk, bis meine Mutter mich anstieß und auf den Altar zeigte.

Es war selbstverständlich, dass ich auf eine höhere Schule ging. Und die beste Schule war das humanistisch-altsprachliche Gymnasium in Köln-Mülheim. In diesem Punkte waren sich meine Eltern einig. Damit fing ein neues Leben an, und weil mir die muskulösen Arme meines Vaters imponierten, der jeden Tag – nach dem Dienst als Landvermesser – seine Hanteln stemmte, habe ich mich in einem Turnverein angemeldet.

9

Von jetzt an war ich zweimal in der Woche abends nicht mehr zuhause. Die Riege, in der ich mit meist älteren Männern turnte, bestand auf geradezu mönchischer Disziplin. Zuspätkommen gab es nicht. Wir gingen in langen, engsitzenden Hosen ans Gerät, weil das eleganter aussah. Bevor man seine Übung absolvierte, rieb man sich die Hände, damit die Haut nicht klebte, mit Magnesium ein. Kneifen, wenn die Haut wundgescheuert war oder die Muskeln schmerzten, gab es nicht. Die Kameraden beobachten einen. Niemand wollte versagen, jeder zeigen, was er konnte. Je mehr ich trainierte, meinen Körper abhärtete und beherrschen lernte, umso mehr gewann ich an Selbstvertrauen.

Irgendwann brachte ich dann selbst die Hanteln hoch, ein fabelhaftes Gefühl. Zuerst bis an die Schulter und später dann auch über den Kopf. Mein Vater, dem ich meine Fortschritte zeigte, schien nur mäßig beeindruckt und wuchtete die Hanteln gleich mehrmals hintereinander in die Höhe. Also musste weiter geübt werden.

Woher kam die Bereitschaft, diese Schmerzen auszuhalten? Die Lust, sich zu messen? Was trieb mich von zuhause weg? Woher die Faszination der Ferne? Vielleicht waren die Zerstörungen einfach zu groß. In der Kölner Innenstadt haben Straßen noch in den Fünfzigern nach den Brandnächten gestunken. Bis heute habe ich den Geruch in der Nase. Es war die Sehnsucht nach einer anderen Welt, die ich nicht kannte, nur ahnte.

10

Natürlich gab es schon Flugzeuge – für begüterte Leute. Und selbstverständlich dachten meine Eltern nicht daran, mir eine Reise zu bezahlen. Also musste das Geld anderswo herkommen und damals hatte niemand Angst, einen Sechzehnjährigen einzustellen, der sich etwas „dazuverdienen" wollte.

Eine ehemalige Krankenschwester hatte einen Rheinischen Ferienkinder-Entsendedienst gegründet. Das hörte sich nach Sozialdienst an; in Wirklichkeit war es ein kühnes Unterfangen. Denn die Reisen führten ins Ausland, zum Beispiel nach Las Palmas auf den Kanarischen Inseln. Unwiderstehlich. Zuerst ging es mit dem Zug von Köln nach Paris. Umsteigen nach Bordeaux und von dort über die Grenzstadt Irun nach Madrid. Übernachtung in der spanischen Metropole. Ungewohntes Essen, Olivenöl, verdorbener Magen. Am nächsten Tag weiter mit dem Zug durch das kastilische Hochland in Richtung Cadiz. Bei brütender Hitze hing ich teilnahmslos in einer Ecke des Abteils. Vor Sevilla hielt der Zug auf offener Strecke – in einem ariden gelbbraunen Landstrich. Kein Haus weit und breit. Kein Baum, kein Schatten, nur diese trostlose Landschaft, eine Feindin, auf die ich nicht vorbereitet war.

Was war los? Der Schienenstrang hatte sich unter der glühenden Hitze verbogen und obwohl ersichtlich war, dass der Zug nicht weiterfahren konnte, wollten wir es nicht glauben, weil es so etwas in Deutschland, auch im heißesten Sommer, nicht gab. Dabei hatten wir Durst und nichts zu trinken. Die Sonne knallte auf die Waggons und die Temperaturen stiegen ohne den Fahrtwind weiter an. Niemand wusste, wann sich die Schienen wieder geradebiegen würden. Nach Einbruch der Dämmerung, munkelte man, vielleicht.

Diesen Zustand der Schwäche, der völligen Kraftlosigkeit, ohne Aussicht auf Hilfe, kannte ich nicht. Ich lag da wie ein angeschossenes Tier. Bis endlich Bewegung in den Wagen kam. Draußen war ein Mann aufgetaucht, der Wasser verkaufte.

Ich raffte mich auf und kletterte aus dem Zug. Ein braungebrannter Kerl mit einem spitzen Strohhut auf dem Kopf lief neben den Schienen hin und her und servierte Wasser aus einem Tonkrug. Er goss es den Durstigen aus der Schnute des Krugs in den Mund, ohne dass der Mund die Schnute hätte berühren müssen. Wo das Wasser herkam war egal; es war Wasser zum Überleben, und der Mann hatte sein Geld verdient.

In Cadiz übernachteten wir in der deutschen Schule auf einem Matratzenlager und am nächsten Morgen ging es mit einem bejahrten Schiff auf die große Reise. Fast fünfzehnhundert Kilometer. Etwa drei Tage sollte die Fahrt dauern. Und es ging mir wieder besser. Das Meer war ruhig, der Fahrtwind angenehm, die Angst vor Seekrankheit verflogen. Als die Nacht hereinbrach, schien der Mond, brennend hell und doch vertraut wie zuhause. Das Stampfen der Motoren schläferte ein. Als ich wach wurde, schimmerte fahles Licht in den Raum. Durch das Bullauge war nur Wasser zu sehen, graues flaches Wasser in der Morgendämmerung; der Mond verschwunden, ein paar Vögel kreischten um das Schiff. Eine beklemmende Ruhe, denn die Motoren liefen nicht mehr. Aber niemand regte sich auf und das Schiff schaukelte stundenlang in der flachen Dünung, bis die Matrosen den Motor wieder flottkriegten.

Las Palmas war das perfekte Modell kolonialer Eroberungen. Die militärisch überlegenen Spanier besetzten den strategisch wichtigen Ort, schnitten die Einheimischen von den Wasserquellen ab und überschrieben die alten Bräuche mit christlichen Riten. Von diesem jahrhundertelangen Prozess war so gut wie nichts mehr zu spüren.

Der breite Sandstrand langweilte mich nach ein paar Tagen. Ein alter Schwede, der uns täglich begegnete, erzählte, dass er vor der Kälte in seiner Heimat geflohen sei. Sonntags sind wir in die Messe gegangen, die noch im vertrauten Latein gelesen wurde. Überall gab es Schuhgeschäfte und vor der Rückfahrt gab ich der Versuchung nach, ein Paar zweifarbige Lederschuhe zu kaufen – schwarz mit weißen Einsätzen. Ich konnte einfach nicht anders.

Zurück ging es auf einem richtig großen Dampfer, der aus Argentinien kam und uns nach Barcelona bringen sollte. Er hieß „Cabo de Buena Esperanza". Wir stiegen ein und landeten in einem Gewirr von eisernen Verschlägen unter der Kiellinie. Die Reiseleitung hatte uns in der „Eisenklasse" untergebracht. Ein Raum mit rauschenden Ventilatoren, wo für jeden eine stählerne Pritsche reserviert war, auf der man sich die Knochen verstauchen konnte. Wir waren nicht die einzigen Passagiere. Eine Gruppe von Juden in schwarzen Gewändern fuhr mit uns. Südamerikanische Auswanderer auf dem Weg nach Israel. Der Name des Schiffes passte dazu.

Obwohl die Ventilatoren auf vollen Touren liefen, war die Luft stickig und es gab auch keine Fenster, nur elektrische Funzeln, die an Strippen von der Decke hingen. Wir inspizierten die verschiedenen Decks und ganz oben gab es ein Schwimmbad für die Passagiere der ersten Klasse, in dem jedoch niemand badete. Als sei es das Selbstverständlichste auf der Welt, ignorierten wir die Klassenschranken und stürzten uns ins Wasser. Bald tauchte ein Offizier auf und machte darauf aufmerksam, dass das nicht erlaubt sei. Doch redeten wir so lange auf ihn ein – in Englisch und mit ein paar Brocken Spanisch – bis er uns gewähren ließ, natürlich unter der Bedingung, gegebenenfalls den Passagieren der ersten Klasse den Vortritt zu lassen. Was wir gerne akzeptierten.

Vier Tage dauerte die Reise. Das Essen schmeckte, selbst in der „Eisenklasse" gab es herrlichen Fisch und Wein aus Karaffen, von dem man trinken konnte, soviel man wollte. Wir zogen an Gibraltar vorbei und dann entlang der silbern schimmernden spanischen Küste. Heiter und sorglos, wie ich es selten wieder gewesen bin.

II

Das Reisen war Flucht und Entdeckung zugleich. Im nächsten Jahr fuhren mein Freund Axel und ich mit dem Fahrrad in die Schweiz. Bis Basel hockten wir nachts auf der Ladefläche eines Lkw und halfen zum Dank im Morgengrauen den Fahrern beim Abladen. Ziemlich durchgerüttelt, setzten wir uns auf die Räder und strampelten los. Wenn es die Pässe raufging, hängten wir uns an den erstbesten Lkw. Manchmal entdeckten uns die Fahrer im Rückspiegel, stoppten und schrien uns an. Doch beeindruckte uns das nicht sonderlich und wir nahmen den nächsten.

Im Jahr darauf war es soweit: Ich machte meinen Führerschein und kaufte einen Motorroller. Über Ostern sollte es nach Paris gehen. Alle wollten nach Paris. Wie die verehrten amerikanischen Jazzmusiker, Ella und Louis und all die anderen. Die Liste würde lang.

Paris war angesagt und fünfhundert Kilometer kein Pappenstiel. Es war gerade hell geworden, als Axel und ich aufbrachen. Die in Pergamentpapier eingewickelten Butterbrote und die geliehene Thermosflasche wurden im Ablagefach verstaut. Jemand hatte geraten, Zeitungen unters Hemd zu stecken. Das sei gut gegen Kälte. Daher spannten die Anzüge etwas.

Wir setzten uns auf das grüne Gefährt und zogen die Mützen in die Stirn.

Seid vorsichtig, mahnte meine Mutter, obwohl sie spürte, dass ihre Ratschläge umso wirkungsloser blieben, je öfter sie sie wiederholte. Vorsicht, ja Misstrauen war ihr zur zweiten Natur geworden. Der Vater war im Ersten Weltkrieg gefallen und ihren Bruder hatte sie im letzten Krieg verloren; ja, verloren im eigentlichen Sinne des Wortes: Niemand wusste, wo er am Ende, als er gegen seinen Willen noch eingezogen wurde, verschollen war. Immer wieder kam die Familie darauf zu sprechen. Mir ging das auf die Nerven. Zehn Jahre Trauer waren genug.

Seit Wochen hatten wir Reiserouten und Stadtpläne studiert, uns mit den Grenzformalitäten vertraut gemacht. Jetzt gab es kein Halten mehr.

Den Jazz und die Anfänge der Rockmusik kannten wir aus dem britischen Soldatensender. Doch geographisch näher lagen Frankreich und Paris mit ihren Geheimnissen. Die Vespa war gebraucht; gekauft von selbstverdientem Geld. Ein Gefährt, das ein Italiener mit einem untrüglichen Gespür für Eleganz erfunden hatte. Auf das man sich ohne wetterfeste Kleidung und Sturzhelm setzen konnte – wunderbar, um eine Freundin abzuholen und mit ihr tanzen zu gehen.

Die während des Kriegs als Nachschubstrecke gebaute Autobahn von Köln nach Aachen war erst halbfertig. Über längere Strecken fehlten Betonplatten, für die man bei den letzten Versuchen, die Front im Westen zu halten, keine Baumaterialien oder Arbeitskräfte mehr gefunden hatte. Immerhin gab es keine Ampeln und wenig Verkehr. So kamen wir gut voran. Ungefähr zehn Stunden hatten wir bis Paris veranschlagt. Bei einer Höchstgeschwindigkeit von siebzig. Schneller fuhr die Vespa nicht.

Hinter der belgischen Grenze, als es ins Hohe Venn hinaufging, zog der Roller nicht mehr richtig. Zündaussetzer. Der Auspuff knallte. Bockend lief die Maschine noch ein paar hundert Meter weiter, dann war Schluss.

Was machen wir?

Wir wollen nach Paris, sagte mein Freund.

Dann suchen wir eine Werkstatt, erwiderte ich und wir ließen uns den Berg runterrollen.

Werkstätten gab es überall, vor allem an Verbindungstraßen. Pannen waren an der Tagesordnung und die Mechaniker kannten sich mit den verschiedensten Marken aus. Kaputte Teile wurden an Ort und Stelle mit viel Erfindungsgabe repariert.

Obwohl wir schon in Belgien waren, wurde zu unserer Überraschung noch Deutsch gesprochen. Der Mechaniker wusste gleich, was los war: der Unterbrecherkontakt war defekt. Nach einer halben Stunde hatte er das Problem gelöst. Der Mann kriegte ein Trinkgeld, und es ging weiter.

In Lüttich die nächste Schwierigkeit: die Lenkung wurde schwammig, der Vorderreifen verlor Luft. Also musste geschoben werden, bis wir in einer verrußten Ziegelsteinhalle eine Werkstatt fanden. Nachdem wir mehrmals auf eine Klingel gedrückt hatten, tauchte ein Monteur aus einem Haufen kaputter Autos auf.

Kommen Sie in einer Stunde wieder, dann ist der Reifen repariert, sagte der Mann, und wir waren froh, dass wir Französisch in der nullten Stunde als Wahlfach gewählt hatten.

Wir suchten ein Bistro und bestellten einen großen *Café au lait*, zählten die im Brustbeutel versteckten Francs. Viel hatten wir nicht umgetauscht, denn Belgien sollte ja nur durchquert werden.

Als wir in die Werkstatt zurückkamen, nannte der Garagist einen Preis, und weil wir ihn nicht richtig verstanden, schrieb er die Zahl auf einen Zettel. Astronomisch. Wir kramten in unseren Taschen und legten demonstrativ einen Schein nach dem anderen auf die ölverschmierte Werkbank. Es reichte nicht. Der Mann sah uns fordernd an und schlug plötzlich mit dem

Hammer auf den Tisch, dass es nur so schepperte. Wir wehrten uns mit großen Gesten und wiederholten immer wieder: *Vous comprenez, Monsieur*. Doch der Monsieur wollte nicht verstehen und am Schluss waren wir heilfroh, dass er nicht die Polizei rief.

Die Vespa lief jetzt wieder – wie eine Eins versicherten wir uns gegenseitig. Fast übermütig beschlossen wir, über Bastogne zu fahren, wo die Deutschen den Amerikanern im Winter 44/45 die letzte große Schlacht geliefert hatten. Wir kannten die Gegend aus dem Kino und staunten, wie wenig Spuren es noch gab: hier und da ein kahl geschossenes oder verbranntes Stück Wald, ab und zu ein vor sich hin rostendes Militärfahrzeug. In Bastogne schlichen wir um einen ausgestellten amerikanischen Barracuda, dem man eine Panzerfaust ins Hinterteil gefeuert hatte. Der dickwandige Stahl war geschmolzen wie ein Stück Schokolade, in das man einen heißen Löffel gebohrt hatte.

Ob die Boys da wohl lebend rausgekommen sind?

Erinnere dich an die Szene aus der *Kesselschlacht* von William Wellman, wo der Panzer eins abbekommt und die Besatzung versucht, sich zu befreien. Wie Wespen in einem Marmeladenglas. Plötzlich fliegt das Ding in die Luft.

Auch *Nacht und Nebel* von Alain Resnais hatten wir gesehen. Die von Planierraupen zusammengeschobenen Knochenhaufen und die letzten lebenden, ungläubig in die Kamera blinzelnden Häftlinge, die lange kein Tageslicht mehr gesehen hatten. Wir wussten um die Nazi-Verbrechen und die Kriegsfolgen hatten wir am eigenen Leib erlebt. Doch der Gedanke schuldig zu sein, war uns fremd. Wir lebten in der naiven Gewissheit, die Vergangenheit lasse sich abschreiben wie eine Investition, die man besser unterlassen hätte. Nach vorne schauen – was anderes wollten wir nicht.

12

Je weiter wir fuhren, umso lebendiger wurde die Vergangenheit. Ein Straßenschild wies in Richtung Sedan. Mein Urgroßvater, Ortsvorsteher in einem Dorf zwischen Köln und Bonn, ließ am Sedantag meine Großmutter, als silberne Ehrenjungfrau verkleidet, in einer blumengeschmückten Kutsche durchs Dorf fahren. Die freiwillige Feuerwehr marschierte mit Tschingderassabum hinterher. Er selber hatte als Kavallerist mitgekämpft, als die Preußen und ihre Verbündeten 1870 in Sedan den französischen Kaiser gefangen nahmen und sein Reich zu Fall brachten. Das war nicht der erste der deutsch-französischen Kriege. Doch das Gewicht der Welt bedeutete uns wenig.

Als der Beamte an der französisch-belgischen Grenze seinen Stempel in die Pässe drückte, sahen wir uns stolz an. Jetzt dokumentierte sich die *Republique française* in unseren Ausweispapieren. Das war unser Traum: Uns mit einem vollgestempelten Pass als weitgereiste Zeitgenossen auszugeben.

Das Land wurde flacher, das Wetter milder, und bis Paris waren es noch ein paar Stunden. Kein Mittelstreifen und keine Ampeln, auch in den kleinen Städten nicht. Nur die Kurven wurden zuverlässig mit einem Schild angezeigt.

Von Zeit zu Zeit schrie einer von uns in den Wind: Von des Gedankens Blässe sind wir nicht angekränkelt. In der Tat: unser Wunsch anzukommen, unser Wille, das Ziel zu erreichen war stärker als alles andere. In Reims warfen wir einen flüchtigen Blick auf die Kathedrale und wunderten uns über die abgeschnittenen Türme. Warum bauten die Franzosen keine Kathedralen, die in den Himmel wuchsen? Aus Mangel an Wissen? Wohl eher, um der Vernunft Tribut zu zollen.

13

Es wurde dunkel. Müde und durchgeschüttelt wechselten wir uns ab, obwohl mein Freund noch keinen Führerschein hatte. Um ins Zentrum von Paris zu kommen, musste man durch die Vororte. Autobahnen gab es noch keine, und der Boulevard Périphérique war erst in der Planung. Dank der Michelin-Karten fanden wir den Weg ins 18. Arrondissement. Boulevard Magenta, nicht weit vom Nordbahnhof. Da lebte die Familie, bei der unsere Freundin die Kinder hütete – au pair, also gegen Kost und Logis.

Paris mit den verrußten Häusern im blassen Licht der Gaslaternen war keine strahlende Stadt. Die Straßen vollgekeilt mit hochbeinigen 2CVs oder den flotteren 4CVs von Renault. Paris war mysteriös und fremd, beinahe abstoßend fremd.

Es nieselte, die Hände taten uns weh vor Kälte, die Beine steif wie ein Brett. Die Concierge – was für eine Einrichtung – wollte uns nicht ins Haus lassen und erst nach einigem Hin und Her durften wir passieren. Das verschmutzte Treppenhaus mit den breiten abgelaufenen Holztreppen kam uns abscheulich vor, aber in der zweiten Etage stand die Freundin strahlend in der Wohnungstür.

Hast du ein Bett, wollten wir wissen.

Hier könnt ihr nicht schlafen, wehrte sie erschrocken ab.

Ich denke, die Leute sind verreist.

Wir tun dir nichts, versicherte ihr mein Freund und legte ihr den Arm um die Schulter.

Das Mädchen schob den Arm weg.

Ich kann euch nur was zu essen machen und die Wohnung zeigen. Sonst feuert mich Madame auf der Stelle.

Sie machte uns ein Omelett, nein, keinen mehligen deutschen Eierkuchen, sondern ein französisches Omelett mit einem Salat, wie wir ihn vorher noch nie gegessen hatten.

Das macht das Olivenöl und der Senf, erklärte die Freundin stolz. Nachdem wir uns gestärkt hatten, zeigte sie uns die Wohnung. Picobello sauber, voll mit Möbeln aus mehreren Jahrhunderten. Teppiche, gepolsterte Sessel und schwere Stores, wo immer man hinschaute.

Was so alles aus Erbschaften zusammenkommt, sagte unsere Freundin und führte uns in den Salon. Auf einem alten Lesepult lag ein dickes, in rotes Leder gebundenes Buch.

Wisst ihr was das ist?

Die Bibel, stöhnte mein Freund.

Da irrt ihr euch gewaltig.

Selbstbewusst schlug sie den Deckel auf und blätterte andächtig durch den Wälzer.

Das ist ein Kochbuch, meine Herren.

Die Freundin schlug das Buch wieder zu und strich liebevoll mit der Hand über den Einband.

Das Tollste ist, dass es nicht Madame, sondern Monsieur gehört. Denn der kocht hier. Und wie, sage ich euch.

Wir verkniffen uns einen Kommentar und gähnten.

Ich kenne ein kleines Hotel, sagte sie, nicht teuer. Ich kann ja mal anrufen.

14

Das Hotel lag auf der anderen Seite der Seine, im Quartier Latin, und hieß Maréchal Ney. Wie der Marschall, der eine Schlacht nach der anderen für Napoleon gewonnen hat und den der große Feldherr nach der Niederlage bei Waterloo, ein paar hundert Meter weiter, wegen Hochverrats hat erschießen lassen. *Vae victis*, wehe den Besiegten, hatte der Lateinlehrer uns eingebläut.

Der Portier tauchte verschlafen hinter einem Vorhang auf.

Oui, oui une demoiselle avec un accent allemand. Im fünften Stock ist was frei.

Eine eigenwillige Konstruktion mit einer steilen Treppe. Auf jeder Etage rechts und links ein Zimmer. Die Klos auf halber Höhe zwischen den Stockwerken. Eine in den Boden eingelassene Keramikschüssel mit einem verschissenen Loch. Achtung, sonst rauschte einem das Wasser über die Füße. Jedenfalls war es billig. Und Männer, die kochten, und Klos, die einen wegzuspülen drohten – heizten unsere Lust, Paris zu entdecken erst richtig an.

Meinst du, unsere Freundin hat was mit dem Monsieur?

Die Frage passte zu dem Lichtstrahl, der durch eine der Türen fiel, und dem Getuschel dahinter.

Am nächsten Morgen zogen wir über den Boulevard Saint Michel, kauften Jazzplatten mit fünfundvierzig Umdrehungen und bei Gilbert Jeune ein paar gebrauchte Bände aus der Reihe *Que sais-je?* So kamen wir uns gebildeter vor. Denn wir wussten ja nicht, was wir nicht wussten – an diesem Karfreitag 1958.

Aus einer Telefonzelle riefen wir die Freundin an, die vorschlug, ins Kino zu gehen. In der Cité Universitaire gebe es immer gute Filme und vorher könne man in der Mensa essen. Dort gab es ein Steak mit *Frites* und einen *Salade niçoise*, und wenn man uns gesagt hätte, wie sehr sich dieser Geschmack in unsere Gaumen einbrennen würde, hätten wir nur ungläubig gegrinst.

Das Universitätskino war rappelvoll mit lauter jungen Leuten. Papierflugzeuge sausten quer durch den Saal und Frotzeleien flogen hin und her. Was für eine ausgelassene Stimmung, ein richtiges Chaos und erst nach Beginn des Films wurde es ruhiger. Unsere Freundin strahlte; stolz darauf, uns eine Welt zeigen zu können, die ganz anders war als das, was wir zuhause kannten.

Le film était très bon, sagten wir nach der Vorstellung, um unser Französisch zur Geltung zu bringen.

Wie wäre es, wenn wir tanzen gehen?

Also los, in den Vieux Colombier, zu Claude Luter.

Die besten Tage des Clubs waren vorbei, doch wenn Luter auf seiner Jazzklarinette spielte, elektrisierte das die Zuhörer. Die Dixie-Musik war populär. Sie fuhr den Zuhörern unter die Haut, weil die Musiker ihre Instrumente perfekt beherrschten. Der Keller war brechend voll; es wurde geraucht und getanzt und geschwitzt. Mein Freund verschwand mit unserer Freundin tanzend in der Menge. Überall hübsche Frauen und gleich vor mir eine mit langen blonden Haaren. *Mon Dieu*, was für Gelegenheiten.

Ich forderte sie auf und sie sagte nicht nein. Ja, sie wollte tanzen und das Wasser lief uns runter; die Hitze machte uns geschmeidig für die wildesten Verrenkungen. Dann lagen wir uns in den Armen. *Si tu vois ma mère* spielte die Band, aber keine Sekunde dachten wir an unsere Mütter.

I am from Stockholm.

And I am from Cologne, schrie ich ihr ins Ohr.

Die Musik machte uns besoffen; sie ging uns in die Knie, in den Magen, in die Seele. Die Schwedin legte ihren Kopf auf meine Schulter – und unsere Körper wollten näher zusammen. Ich gab meinem Freund ein Zeichen, das er sofort verstand, und dann hauten wir ab. Draußen war es kühl und ich legte ihr mein Jackett um die Schultern. Was für ein Leben – damals in Saint Germain. Weil wir es eilig hatten, achteten wir nicht auf andere Paare und Passanten, die offenen Läden und vollen Bistros, die Autos und Motorräder, die sich den Platz streitig machten. Es trieb uns vorwärts, und bis zum Hotel war es nicht weit.

Ich dachte, wir gehen einfach auf das Zimmer. Das war schließlich bezahlt und Paris bekannt für seine losen Sitten.

Doch der Portier spielte nicht mit. Als wir am Empfang vorbeischlüpfen wollten, tauchte er hinter seinem Vorhang auf und befahl kurz und bündig: Erst wird bezahlt.

Erleichtert zerrte ich den Brustbeutel aus dem Hemd.

Für eine Nacht, fragte der Portier und warf einen skeptischen Blick auf meine Eroberung.

Ich nickte und legte hastig das Geld auf die Theke.

Und dann nichts wie rauf und ins Bett.

Am nächsten Morgen wachte ich auf. Mein Freund lag neben mir und von der Schwedin keine Spur.

Hast du ihre Adresse, fragte ich.

Woher soll ich ihre Adresse haben?

Weil sie eben noch hier gelegen hat.

Ich glaube, du träumst, sagte er nachsichtig. Als ich zurückgekommen bin, hast du tief geschlafen und das Bett war so leer wie mein Portemonnaie.

15

„Ich heiße Maria. Bin 19 Jahre und habe noch nie einem Mann geschrieben – jedenfalls nicht als Erste. Ich hoffe, das war kein Fehler. Wenn du auf den Link hier unten gehst, kannst Du sehen, wie ich aussehe. Ich warte auf Dich – vielleicht willst Du ja schon heute.“

Solche Mails kriege ich öfter, und wenn ich aus meinem Büro blicke, sehe ich in einen Kleiderladen. Früher war da ein Antiquariat. Jetzt probieren hier Frauen Pullover oder Blusen an. Manchmal auch Jeans. Sie schmeißen, was sie anhaben, auf den nächstbesten Stuhl und ziehen sich dann neue Klamotten über. Betrachten sich im Spiegel. Ab und zu schaut eine zu mir rüber, doch das bedeutet nichts. Die Frauen sind ganz auf das Anprobieren konzentriert. Und wenn ich ihnen dabei zusehe, ist es, als ob sie von mir ein Urteil erwarteten: die Bluse passt oder der Pullover ist etwas zu eng.

Zwischen der Mail, die mir Maria geschickt hat, und dem Kleiderladen gibt es eine Verbindung. Die Verbindung zu dem, was ich erzählen will, ist weniger ersichtlich, obwohl es eigentlich um dasselbe geht. Jedenfalls erinnere ich mich gut an die Widersprüche, die mich während der Pubertät peinigten. Widersprüche zwischen meinem körperlichen Verlangen und den religiösen Regeln. Bis eines Tages ein entfernter Freund von einem Kloster erzählte, die Mönche dort seien erstaunlich aufgeklärte Leute. So kam es zu unserem Besuch bei den Dominikanern.

Das Kloster lag mitten in der Stadt, ein paar Schritte vom Kölner Dom entfernt. Ein moderner Bau, dem von außen wenig Religiöses anzusehen war. Durch eine Passage gelangte man auf den Vorplatz der romanischen Kirche Sankt Andreas, die nach den Bombardierungen wiederaufgebaut worden war. Gleich gegenüber: eine Filiale der Deutschen Bank. Der Gegensatz fiel ins Auge – das mächtige Bankgebäude mit seinen wuchtigen Türen und die bescheidene Klosterpforte. Hier lebte Pater Anselm Hertz. Hinter seinem Namen stand *o.p.*, die Abkürzung für *ordo praedicatorum*. Dominikaner sind Prediger, sie verkünden das Wort Gottes. Bevor sie es in den Mund nehmen, legen sie es aus, und das war es, was wir suchten: die Auslegung.

Wenn mir heute ein Priester begegnet, staune ich. Weniger über sein manchmal schmuddelig schwarzes oder braunes Gewand. Sondern darüber, dass es sie überhaupt noch gibt – diese beinahe ausgestorbene Spezies. Damals gehörten Priester zum Leben wie heute das Internet. Kutten und Ordenskleider waren sauber und gepflegt. Darum kümmerten sich Hilfskräfte, von denen es genug gab. Und man sah Priester ja häufiger, denn man ging in die Kirche. Die erste Begegnung mit Pater Anselm hatte daher nichts von einem Besuch in einem exotischen Garten. Ich war neugierig und wurde dafür belohnt.

Er empfing uns in seiner Zelle – nein, es war ein kleines Appartement. Die Regale vollgestopft mit Büchern, überall Bücher. Wir setzten uns. Pater Anselm trug keine Kutte, sondern Hose und Pullover. Bürstenfrisur. Er steckte sich eine Pfeife an und sprach bedächtig. Vielleicht wegen seiner Hasenscharte. Erzählte von seinem Mitbruder Rochus, der am kommenden Sonntag im Dom predigen werde.

Das Thema wird euch vielleicht interessieren, sagte er schmunzelnd. Dann las er den Titel vor: Eine Lanze für die Leidenschaft.

Keine Frage, hier waren wir an der richtigen Adresse.

Nach dieser ersten Begegnung habe ich Pater Anselm häufig besucht. Nicht mehr mit Freunden, sondern allein. Wäre er eine Frau gewesen, hätte man von Liebe auf den ersten Blick sprechen können. Er war fünfzehn Jahre älter als ich und erwachsen. Ich hatte mein Abitur noch nicht, schlug mich mit der Pubertät und den Lehrern herum. Trotz dieser Gegensätze wurde Anselm der Mann meines Lebens. Weil er mir half, das zu finden, was mir mein durch ständigen Sport disziplinierter Körper nicht verraten wollte. Dass ich andere Interessen hatte als Riesenwellen am Reck und erotische Abenteuer.

Schon bald erklärte er mir den Unterschied zwischen Homosexualität und Homoerotik. Ein Mann könne einen Mann lieben, ohne mit ihm schlafen zu wollen. Und Eros sei etwas anderes als Freundschaft. Eros sei der Drang nach Erkenntnis, die Befreiung von der Sinnenwelt, um zur wahren und unvergänglichen Welt der Ideen vorzudringen. Er bezog sich auf

Platon: Erotisch sei die Beziehung zwischen Lehrer und Schüler, bei der die Suche nach Wissen oder seine Vermittlung zu einem lustvollen Erleben werde.

Pater Anselm lebte in einem Umfeld, das mich anzog. Ich fing an zu verstehen, wie Architektur Denken und Fühlen beeinflusst. Wie die romanische Kirchenarchitektur die Seele aufrichtet. Nein, es ist nicht übertrieben: wie sie sie zwingt sich aufzurichten. Die Säulen und Gewölbe sind schlicht und dabei voller Harmonie. Ihre Struktur ist sichtbar. Die behauenen, aber unverputzten Steine zeigen ihre Herkunft an: die Natur. Aus der Abstraktion ergibt sich die Stärke des Eindrucks, dem sich eine willige Seele nicht entziehen kann. Sonst bleibe sie lieber fern.

Sobald ich meinen Führerschein hatte, wurde ich Anselms Chauffeur. Wenn er zu Vorträgen eingeladen war, setzten wir uns in seinen grünen Volkswagen und fuhren los. Anselm reiste mit Stil. Wir schliefen in alten Klöstern oder ausgesuchten Hotels. Aßen gut und tranken vorzüglichen Wein. Mein Vater stammte aus Trier und wenn ich behaupte, ich bin mit Wein groß geworden, ist das keine Übertreibung. Anselm mochte roten Burgunder. Mit ihm habe ich zum ersten Mal eine Flasche „Nuits Saint Georges“ getrunken. Er konnte sich das erlauben, weil seine Vorträge gut honoriert waren. Damit bestritt er seine persönlichen Ausgaben; nur was übrigblieb, musste er an den Orden abtreten.

Über mehrere Jahre hinweg war er mein Beichtvater. Als ich ihn fragte: Glauben Sie wirklich, dass Gott uns zusieht, wenn wir mit einer Frau schlafen, lächelte er.

Wenn Gott, wie wir mit Recht annehmen, allwissend ist, weiß er, was wir tun. Die Vorstellung, dass es sich um einen alten Herrn handelt, der durch das Schlüsselloch schaut, ist natürlich absurd. Aber wie sollte es anders sein, als dass alle unsere Taten wahrgenommen werden? Nenne es Gott, höhere Instanz oder Universum.

Also eine Frage der Benennung?

Anselm kannte mein Interesse für Philosophie.

Auch Nietzsche spricht von einem Gott.

In der *Zarathustras Vorrede* erklärt er, dass Gott tot ist, wandte ich ein.

Wie soll er tot sein, wenn er allmächtig ist?

Und wie soll etwas allmächtig sein, wo jede Kraft auf eine Gegenkraft trifft?

Merkwürdig: Je vertrauter wir miteinander wurden, umso fremder wurde mir die Kirche. Meine Liebe zu Anselm, meine Hochachtung für sein Wissen änderten nichts daran, dass alle Antworten neue Fragen aufwarfen. Und wenn schon auf drängende Fragen keine sicheren Antworten zu finden waren, dann mussten die unsicheren stehen bleiben und als Ungewissheiten akzeptiert werden. Dann musste der Zweifel zur Maxime erhoben werden. So hatten es uns unsere Lehrer beigebracht.

16

Bei unserem letzten Klassentreffen, als sich das Häuflein graumelierter Herren bei Kaffee und Kuchen an Erinnerungen wärmte, waren sich alle einig, dass unsere Studienräte, von denen einige zwei Kriege durchgemacht hatten, gezeichnet waren. Sie hatten überlebt und ihre Schüler hätten gerne erfahren wie. Doch die Lehrer schwiegen sich aus und wir wagten nicht zu fragen.

Als wir nachmittags eine Ausstellung zu Ehren Karls des Großen besuchten, der während seiner Amtszeit zehntausende von Kilometern auf dem Pferd zurückgelegt hat, um sein Reich zusammenzuhalten, murmelte mein alter Freund: Erinnerst du dich, wie wir uns auf die Vespa gesetzt haben und nach Paris gefahren sind? Jawohl, im Flanellanzug. Du im Einreiher und ich im Zweireiher. Und weil die Karre nicht mehr richtig lief, haben wir sie auf der Rückreise in Aachen stehen lassen.

Das habe ich vergessen, erwiderte ich, wahrscheinlich, weil mir das Versagen peinlich war.

Manche unserer Lehrer waren schon merkwürdige Gesellen. Der Biologielehrer zum Beispiel, ein ehemaliger Boxer, so wurde gemunkelt, punktete mit der Devise: Fressen und gefressen werden. Als er einem vorlauten Schüler die Nase blutig schlug, verursachte das keinen Skandal. Die Autorität der Lehrer war unantastbar. Zumal sie auf die Solidarität ihrer Kollegen wie auch der Eltern zählen konnten.

Als eines Tages eine lästige Wespe den Unterricht störte, hatte der Deutschlehrer einen Mitschüler angedonnert: Führen Sie sofort das Tier hinaus. Wie früher lachten wir über diesen absurden Satz. Vieles war weniger komisch. Bei einer Bildbeschreibung von Menzels *Eisenwerk* kam mir die Idee, auf die ausgelaugten, trostlos ihr Essen in sich hineinschlingenden Arbeiter hinzuweisen. Dafür wurde ich mit einer schlechten Note bestraft. Entsprechend wütend war ich auf den Lehrer. Vor kurzem habe ich das Bild in einer Zeitung wiedergesehen und fand meine sozial-romantische Interpretation leicht übertrieben. Menzel schildert das Eisenwerk wie ein Hollywood-Regisseur – auf breiter Leinwand mit vielen Details, doch hütet er sich, Stellung zu beziehen.

Der Ursprung der 68er-Rebellion lag im Misstrauen gegenüber der älteren Generation. Das pompöse Auftreten der Nationalsozialisten stand im umgekehrten Verhältnis zu dem, was davon übrig geblieben war. Während manche so taten, als sei nichts geschehen, erzählten die Schuttberge nach dem Krieg eine andere Geschichte. Auch mein Vater schob die Niederlage den Amerikanern in die Schuhe. Als ob ein deutscher Sieg erstrebenswert gewesen wäre. Dieses Durcheinander in den Köpfen war der Grund, warum unsere Lehrer dem Zweifel wieder den gebührenden Platz einräumten. Mit einem kühnen Bogen aus der Gegenwart ins klassische Athen. Das sokratische Fragen, das platonische Denken, die aporetische Haltung und die sich hieraus ergebende geistige Ruhelosigkeit wurden uns mit auf den Weg gegeben. Die hinter uns allen liegenden gewaltigen Verbrechen ausgespart. Denn eine Diskussion darüber hätte mit der Frage beginnen müssen: Was hast du eigentlich in dieser Zeit gemacht?

Diese Frage war unangenehm. Wir ahnten, was dabei herauskommen würde. Wir schonten unsere Eltern und Lehrer und gleichzeitig uns selbst. Deshalb konnte es keinen Frieden zwischen den Generationen geben. Ich flüchtete mich in den Sport, ging drei- oder viermal in der Woche zum Turnen und wurde in der Schule immer schlechter. Zum Schluss schaffte ich das Abitur, weil ich die Lehrer mit meinen Übungen am Barren und Reck beeindruckte.

17

Als ich das Abiturzeugnis in der Hand hielt, fühlte ich mich so wie heute nach einer Premiere, wenn ich den Schauspielern versichert habe, wie fabelhaft sie gewesen sind, und das Theater verlassen darf: erleichtert. Der Wunsch nach Freiheit war unbändig und zugleich eine Illusion. Mein Vater hatte Autobahnen vermessen und meine Mutter viele Jahre lang als Buchhalterin in einem jüdischen Möbelhaus gearbeitet. Vor dem Krieg natürlich. Man schätzte sie; die ausgezeichneten Zeugnisse, die sie mir gelegentlich zeigte, belegten es. Waren sie eine Erinnerung an bessere Zeiten? Zuhause gab es ein sogenanntes Herrenzimmer, in dem auch ein Schrank mit Büchern stand – hinter Glasschiebetüren. Mit einer gebundenen Ausgabe der Werke von Upton Sinclair. Doch kann ich mich nicht erinnern, dass mein Vater oder meine Mutter je ein Buch gelesen hätten. Vielleicht ist das übertrieben, doch sehe ich weder den einen noch den anderen mit einem Buch vor mir.

Ich selbst habe das Lesen in der Volksschule gelernt und durch das Ausleihen von Büchern trainiert. Sonntagmorgens nach der Messe lieh man sich in der Pfarrbibliothek ein Buch. Figuren wie Winnetou oder Robinson Crusoe begeisterten mich so, dass ich kleine Stücke schrieb und mit Schulkameraden selbst in Szene setzte. Vor ein oder zwei Zuschauern. Diese Begeisterung für das geschriebene Wort verlor sich in der Pubertät. Mein Körper jagte meine literarischen Interessen zum Teufel. Er wollte so schnell fahren, wie es nur ging. Jedes Mittel war recht. Zuerst das Fahrrad, dann das Motorrad und schließlich das Auto. Wir fuhren zum Nürburgring. Schleppten leere Ölkanister, die wir in den Fahrerständen nach dem Rennen aufgesammelt hatten, mit nach Hause und hängten sie an Kordeln im Schlafzimmer unter die Decke. Die glänzenden Kanister waren der Inbegriff einer Welt, in der Höchstleistungen zählten; die einen forttrug und in der man alles andere vergessen konnte. Die Ölkanister stanken furchtbar, aber mein jüngerer Bruder beschwerte sich nicht und unsere Eltern ließen uns gewähren.

Lediglich unser Zeichenlehrer schaffte es, die Vorherrschaft des Körperlichen wenigstens zeitweilig zu brechen. Er war mit einer Kollegin befreundet, in die fast jeder von uns heimlich verliebt war – in meiner Erinnerung eine schöne, begehrenswerte Frau – und das erhöhte seine Anziehungskraft. Er hieß Hans Salentin. Geboren 1925. Als Achtzehnjährigen hatte man ihn in die Wehrmacht gezwungen und nach der Niederlage als Kriegsgefangenen durch die Straßen Moskaus getrieben. Er war krank aus Sibirien zurückgekommen.

Darüber hat er nie geredet. Salentin war Mitglied der Zero-Gruppe. Wie Mack und Uecker. Diese Leute arbeiteten mit Nägeln, Aluminium oder rotierendem Licht. Mit monochromen Flächen wie Yves Klein. Sie waren Kunst-Ingenieure, die nach einem neuen Verhältnis zur Dingwelt suchten und sich dabei neuester Werkstoffe bedienten. Nicht das Wort, sondern Materie und Licht standen für sie am Anfang. Im Unterricht redete Salentin von seiner Arbeit; historische Betrachtungen waren sekundär und standen stets in Bezug zu dem, was er gerade machte. So weckte er unser Interesse an moderner Kunst. Eine weiße, nicht tapezierte Wand und davor ein weißes, sich kaum davon abhebendes Bild waren rätselhaft und sensationell. Nicht nur im Vergleich zu den Tischen und Sesseln des Rokoko-Schreiners Chippendale, deren Nachahmungen meine Mutter so liebte. Das reine Weiß oder das monochrome Blau katapultierte uns in eine neue verblüffende Welt. Wir rannten in Ausstellungen und Galerien, befassten uns mit bildkünstlerischen Techniken. Ich bekam Lust, vorgefundene Materialien, insbesondere Holz, zu bearbeiten.

Das Leben unseres Zeichenlehrers gefiel mir. So wollte ich auch leben. Leben wie ein Künstler. Natürlich war ich unfähig, die Ergebnisse meines Werkelns selbst zu bewerten. Der Zufall spielte bei dem, was dabei herauskam, eine entscheidende Rolle. Die Form des vorgefundenen Materials oder andere mir nicht bewusste Einflüsse entschieden über das Ergebnis und nicht ein eigener Formwille. Und was und wem hatte ich eigentlich etwas zu sagen? Salentin sah mich mit seinen wässrig-traurigen Augen an und riet vom Besuch einer Kunstakademie ab.

Also blieb, was vorgezeichnet war: ein Ingenieurstudium. Pater Anselm kannte die Besitzerin einer Maschinenfabrik, in der ich ein Praktikum absolvieren konnte. Ich kaufte mir einen Blaumann, wie es sich gehörte, und an einem Montag um sieben Uhr morgens ging es los. Der Meister drückte mir ein Stück Eisen und eine Feile in die Hand.

Junge, jetzt zeig mal, was du kannst.

Er duzte mich und ließ mich feilen. Sinnlos feilen. Denn das Stück sollte nicht in einer Maschine verbaut werden. Nein, ich sollte mich daran abarbeiten. Nach zwei Stunden bildete sich die erste Blase. Der Meister schaute vorbei und grinste.

Schön weiter so.

Die Klos hatten keine Türen und die Schüsseln keine Brillen. Es stank nach Pisse und Scheiße. Trotzdem waren die Aborte ständig besetzt, denn die Arbeiter schissen in aller Ruhe und lasen dabei die Bildzeitung. Anschließend wischten sie sich den Hintern damit ab; Klopapier war Mangelware.

Im Laufe des Tages heizten sich die Hallen auf. Die Maschinen, die die Werkteile herstellten, gaben Wärme ab. Ich kriegte einen furchtbaren Durst und hatte nichts zu trinken. Man schickte mich zu einem Cola-Automaten, und das eiskalte Zeug tat unglaublich gut. Dann wurde weiter gefeilt, bis der Meister kurz vor Arbeitsschluss wieder vorbeikam und sich das Stück Eisen anschaute.

Nicht schlecht. Morgen kriegst du ein anderes.

Beim Abendessen erkundigte sich mein Vater, wie denn der erste Tag gewesen sei. Das war zu viel. Ich fing an zu heulen, hemmungslos, und als ich mich wieder unter Kontrolle hatte, erklärte ich: Das Praktikum mache ich zu Ende, aber den Ingenieur könnt ihr euch an den Hut stecken.

Ein paar Wochen später landete ich in einer Gießerei. Sie lag in einem Waldstück, am rechtsrheinischen Stadtrand. Ein Klinkerbau aus dem neunzehnten Jahrhundert mit hohen Fenstern und zerbrochenen Scheiben, in der Mitte ein großer Hochofen. Morgens war es lausig kalt. Eine Kapitalistenbude wie in den Romanen von Upton Sinclair. Grobe Chefs, niedrige Löhne und harte Arbeit.

Man teilte mich einem Former zu, einem jugoslawischen Gastarbeiter. Ein Former modelliert ein gezeichnetes Werkstück so aus Sand, dass man das flüssige Eisen in die Form gießen kann und der geplante Rohling entsteht, zum Beispiel ein Zylinderblock. Das Formen setzt ein hochentwickeltes räumliches Denken voraus; die Zeichnung muss in drei Dimensionen übersetzt werden. Überall muss Platz bleiben für das, was mit Eisen oder Aluminium gefüllt wird. Der Jugoslawe war hierin ein Meister. Wenn er sich bei Arbeitsbeginn die Blaupausen im Chefbüro abgeholt hatte, ging es los. Ich schaffte den Sand heran, reichte ihm auf einen Wink hin die verschiedenen Spachteln und er modellierte mit atemraubender Geschicklichkeit die verschiedenen Formen. Alles in der Hocke, ein Werkstück nach dem anderen. Im Akkord. Gleichzeitig wurde der Hochofen angeheizt, um das Eisen zu schmelzen. Es wurde brüllend heiß, ab Mittag arbeiteten wir im Unterhemd und der Schweiß lief in Strömen.

Gegen fünfzehn Uhr wurde angestochen. Wir stellten uns vor dem Hochofen hintereinander an. Zwei Mann trugen jeweils einen Eimer. Er hing an langen Stangen, die wir zwischen die Beine klemmten und vor und hinter dem Körper mit den Händen festhielten. Langsam rückte die Schlange an den glühenden Ofen vor. Dann war es soweit: Die Klappe öffnete sich und das glühende Eisen schoss in den Eimer. Kleine Partikel spritzten in alle Richtungen. Weil ich keine Mütze trug wie alle anderen, regneten mir die Eisenstückchen auf den Kopf. Ich werde kahl, schrie ich und wollte vor Schmerz und Wut den Eimer fallenlassen. Doch dann wäre das Eisen jemandem über die Füße gelaufen und ich hätte mich schrecklich blamiert. Also biss ich auf die Zähne, und alle grinsten zufrieden.

18

Jazzclubs hatten damals Namen wie „Tabou“ oder „Bohème“. Fremd wie die Musik selbst. Für Stammgäste musste ein Ginfizz für den Abend reichen. In den amerikanischen Combos spielten Schwarze, selten war mal ein Weißer dabei. Die verrauchten, durch Kerzenlicht erhellten Keller waren eine Welt für sich. Bei langen Läufen auf dem Saxophon und Schlagzeugwirbeln, die nicht enden wollten, tauchten wir ab. Eines Abends saß am Nebentisch eine besonders lebendige Gesellschaft. Die Leute hörten der Musik kaum zu, redeten angeregt miteinander und lachten oft, dass es beinahe despektierlich war. Sie schienen bestens bekannt, und der Wirt brachte Runde um Runde, Whisky und Bier. Eine blonde Frau süffelte eine Bloody Mary. Was waren das für Leute?

Es handelte sich um eine Goldgräberbande, die für das Fernsehen arbeitete. Sie hatten Jobs zu vergeben; suchten Kabelschlepper, Hilfskräfte für Beleuchter und dergleichen. Die Jobs waren fabelhaft gut bezahlt, zusätzlich Spesen, weil die Dreharbeiten in Düsseldorf stattfanden.

Das war der Anfang. Weil ich geschickt und anstellig war, avancierte ich vom Kabelschlepper zum Scriptgirl, später sogar zum Regieassistenten. Bald verfügte ich über Geld in Hülle und Fülle. Niemals später habe ich dieses schöne Gefühl wieder gehabt, im Geld zu schwimmen. Die Honorare wurden ohne Abzüge ausbezahlt. Versteuert wurde später. Ich konnte mir erlauben, was ich wollte. Die Dreharbeiten fanden in einem ehemaligen Düsseldorfer Kabarett statt, das wegen der Konkurrenz des Fernsehens hatte schließen müssen. Die Zuschauer kriegten jetzt nach Hause geliefert, wofür sie früher ins Revuetheater gehen mussten.

Das Studio. Ein riesiger finsterer Theaterraum mit einem hellen Lichtkegel auf der Bühne, da wo gedreht wurde. Eine Insel, die nicht mehr viel mit der Tageswirklichkeit zu tun hatte. Dicke Scheinwerfer, die nur kurze Zeit brennen durften, weil sie sonst zu heiß wurden und die Kohlefäden durchglühten. Kabelstränge. Mikrofongalgen. Kameras auf Dollys, die hin und her fuhren. Der Regisseur rief: Kamera ab, während ich eine schwarze Schiefertafel mit der Nummer der Szene vor die Linse hielt und die Klappe schlug – eine hölzerne Leiste, die an einer Seite durch ein Scharnier mit der Tafel verbunden war –, damit die Cutterin am Schneidetisch Bild und Ton synchronisieren konnte. Ein Sänger kam ins Scheinwerferlicht; ein Äquilibrist warf seine Teller in die Luft oder ein Clown zog Grimassen. Das Zusammenspiel von Technik und Kunst faszinierte mich. Kunst? Alle die vor der Kamera standen, hatten jedenfalls ein seltenes Talent.

Während einer Drehpause nahm mich ein Bühnenarbeiter zur Seite. Über eine mit rotem Teppich ausgelegte Treppe führte er mich in die erste Etage und öffnete eine gepolsterte Tür. Das frühere Zimmer des Direktors. Ein gewaltiger Schreibtisch aus Eichenholz mit einem passenden ledernen Sessel erinnerte an die alte Pracht. Eine weitere Tür, ebenfalls dick gepolstert. Und dahinter ein prächtiges, türkis gekacheltes Badezimmer.

Schau dir die Badewanne an, sagte er und zog sich die Hose hoch, als müsse er sich vor einem Weltwunder in Stellung bringen. Und weil ich ihn stutzig ansah, griff er sich an den Kopf.

Junge, das ist eine Doppelbadewanne.

19

Mein Vater klopfte jeden rostigen Nagel gerade, als er aus der Gefangenschaft nach Hause kam. Bauen und konstruieren, umbauen und ausbauen, reparieren und flicken, das war unsere Welt. Die Sehnsucht nach einem Fahrrad, einem Motorrad oder Auto hielt uns in Atem. Als das Geld für den ersten Volkswagen zusammengespart war, gaben die Verkäufer meinem Vater Fahrstunden. Das war normal und mit der Anschaffung des Autos war ein sozialer Aufstieg verbunden; so empfanden wir das. Technik war gleichbedeutend mit Fortschritt. Sie dienstbar zu machen unsere Bestimmung.

Es war eine Welt, in der alles einem praktischen Zweck diente. In der jede Form von Luxus undenkbar war, ja, im eigentlichen Sinn des Wortes undenkbar, weil das Notwendige alles bestimmte. Und wenn wir mal einen Ausflug machten, meistens zu Verwandten, dann wurde unterwegs nicht das Schlechteste, doch das Preiswerteste gegessen: Bratkartoffeln mit Spiegelei und Salat.

Und plötzlich stand der wilde Brel vor der Kamera und schrie immer verzweifelter: Ich will zurück in den Hafen von Amsterdam.

Erinnern Sie sich an den *Hafen von Amsterdam*? Musikalisch überdreht, Energie pur. Jacques Brel war groß und schlaksig, mit einer schwarzen, fast zigeunerhaften Mähne. Ständig eine Zigarette zwischen den Fingern, immer unter Spannung. Seine Musiker spielten und Brel sang; alle taten jedenfalls so, denn das Chanson war schon vorher in einem Tonstudio aufgenommen worden, wir drehten nur die Bilder dazu.

Mittags lud er uns mit der Band in ein Schweizer Restaurant ein. Die Belgier legten Wert auf gutes Essen. Ein Fleischfondue wurde bestellt. Der Ober stellte das rohe, in Stücke geschnittene Rindfleisch auf den Tisch, und als mir versehentlich ein Stück von der Gabel rutschte, wischte Brel das Unglück besänftigend zu Seite.

Macht nichts, junger Mann, Hauptsache, es bleibt nichts auf dem Boden liegen.

Das war die Tonhöhe. Die blonde Frau, die im Jazzkeller an der Bloody Mary gesüffelt hatte, gehörte auch zur Truppe. Sie war sehr schlagfertig, fast wie eine Kabarettistin; hatte immer die Lacher auf ihrer Seite. Man musste auf der Hut sein, um in dieser Gesellschaft mithalten zu können. Abends ging es zurück nach Köln, auch wenn es schon spät war. Meistens hatte jemand ein Auto; man teilte die Fahrkosten und schummelte mit den Übernachtungsspesen. Damit waren die Tage keineswegs zu Ende. Wir gingen ins Kino, hörten Musik oder aßen bei Salvatore, einem der ersten Italiener, der in Köln aufgemacht hatte, eine *Bistecca alla Fiorentina*.

Geschlafen wurde nur wenig. Die neue Welt ersetzte den Schlaf. Die witzige blonde Frau hatte ein kleines Studio direkt gegenüber dem Kölner Funkhaus. Das war die Upper East Side oder der Quai de Montebello gegenüber von Notre Dame. Damals. Sie hatte einen kräftigen Zug, rauchte wie ein Schlot und war feierfreudig. Vielleicht hätte alles gut gehen können, wenn ich nicht unter einer Form von Unterernährung gelitten hätte. Nicht physisch – sondern psychisch. Die blonde witzige Frau lieferte in Hülle und Fülle, wonach ich mich immer gesehnt hatte. Und weil ich mich selbst nicht kannte und vor allem sie nicht, passierte, was passieren musste. Sie wurde schwanger.

Als ob das Schicksal den jungen Mann von einundzwanzig Jahren für sein ausschweifendes Leben hätte bestrafen wollen. Vaterwerden hieß, heiraten und eine Familie ernähren; Geld für Frau und Kind zu verdienen. Anfang der sechziger Jahre sah die Gesellschaft verächtlich auf „ledige Mütter“ herab. Keine Frage, das konnte ich der jungen Frau nicht zumuten. Schmerzlich war der Verzicht auf das Studium, der mit der Heirat einherging. Dass meine Frau arbeitete und wir beide das Kind großziehen würden, war unvorstellbar. Dafür gab es kein Beispiel. Das Verbot, mit einer Frau zu schlafen, mit der man nicht verheiratet war, war eingebrannt; deshalb wagte ich auch nicht, mit jemandem darüber sprechen. Wäre der wirkliche Grund für die Heirat bekannt geworden, hätte das zu einer Belastung werden können. Nach außen spielte ich den Vergnügten und trug mein Elend schweigend mit mir herum.

So arbeitete ich weiter in meinem Fernsehjob und besuchte die Vorlesungen – immer mit dem bangen Hintergedanken, dass das universitäre Leben bald vorbei sein würde. Im Hörsaal starrte ich auf den konzentriert und scheinbar schwerelos seine Thesen vortragenden Professor, während ich selbst niedergeschlagen die eine oder andere Notiz machte. Die Traurigkeit, das Studium bald aufgeben zu müssen, betäubte mich immer mehr.

Die Wochen vergingen schnell und wir kaschierten die Schwangerschaft mit allen Mitteln. Ohne etwas zu sagen, beobachtete ich ihren Bauch, der immer runder wurde. Irgendeine Freude über das, was die Natur da ungefragt produzierte, wollte nicht aufkommen. Manchmal ertappte ich mich bei Gedanken, die die Grenzen des guten Geschmacks überschritten, ja des Bürgerlichen Gesetzbuches. Abtreibungen waren strafbar. Wenn sie sich abends müde aufs Bett legte und ich ihr einen Tee servierte, starrte ich auf ihren Bauch. In diesem unschuldigen Bauch konzentrierte sich mein Unheil. Sechs Monate waren bald vorbei. Wir entschlossen uns, die Hochzeitspläne bekanntzugeben.

Warum willst du so jung heiraten, fragte meine Mutter alarmiert.

Weil ich mich dazu entschieden habe, lautete die gereizte Antwort.

Denk bloß nicht, dass ich an einem solchen Ereignis teilnehmen werde, erwiderte sie hart und ließ keinen Zweifel daran, dass ihre Kampfansage ernst gemeint war.

Obwohl mir zum Heulen zu Mute war, fühlte ich mich nach diesem Schlagabtausch besser. Der Korken war jetzt raus aus der Flasche; der bittere Tropfen konnte getrunken werden.

Mein Vater hielt sich zurück, vielleicht weil der Sohn ihm ferner war oder er mehr Verständnis aufbrachte. Die angehenden Schwiegereltern nahmen die Nachricht gelassen auf. Schienen eher zufrieden darüber, dass ihre Tochter bald „unter der Haube" sein würde, wie der Schwiegervater mit milder Ironie formulierte. Früher, dozierte er mit einer leicht verächtlichen Handbewegung, haben Frauen nach der Hochzeit eine Haube getragen. Als Zeichen dafür, dass eine Frau vergeben ist.

Pater Anselm erklärte sich bereit, uns zu trauen. Die Brauteltern hatten sich noch nie gesehen und meine Mutter weigerte sich immer noch, an der Trauungszeremonie teilzunehmen. Am Hochzeitsmorgen trieb die miserable Stimmung ihrem Höhepunkt entgegen. Die kirchliche Trauung war für elf Uhr in der Kirche der Dominikaner angesetzt. Gegen zehn Uhr machten meine Eltern immer noch keine Anstalten aufzubrechen.

Sie überlegten noch, gaben sie kühl zu verstehen.

Enttäuscht stopfte ich mein Kopfkissen und die Bettdecke in den Kofferraum und fuhr los. Vor der Kirche warteten die geladenen Gäste und meine Frau, die mir schon ziemlich rundlich vorkam. Vielleicht hing das mit dem weißen Satin-Hochzeitskleid zusammen, das durch eine Schleife stark auftrug. Sie fragte mich, wo meine Eltern blieben, und ich zuckte mit den Schultern.

Die Freunde empfingen mich in ausgelasser Stimmung und auch die Familie meiner Frau ließ sich nichts anmerken. Die Hochzeitsgesellschaft schien unser Unglück nicht wahrzunehmen. Wenige Minuten vor elf Uhr tauchten meine Eltern auf und begrüßten die Schwiegereltern wie alte Bekannte. Der Druck ließ nach.

20

Seltsam: Wenn ich an den Hochzeitstag zurückdenke, spüre ich ein Gefühl der Erleichterung. Trotz allem.

Das Mittagessen nach der Trauung fand in einem der besseren Kölner Restaurants statt. Man hatte das Brautpaar auf einer kleinen Estrade platziert; jeder sollte an dem Glück teilhaben. Ab und zu wurde ein Toast ausgebracht. Dann blickten uns die Gäste an und am liebsten hätte ich geschrien: Was lacht ihr denn so, seht ihr nicht, wie schlecht es mir geht?

Das Essen, obwohl für seine Qualität bekannt, schmeckte mir nicht. Sobald ich die Gabel in den Mund schob, verwandelte es sich in eine schale Masse, die ich hinunterwürgte, während es Verwandten und Freunden bestens zu munden schien. Auch meine Frau hatte kräftigen Appetit und lobte das von ihren Eltern sorgfältig zusammengestellte Menü. Es ist nicht übertrieben: Viele Jahre habe ich einen Brechreiz verspürt, wenn ich daran zurückdachte.

Nach dem Essen, das sich bis in den Nachmittag hinzog, trennten wir uns und fuhren mit den Trauzeugen in das Appartement meiner Frau. Ja, sie war jetzt meine Frau. Das monatelange Warten mit den Lügen und Halblügen war vorbei, zumindest teilweise, denn von dem Kind unter dem glänzenden Satinkleid war immer noch keine Rede. Wir machten es uns in der kleinen

Wohnung – ein Zimmer mit Bad und Kochnische – gemütlich, und die Hochzeitsparty ging bis in den frühen Morgen. Das Brautpaar durfte sich ins Bett legen und die Freunde schliefen einfach auf dem Boden.

Woher kam das Gefühl der Erleichterung? Es war der Abschied von den Eltern. Diese Last war gestemmt – und das Kind sollte ja erst in ein paar Wochen auf die Welt kommen. So vergingen die ersten verheirateten Tage beinahe heiter und unbeschwert. Meine Frau ging wie üblich ihrer Arbeit nach, während ich jobbte, um Geld zu verdienen, was meine Mutter mit Wohlwollen sah.

Da könntest du Direktor werden, sagte sie und dachte an die finanzielle Sicherheit einer öffentlichen Rundfunkanstalt.

Dann der Anruf. Mein Freund Axel war am Apparat.

Deine Frau hat mich angerufen; es geht ihr nicht gut. Ich habe sie nach Hause gebracht. Sie liegt jetzt im Bett.

Was ist los?

Sie blutet.

Hat sie sich verletzt?

Nein – wahrscheinlich die Schwangerschaft. Ziemlich sicher sogar.

Kannst du keinen Arzt rufen?

Sie muss ins Krankenhaus.

Gut, dann bringen wir sie ins Krankenhaus.

Sie lag auf dem Bett und lächelte mild wie eine Madonna auf einem Seicento-Gemälde.

Mein Freund stand auf und machte mir den Platz frei. So kannte ich sie nicht, meine starke, sinnliche Frau. Als ich mich über sie beugte, nahm sie meine Hand.

Entschuldige. Ich habe dich nicht erreicht.

Ihre Stimme war fast erloschen. Sie legte die Hand auf ihren Bauch und entschuldigte sich noch einmal.

Du musst in eine Klinik. Das Auto steht vor der Tür.

Der Citroën ID19 – automobile Avantgarde, mit Luftfederung und rückklappbaren Vordersitzen, war geräumig genug.

Und wie kriegen wir sie runter?

Axel machte ein besorgtes Gesicht.

Zu zweit geht das, beruhigte ich ihn.

Nehmt ein paar Handtücher mit, bat meine Frau.

Als jemand in den Aufzug steigen wollte, wurde er zurückgewiesen.

Krankenfahrt.

Sie hielt sich tapfer, obwohl ihr das Gehen schwerfiel. Wir stützten sie und legten sie auf den zurückgeklappten Sitz. Stopften ihr die Handtücher unter den Hintern. Der Rock war feucht.

Sie entschuldigte sich wieder.

In der Klinik wurden wir sofort vorgelassen. Die Schwester bat, einen Moment zu warten, der Arzt komme gleich. Mein Freund wollte sich verabschieden.

Ich denke, ihr braucht mich nicht mehr.

Wo sind die Handtücher, fragte meine Frau.

Im Auto. Soll ich sie holen?

Sie schüttelte den Kopf und zog ein Seidentuch aus ihrer Tasche. Ein Geschenk von mir – vor der Schwangerschaft. Sie knüllte es in der Hand und ich fragte, ob sie Schmerzen habe.

Eigentlich nicht.

Mein Freund wollte weg und ich versuchte vergeblich, ihn zum Bleiben zu bewegen.

Weiß der Teufel, wie lange das dauert!

Die Schwester rollte einen Krankenstuhl heran, und wir hoben meine Frau gemeinsam in das Gefährt. Dann verschwanden die beiden hinter einer lautlos schwingenden Pendeltür. In mir brodelte es, und gleichzeitig schuf das ganze Elend eine völlig neue Lage. Mit einer Fehlgeburt würden viele Probleme gelöst.

Nicht alle, aber das entscheidende. Ich würde nicht mehr für „Frau und Kind" sorgen müssen, würde meine Studien fortführen und einen Beruf meiner Wahl ergreifen können. Eine wilde, eine asoziale Hoffnung.

Ich starrte auf die Pendeltür. Je mehr Zeit verstrich, umso mehr lag die Vermutung nahe, dass der Fall gravierend war. Als sich endlich die Tür öffnete und die Schwester auf mich zueilte, ahnte ich, was sie mir sagen würde.

Es tut mir leid, wirklich sehr leid für Sie. Ihre Frau hat das Kind verloren. Es wird ihr bald besser gehen. Morgen können Sie sie besuchen kommen.

Ich drückte der Schwester die Hand und wusste nicht, was ich antworten sollte.

Sie wird jetzt erst einmal schlafen, beruhigte sie mich und zog ihre Hand zurück.

So schnell es ging, lief ich aus dem Krankenhaus. Als ich die Autotür hinter mir zugeschlagen hatte, faltete ich die Handtücher zusammen und legte sie so auf den Nebensitz, dass die Blutspuren nicht mehr zu sehen waren.

21

Meine Frau erholte sich erstaunlich schnell und kam wieder nach Hause. Obwohl wir jetzt verheiratet waren, hatte sich in unserem Leben nicht viel geändert. Nur brauchte ich nicht mehr spät in der Nacht aus dem Bett zu springen, um nach Hause zu fahren. Überhaupt kam ich mir wie ein Glückspilz vor. Noch einmal davongekommen, jetzt hieß es aufpassen. Im Übrigen munkelt man von einer Antibabypille. Eine Pille für den Genuss ohne Reue.

Obwohl wir jubilierten, war voraussehbar: Die Beziehungen zwischen Männern und Frauen würden sich dadurch verändern. Bisher kam ein Kind auf die Welt, wenn es der Natur gefiel. Deshalb nahm die Gesellschaft – und nicht allein die europäische – die Männer in die Pflicht. Von nun an entschied die Frau, ob sie ein Verhütungsmittel nahm oder nicht. Der Mensch (und insbesondere die Frau) nahm die Natur in die Hand. Er (sie) konnte von nun an entscheiden, ob er (sie) sich fortpflanzen wollte oder nicht. So etwas hatte es in der Geschichte der Menschheit noch nicht gegeben.

Doch was solche Betrachtungen gegen die Aussicht auf sorgenfreien Genuss? Adam beißt in den Apfel, weil er Eva so gut schmeckt. Und sie lässt ihn an ihrem Vergnügen teilhaben, um ihr eigenes zu steigern.

Was meine Frau über unser Verhältnis dachte, war mir nicht klar. Mir kam auch gar nicht die Idee, sie danach zu fragen oder über meine Gefühle ihr gegenüber zu sprechen. Das Leben ging weiter und unsere Vitalität half, die Differenzen zu überspielen. Wir wollten als glückliches Paar auftreten – und spielten unsere Rollen. Schauspieler gehen auf die Bühne und spielen glückliche Paare, auch wenn sie sich gerade in den Kulissen angegiftet haben. Ich warf mich auf meine Studien und war froh, dass mein Wissensdrang sich entfalten konnte und langsam eine Richtung bekam. Studieren und ein Examen waren wichtiger als alles andere.

Ich hatte mich in Bonn in den Fächern Mathematik und Physik eingeschrieben und merkte schon bald, dass mir weder das eine noch das andere Fach wirklich lag. Eine Frage der Begabung. Und da es ein Kinderspiel war, die Fakultäten zu wechseln und Vorlesungen in anderen Fächern zu besuchen, hörte ich mich um. Neue Freunde halfen, gaben Anregungen. Ein Kommilitone, der aus seiner marxistischen Haltung keinen

Hehl machte, erzählte begeistert von der Frankfurter Schule; die Namen Horkheimer und Adorno fielen zum ersten Mal. Und dann gab es einen Kunsthistoriker namens Lützeler, ein kleiner Mann mit einem auffallenden Buckel.

Sehen Sie, meine Damen und Herren, dozierte er vor einem an die Wand projizierten Diapositiv der *Desmoiselles d'Avignon*, das ist einer der großen Wendepunkte in der Kunstgeschichte. Die Damen, die Sie hier sehen, haben selbstverständlich nichts mit der Stadt Avignon zu tun, sondern mit einer Bordellstraße in Barcelona. Da schaut uns die käufliche Liebe an. Diese Damen werden sich zu Tode huren, wie Brecht es in der *Dreigroschenoper* formuliert hat. Picassos Dekomposition ist ein Vorgriff auf kommende Zerstörungen, die gewaltsamen Zerstückelungen von Ländern und Gesellschaften – Picasso, der prophetische Künstler, ahnt die gesellschaftlichen Verwerfungen voraus, rief Professor Lützeler, der kaum über das Pult schauen konnte, in den dunklen Hörsaal, der mit mehr als fünfhundert Leuten vollgepackt war.

Auch Ratzinger, der spätere Papst, las damals in Bonn. In den Hörsälen prallten die Meinungen aufeinander und nichts war politisch korrekt.

Jedenfalls dauerte es nicht lange, bis ich mich in Kunstgeschichte und Philosophie einschrieb.

Was willst du denn damit anfangen, fragte mein Vater enttäuscht, während meine Mutter sich klug zurückhielt. Die fatalen Wörter „brotlose Kunst" fielen. Ohne dass mich das im mindesten zu einem Umdenken veranlasst hätte. Nein, für das tägliche Brot und die nötige Butter würde es schon reichen.

Zwischen meinen vollmundigen Auftritten und den Befürchtungen meiner Eltern lag die Wirklichkeit. Obwohl mich das künstlerische Milieu anzog, ja faszinierte, und die Frage, was Kunst eigentlich ist, in mir brannte, war ich ja kein Künstler.

Meine Ängste saßen tief. Durch Krieg und Herkunft, sicher auch durch die Vaterschaft, der ich im letzten Moment entkommen war. Deshalb wollte ich Examen machen, und zwar so schnell wie möglich. Ich arbeitete wie besessen, litt oft unter Kopfschmerzen und wenn jemand rauchte, nörgelte ich so lange, bis er die Zigarette ausdrückte. Meine Frau lud zu Festen ein und bald zogen wir in ein Haus mit mehr Platz. Ein geselliger Ort. Unsere Freunde kamen gerne und fühlten sich wohl bei uns.

22

Was ich nicht erwähnt habe: Pater Anselm hatte eine Passion für den Film. Bergman natürlich und Antonioni hatten es ihm angetan. Seine Augen strahlten, wenn er von *La Notte* erzählte. Ein Schriftsteller und seine Frau verbringen einen Tag und eine Nacht in Mailand. Jeanne Moreau und Marcello Mastroianni. Das Paar hat sich kaum etwas zu sagen. Weder der sich ankündigende Tod eines Freundes, den die beiden im Krankenhaus besuchen, noch die Begegnungen in der Villa eines Industriellen, meist mit Menschen, die sich in derselben Situation befinden wie sie selbst, veranlassen sie, über ihre eigene Lage zu sprechen. Bis in den frühen Morgen irren sie herum, finden sich erschöpft im Garten der Villa wieder. Erst jetzt, in der grauen Dämmerung schaffen sie es, ihr Unglück anzusprechen.

Der Film spiegelte meine eigene Situation wider. Zuerst begriff ich das nicht. Alles, was die eigene Person betrifft, begreift man erst nach einem gewissen Abstand, wenn man der Wahrheit ins Gesicht schauen kann oder man dazu gezwungen wird. Vielleicht ahnte ich ja meine wahre Lage, dann verstärkte diese Ahnung meine Begeisterung für den Film. Die Schönheit der schwarz-weißen Bilder. Die Sparsamkeit der Mittel. Eine Erzählung wie ein Spaziergang – ohne erkennbare Logik. Ohne das kalkulierte Vorwärtstreiben der klassischen Dramaturgie – wie der Schmerzpunkt umkreist wurde. Diese melancholische, geheimnisvolle Schönheit Antonionis schlug mich in den Bann. Dabei entging mir das Wesentliche. Denn uns ging es ja nicht viel anders. Solange ich bis zur Erschöpfung arbeitete und meine Frau für den geselligen Teil sorgte, war die Gefahr gebannt.

23

Obwohl ich mich für ein geisteswissenschaftliches Studium entschieden hatte, kannte ich mein Ziel nicht. Das Suchen selbst war ein wunderbarer Luxus. Und Luxus ist etwas anderes als Verschwendung. Denn ich studierte fleißig und war entschlossen, ein Examen zu machen.

Es half nichts. Wenn ich im kunsthistorischen Seminar saß und mich über Abbildungen romanischer Kirchen beugte, wenn ich versuchte, Wittgensteins Sätze zu verstehen, dachte ich an meinen Vater, der zur gleichen Zeit auf Autobahnstrecken hinter seinem Theodoliten stand, den Hut in die Stirne zog, weil der Wind so stark wehte und die Hände zusammenschlug, um sich der Kälte zu erwehren. Oder meine Mutter, die Kartoffeln schälte oder den Garten umgrub, was ihr gar nicht lag. Wenn ich mich schon mit Kunst oder Philosophie beschäftigte, dann musste dieser Extravaganz wenigstens eine bürgerliche Krone aufgesetzt werden – und das konnte nur ein Doktorexamen sein. Das war ich meinen Eltern schuldig.

Themen aus den Fächern Kunstgeschichte und Philosophie interessierten mich nicht sonderlich. Was mir unter den Nägeln brannte, war der Film. Film war das Medium, mit dem ich beinahe täglich zu tun hatte – wenn auch in seiner banaleren Form – und davon wollte ich mehr verstehen.

Im Jahre 1962 gab es in Deutschland noch keine Filmwissenschaft. Wer über Film nachdachte, schrieb in der „Filmkritik". Da wurden alle wichtigen Filme besprochen. Die ästhetische Position der Zeitschrift reflektierte die wirtschaftlichen Hintergründe der Filmproduktion, wie das Adorno und Kracauer in ihren Schriften forderten. Sie setzte sich damit von der landläufigen Kritik mit ihren oft einfältigen Geschmacksurteilen ab; wehrte sich gegen den Einfluss der Kirchen, die den Film als Massenbeeinflussungsmittel ins Visier genommen hatten. Pater Anselm, der Mitglied einer der paritätischen Kommissionen war, fuhr regelmäßig nach Wiesbaden, wo die Filmwirtschaft ihre Produkte „freiwillig" begutachten und manchmal sogar ablehnen ließ.

Irgendjemand riet mir, mich in Köln umzusehen. Da gebe es einen Professor für Theaterwissenschaft, bekannt für seine offene Einstellung. Der wäre vielleicht für eine Arbeit über ein Filmthema zu gewinnen.

Der grauhaarige, tadellos gescheitelte Professor Badenhausen war schon über fünfzig. Klein und zierlich, mit jugendlichem Charme. Er lächelte.

Was kann ich für Sie tun?

Herr Professor, um mich verständlich zu machen, muss ich etwas ausholen.

Bitte, nicht Ihr ganzes Leben.

Es muss den Druck gespürt haben, unter dem ich stand, denn während er mit der einen Hand seine Brille zurechtrückte, machte er mit der anderen eine einladende Bewegung.

Ich begründete mein Vorhaben, versuchte knapp zu bleiben. Badenhausen unterbrach nicht, und als ich fertig war, beugte er sich – beinahe verschwörerisch – über den Schreibtisch.

Herr Gründgens sagte immer: Eines Tages kommt jemand mit einer neuen Idee. Da muss man aufpassen.

Meine geschichtlichen Kenntnisse waren lückenhaft. Doch der Name Gustaf Gründgens war gerade durch die Presse gegangen: Der legendäre Mephisto und ehemalige Intendant des Preußischen Staatstheaters war in Manila an einer Überdosis Schlaftabletten gestorben. Alle Zeitungen hatten darüber berichtet – auch über seine Zeit in Berlin während des Dritten Reiches.

Professor Badenhausen nahm seine Brille ab und wischte mit einem Tuch die Gläser sauber. Die wässrigen Augen blinzelten mich an.

Ich brauche einen Koreferenten, denn ich kann Sie ja nicht allein promovieren.

Er lispelte etwas.

Wir müssen daher ein Thema finden, das in ein anderes Fach übergreift. Eine Frage hat mich immer interessiert: Warum werden aus schlechten oder sagen wir mittelmäßigen Romanen gute Filme, und aus bedeutender Literatur in der Regel nur mäßige Filme?

Ich stürzte aus dem Seminar und führte auf der Straße einen Freudentanz aus. Endlich vor einem klaren Ziel, meinem Ziel.

Bis ich mehr über Badenhausens Vorleben erfuhr, dauerte es einige Zeit. Während Gründgens Direktion am Berliner Gendarmenmarkt, war er dessen persönlicher Assistent und Dramaturg gewesen. Bis 1944 mit Elisabeth Flickenschildt verheiratet. Und Flicki, wie er sie später oft nannte, war eine bekannte Schauspielerin. Sie hatte ebenfalls unter und mit Gründgens am Staatstheater gespielt; nach dem Krieg auch in Düsseldorf und Hamburg. Das alles roch nach Drittem Reich.

Als Goebbels Anfang 1943 zum „totalen Krieg“ aufrief, meldete sich Gründgens freiwillig zum Kriegsdienst, doch Göring, sein oberster Vorgesetzter, rief ihn als „unverzichtbar“ zurück. Gegen Ende des Krieges setzte man ihn auf die „Gottbegnadeten-Liste“. Auf ihr befanden sich nur Namen, die Hitler und Goebbels als unentbehrlich für das Regime ansahen. Warum auch Schauspieler? Weil Goebbels sie für die Propaganda-Filme brauchte. Der oberste Kriegsherr und sein Gefolge spielten ihr Spiel bis zum bitteren Ende.

24

Das Zusammentreffen mit Badenhausen war die erste Begegnung mit einem Menschen, der die Macht – ihre Ausübung in totalitärer Form – aus nächster Nähe erlebt hatte. Diese Macht ist etwas anderes als die Macht eines Menschen über einen anderen. Es ist auch nicht die Geschichte des Mündels, das Vormund sein will. Denn die öffentliche Macht verleiht denen, die sie ausüben, eine Aura. Und auf all die, die sich genügend lange im Umkreis der Mächtigen aufhalten, strahlt diese Aura ebenfalls aus; sie geht auf sie über und bleibt, selbst wenn die Macht längst zerfallen ist. Ein Vater, der aus der Gefangenschaft nach Hause kommt – geschlagen und beinahe verachtet – hat diese Aura nicht. Seine Niederlage ist eine Last, auch für seine Umgebung. Sie elektrisiert niemanden.

Ein Lehrer, der einem Schüler eine gute Note verweigert, verfügt nicht über eine solche Aura. Denn die Noten haben einen konkreten Hintergrund. Der Benotete sieht den Zusammenhang zwischen sich selbst, seiner Arbeit und dem Notengeber. Der Mächtige dagegen schnippst mit dem Finger, diktiert zwei Sätze, und eine undurchschaubare Maschinerie setzt sich in Gang. Das macht ihn zu einem Zauberer.

Die Aura, die Badenhausen umgab, speiste sich unter anderem aus zahllosen Verbrechen und dem, was mit selbstmörderischer Rechthaberei davon übriggeblieben war. Das war nicht alles, bei Weitem nicht. Badenhausen hatte einen unbestreitbaren Charme und Gründgens und seine Truppe zeigten hervorragendes Theater. Im Berliner Staatstheater gab es glänzende Schauspieler und Regisseure, man zeigte exzellente Stücke, versteckte Juden und half ihnen, so gut es ging.

Also gab es ein „Andererseits". Der Professor war kein Nazibonze. Er war ein feiner Herr mit einem stupenden Wissen und einer beindruckenden Anpassungsfähigkeit. Bei Gelegenheit wischte er sich mit einem fein gebügelten Taschentuch die Augen, schluckte und tat, was man von ihm erwartete. In dem großen Berliner Rummel hatte er an einer Stelle mitgemacht, die fast nichts mit der Ausübung von politischer Macht zu tun hatte. Der elegante junge Mann hatte kein Blut an Händen. Es darf angenommen werden, dass er niemanden denunziert hat. Sogar geholfen hat, wenn er konnte. Nur hätte er sich entschließen können, Abschied zu nehmen und nicht mitzulaufen. Und ohne Mitläufer wäre der Apparat zusammengebrochen.

Ich habe ihm oft gegenübergesessen und fragen wollen, warum er seinen Dienst nicht quittiert hat. Habe es dann nicht getan, die Antwort ahnend.

Sie können sich nicht vorstellen wie das damals war. Man hätte uns wegen Fahnenflucht an die Wand gestellt. Wir waren einfach zu wichtig.

Das sagte der Professor von Zeit zu Zeit, auch ohne, dass ich gefragt hatte. Tatsächlich waren sie wichtig für das Regime – gottbegnadet wichtig.

Aber bis man so wichtig wird, muss einiges passieren. Man muss schon oft wegsehen und alle Ausstiegsmöglichkeiten gründlich verpassen.

Macht wärmt und nährt, sie schützt und verschafft Privilegien. Indem ich Badenhausens Angebot aufgriff, ja begeistert annahm, schloss ich einen Pakt. Ich band mich an einen Mann, zu dessen hervorstechendsten Eigenschaften das Lavieren gehörte. Ganz wohl war mir dabei nicht und überhaupt nicht klar, dass das der Anfang einer Reihe von Pakten war, die in der Frage münden würden, ob sie zu respektieren oder zu brechen seien.

25

Der Nachtzug nach München stand abfahrbereit auf Gleis 4. Es war frostig kalt und der Dampf der Lokomotive wehte in grauen Schwaden durch die Kölner Bahnhofshalle.

Die stählerne Dachkonstruktion mit ihren blinden Scheiben machte das Winterlicht noch düsterer. Überall Spuren von Einschüssen, fehlende Glasscheiben, verbogene Eisenträger – fast zwanzig Jahre nach dem Krieg.

Wo blieb Günther Hassert, der Regisseur, mit dem ich verabredet war?

Ich hatte das Gepäck bereits im Abteil verstaut und lief nervös im Seitengang hin und her. Gewöhnlich war Hassert zuverlässig. Ich stieg aus und suchte den Stationsvorsteher.

Fährt der Zug pünktlich ab?

Wat denken Sie denn, junger Mann, kam es in rheinischem Tonfall zurück.

Hinter der Lokomotive schaufelte der Heizer Kohle aus dem Tender und warf die schwarzen Brocken in das lichterloh brennende Feuer. Aus den Druckventilen zischte Wasserdampf. Der Geruch verbrannter Kohle. So hatte es morgens bei uns in der Küche gerochen, wenn wir uns alle an einem Waschbecken wuschen. Bei schlechtem Wetter, wenn der Kamin nicht zog, qualmte es.

Ich kletterte wieder in den Schlafwagen und spähte nach draußen. Wo blieb der Chef? Am nächsten Morgen sollten die Dreharbeiten beginnen: in den Ateliers der Bavaria, wo wir den Schlagersänger Vico Torriani filmen sollten. Torriani, ursprünglich Koch, war erfolgreich, verkaufte zehntausende Platten an deutsche Hausfrauen. Weil Hassert den singenden Schweizer nicht mochte, war ihm der Auftrag lästig. Ich war schon neugieriger, weil ich München kennenlernen wollte und die berühmten Ateliers. Die Uhr rückte vor und der Zug musste jeden Moment abfahren.

Plötzlich Bewegung auf dem Bahnsteig. Hassert in einem Lederfellmantel stritt sich mit dem Stationsvorsteher.

Sie sehen doch, dass das mein Zug ist, schrie er mit hochrotem Kopf und stürmte auf den Schlafwagen zu, während dem Stationsvorsteher die Pfeife im Mund stecken blieb.

Impertinenter Kerl, schnaubte Hassert und wuchtete seinen Koffer in den Waggon. Er war außer sich: Immer dasselbe, wenn meine Frau telefoniert, kann sie kein Ende finden. Wie soll man da ein Taxi bekommen.

Ich war froh, nicht alleine reisen zu müssen. Als der Kontrolleur vorbeikam, haute Hassert ihn an.

Nach diesem Schreck brauche ich zuerst mal was zu trinken. Das Frühstück um sieben und den Schampus sofort. Ihr Personal ist ja wirklich gefährlich.

Der Kontrolleur blickte ihn misstrauisch an.

Haben Sie das nicht mitbekommen? Ihr Kollege lässt den Zug abfahren, obwohl ich noch nicht drin bin.

Vergessen Sie nicht, dass wir Fahrpläne haben.

Da haben wir es wieder, dieser Mangel an Flexibilität, nörgelte Hassert, als der Schaffner außer Sichtweite war.

Ein Fräulein brachte den Sekt.

Hier, in mein Abteil.

Der Ton des Regisseurs lockerte sich. Er gab der jungen Frau ein Trinkgeld und wir prosteten uns zu.

Gott sei Dank haben Sie den Zug gekriegt.

Heute Nacht duzen wir uns, entschied der Regisseur.

Der Vorname Günther erinnerte mich an Kneipen im Ruhrgebiet, an Kiefernwälder und Kegelvereine, also an Dinge, an die ich nicht gerne dachte.

Bonn war der erste Halt. Jemand stieg ein und sprach mit dem Schaffner. Ein älterer Mann mit bayerischem Akzent.

Sicher ein CSU-Politiker. Vielleicht Franz-Josef Strauß.

Wir lachten und prosteten uns zu.

Schließ die Tür ab, damit der Kerl uns nicht belästigt.

Hassert war Anfang vierzig, schlank und auffallend elegant. Mit seidenem Hemd und einer Röhrenhose aus Leder. Schlafwagenabteile, auch in der ersten Klasse, sind eng.

Hast du Platon gelesen, fragte er.

Ich nickte. Es fiel mir schwer, meinen Chef zu duzen.

Ich meine *Das Gastmahl*?

Klar, trumpfte ich auf, das Gelage des Dichters Agathon, der den Preis für die beste Tragödie bekommen hat. Die Reden über den Eros.

Über die Dankbarkeit der Knaben, ihr Verhältnis zu den Lehrern.

Habe ich nie richtig verstanden, bekannte ich. Eros, ziemlich nebulöser Begriff.

Du irrst. Das Prinzip ist einfach. Die Knaben ziehen die Lehrer erotisch an, und nicht umgekehrt. Dafür lernen sie etwas.

Ich protestierte.

Wie soll dieser Handel funktionieren?

Die Jungen sind dankbar für das, was die Lehrer ihnen mit auf den Weg geben. Als Gegenleistung stellen sie ihren Körper zur Verfügung. So kommen beide auf ihre Kosten.

Hassert goss wieder ein und stieß mit mir an.

Du musst offener werden. Ich frage mich, was du mit dieser Milchkuh machst.

Wenn du meine Frau meinst, kann ich dich beruhigen.

Inwiefern?

Weil ich mir dieselbe Frage stelle. Sie will unbedingt einen Hund und ich mag keine Hunde.

Vielleicht will sie ein Kind.

Hassert streckte sich auf dem schmalen Bett aus und ich rutschte auf die Kante, um seinen Oberschenkel nicht zu spüren.

Ihr passt nicht zusammen, sagte mein Chef.

Wir sind verheiratet, außerdem hat sie viele Qualitäten

Was heißt das schon, protestierte Hassert. Meine Frau und ich sind die besten Freunde. Dem Partner seine Freiheit zu lassen, ist kein Verbrechen.

Es klopfte und ich sprang auf. Der Schaffner.

Noch einen Wunsch?

Alles in Ordnung.

Ich setzte mich und spürte wieder das Bein. Hassert war drahtig und kippte die Gläser in einem Zug runter. Ich nahm mir ein Herz.

Meinst du nicht, dass die jungen Männer bei den alten Griechen wenigstens ein bisschen schwul gewesen sein müssen?

Jeder ist ein bisschen schwul, blitzte Hassert zurück.

Er zog sich die Hose runter und forderte mich auf, dasselbe zu tun.

Ich wollte aber nicht, und weil wir beide sportlich waren, fingen wir an zu raufen. Ein unbefriedigender Ersatz für das, was dem Regisseur vorschwebte. Schließlich gelang es mir, mich loszureißen und aus dem Abteil zu flüchten.

Ich war zu aufgeregt, um schlafen zu können und wusste, dass etwas zu Ende war oder zu Ende gehen musste. Irgendwie war es schade, dass ich nicht doch ein bisschen schwul war.

26

Man erinnert sich. Im Kopf oder im Körper ist etwas hängengeblieben, und diese Mischung aus Kopf und Körper hilft uns, Wunden und Glücksmomente zu speichern. Die Geschichtsschreiber, die offiziellen, gehen ganz anders vor, denn sie haben ja keinen Körper, der erlebt hätte, was sie interessiert, und den sie befragen könnten. Sie müssen sich auf Dokumente berufen, graben in Archiven, entschlüsseln Texte, suchen nach Zeugen.

Ich dagegen befrage meinem Körper, da ist alles gespeichert. Das Problem ist: Wie bringe ich ihn zum Sprechen? Denn an vieles, ja an das meiste, erinnere ich mich nicht mehr.

Sein Leben Revue passieren lassen, heißt es. Man schaut es sich in Fotoalben an oder bietet es als lose Programmfolge dar, wie in einem Kabarett. Die meisten glauben, dass sie der Wahrheit nahe sind, wenn sie an ihre Jugend, an ihre Schulzeit zurückdenken. Tatsächlich erinnern sie sich an Bruchstücke. Was vorbeizieht, sind Fragmente, aus denen ein Flickenteppich entsteht – im besten Fall. Bunt, aber nicht aus einem Guss. Damit es ein durchgewebter Teppich wird, muss der Körper sprechen. Er verbirgt, was passiert ist. Der Körper eines Menschen ist alles, was ihm widerfahren ist.

Ich war verheiratet – gegen meinen Willen. Ich promovierte in einem Fach (Theaterwissenschaft), das mir a priori nichts bedeutete und verdiente mein Geld mit einer Arbeit, die auf Dauer nichts für mich sein würde.

Die Geschichte mit Hassert spielte dabei keine entscheidende Rolle. Zwar wurde unsere Arbeit schwieriger, weil wir jetzt auf der Hut waren: Ich wartete auf die nächste Attacke und er befürchtete vermutlich, dass ich ihn verraten könnte. Homosexualität war strafbar. Es gab Leute, die dafür ins Gefängnis gingen. Übrigens einer der Gründe, warum wir gegen die Älteren aufbegehrten. Wir wollten mit unserem Körpern tun und lassen, was wir wollten, und Musik und Kleidung waren Teil dieses Aufbegehrens. Die Erfindung der Pille erlaubte von einem Tag auf den anderen Erfahrungen, die vorher undenkbar gewesen wären.

Nach meinem Doktorexamen bot mir Badenhausen eine Assistentenstelle in seinem Institut an. Eine Versuchung, denn ich hatte im Geschwindtempo studiert. Hatte Tag und Nacht gearbeitet, mit einer fatalen Tendenz zu Kopfschmerzen. Deshalb das meiner Umgebung auferlegte Rauchverbot. Arbeitsausfälle waren nicht tolerierbar. Natürlich machten sich meine gesellige Frau und unsere Freunde über mich lustig. Erklärten mich zum Hysteriker. Was mich allerdings nicht weiter scherte.

Zwar hatten mich die Professoren während des Examens für meine Kenntnisse gelobt, aber ich selbst kam mir unwissend vor. Ich hatte promoviert, aber nicht studiert, weil dafür keine Zeit blieb. Deshalb war die angebotene Stelle verführerisch. Endlich würde ich ohne finanzielle Sorgen meine Kenntnisse vertiefen können. Und wenn die Universität, wie sie vorgab, wirklich ein Ort der geistigen Freiheit war, würde sich vielleicht ein Platz für mich finden.

Die ersten Semester waren aufregend. Die Studenten strömten in meine Seminare und interessierten sich für das, was ich vortrug. Es ging vor allem um eine genauere Definition des Faches, das ich unterrichtete. Theaterwissenschaft – was hieß das eigentlich?

Bald wurde mir bewusst, dass dem Fach der Gegenstand fehlte. Denn in der Abgrenzung zu den benachbarten Fächern, die die Literatur, die Musik, die bildenden Künste, insbesondere ihre Geschichte erforschten, blieb der Theaterwissenschaft als eigentliche Aufgabe die Aufführung, der lebendige Vorgang des Spielens. Das war oder blieb das Spezifische des Fachs – ein komplexer und gleichzeitig vergänglicher Vorgang. Denn kaum senkte sich nach der Vorstellung der Vorhang, entzog sich die Aufführung, also der eigentliche Gegenstand, der Betrachtung.

Was man Theaterwissenschaft nannte, war durch theatergeschichtliche Sammlungen entstanden. In Wien, in München und in Köln. Man konservierte Bühnenbilder, Masken und Kostüme, Programmhefte. Die theaterwissenschaftlichen Institute waren kleine Museen, nur Eingeweihten zugänglich. In Schloss Wahn bei Köln befand sich eine solche Sammlung. Ein Professor Nießen hatte sie der Universität übertragen und damit die Theaterstudien an der Kölner Universität begründet. Die Besuche dort waren mühsam. Nicht nur wegen des Ehrfurcht gebietenden Auftretens des Konservators, sondern weil die alten Gemäuer und dunklen Räume Ausdruck einer Welt waren, zu der ich keinen Zugang fand. Das heruntergekommene Gebäude passte zu den vergilbten Plakaten, zerbrechlichen Modellen und staubigen Kostümen. Zu den verschnürten Kartons, die überall herumstanden. Das Neue, über das ich in meinen Seminaren redete, gab es hier nicht, die Zukunft des Theaters, die ich mir multimedial vorstellte, fand woanders statt. In diesen Räumen lagerten nur Relikte einer – vielleicht – vergangenen Größe.

Unter den Talaren der Muff von tausend Jahren, riefen ein paar Jahre später die Studenten und sprachen damit exakt aus, was ich selbst bei meinen Besuchen in Schloss Wahn empfand: Gelangweiltes Unverständnis und die absolute Gewissheit, dem so schnell wie möglich etwas anderes entgegensetzen zu müssen.

27

Der Zulauf zu meinen Seminaren schien mir ganz normal, machte mich deshalb leichtfertig, vielleicht sogar überheblich. Schmeichler berichteten, dass meine Sitzungen besser besucht seien als die der Professoren. Badenhausen beobachtete das in einer Mischung aus Neugier und Stolz, aber die museale Fraktion fuchste das gewaltig. Als ich den Mangel an wissenschaftlicher Stringenz des Faches Theaterwissenschaft öffentlich anprangerte und dabei unvorsichtigerweise auch Namen nannte, kam der Gegenangriff.

Eine Gruppe von Studenten stand vor dem Hörsaal und diskutierte. Eine Studentin, deren Gesicht ich kannte, wünschte mir einen guten Tag. Die anderen eher verlegen; keiner sagte etwas.

Was haben Sie da in der Hand, fragte ich den Studenten, der gerade vor mir stand.

Ein Flugblatt, grinste er.

Darf ich mal sehn?

Er zögerte und reichte mir dann das hektographierte Blatt.

„An die Lehrkräfte und Kommilitonen der Theaterwissenschaft."

Der Flur war nur schwach erleuchtet und ich ging in den Hörsaal. Gerappelt voll. Die meisten mit Flugblättern in den Händen. Lautes Stimmengewirr. Es wurde still, die Stimmung elektrisch. Ich ging ans Pult, stellte meine Aktentasche ab und legte das Flugblatt vor mich auf die Holzplatte.

„An die Lehrkräfte und Kommilitonen der Theaterwissenschaft.

Seit einiger Zeit beschäftig Herr Prof. Badenhausen einen Assistenten, der ihn offenbar fasziniert. In der Tat kann man Herrn

Dr. Rach einen gewissen Charme nicht absprechen. Deshalb erlaubt er ihm, Seminare abzuhalten, in denen er Thesen von sich gibt, die wissenschaftlicher Forschung nicht würdig sind. Wenn es nur das wäre, nein, er greift auch verdiente Lehrkräfte an und denunziert deren Lebensleistung. Warum, so fragen wir, darf Herr Dr. Rach dieses Spiel spielen? Wann, so fragen wir weiter, wird dem endlich ein Ende gesetzt? Wir jedenfalls haben beschlossen, seine Seminare nicht mehr zu besuchen und fordern alle unsere Kommilitonen und Kommilitoninnen auf, sich uns anzuschließen."

Ein Boxer, der eine lange Gerade einsteckt, geht nicht immer gleich zu Boden. Er schwankt, sieht nicht mehr richtig, das Blut läuft ihm aus der Nase. Aber er macht weiter.

Ich drehte das Blatt um, um die Buchstaben nicht mehr sehen zu müssen, diese schwarzen Anhäufungen auf weißem Papier, die schärfer waren als frisch gewetzte Messer. Ich packte das Pult mit beiden Händen und sah in die Menge.

Wenn Sie erwarten, dass ich dieses Pamphlet kommentiere, muss ich Sie enttäuschen. Im Übrigen steht es Ihnen frei, mein Seminar zu verlassen.

Drei oder vier Leute standen auf, die anderen blieben sitzen. Nein, am Ende des Saals, hinter den Bänken, wurde es auch leerer. Die waren aus Neugierde gekommen.

Jemand brüllte: Können wir endlich anfangen?

Ich fange nicht an, rief ich zurück, sondern fahre da fort, wo wir beim letzten Mal aufgehört haben. Diderots Auffassung vom Schauspieler.

Wie er in seiner Schrift ausführt, besteht das Paradox des Schauspielers darin, dass er einerseits er selbst ist, also ein Ego besitzt, und andererseits eine vorgezeichnete Person verkörpern will – seine Rolle –, die seinem Ego nicht oder nur bedingt entspricht. Nehmen wir als Beispiel den König Lear in Shakespeares gleichnamigem Stück oder den SS-Obersturmbannführer Gerstein in Hochhuths *Stellvertreter*. Der Kontrast soll verdeutlichen, worum es geht.

Unseren Schauspieler nennen wir Felix Müller. Er ist bei den Bühnen der Stadt Köln engagiert und für eine der beiden Rollen vorgesehen. Entweder für den SS-Mann, der in Hochhuths Stück das System von innen zu bekämpfen versucht – die Aufführung soll in den Kammerspielen stattfinden – oder den vorchristlichen englischen König auf der großen Bühne. Die Leitung des Hauses zögert. Felix Müller, in Gummersbach geboren, ist kinderlos verheiratet. Während der Nazizeit war er in der Hitlerjugend. Man kann davon ausgehen, dass er nie ein Vernichtungslager gesehen hat – weder von innen noch von außen. Nun soll er einen Offizier spielen, der ein mörderisches Regime bekämpft und sich dazu in seine Dienste begibt. Oder einen alten König, der vor vielen Jahrhunderten gelebt hat und den die Intrigen seiner Töchter in den Wahnsinn treiben.

Müller ist stolz auf die Angebote und weiß nicht, welcher Rolle er den Vorzug geben soll. Natürlich liegt die letzte Entscheidung bei der Intendanz, aber seine Stimme hat Gewicht.

Spielte er den Lear, würde ihn das zu einem der ersten Kräfte des Ensembles machen. Wenn Müller auf seinem Motorrad durch die Stadt donnert, stellt er sich vor, dass es sich um ein Pferd handelt, dem er die Sporen gibt. Doch wenn er den Offizier spielt und die Wasserpistole seines Neffen in die Hand nimmt, um den dünnen Wasserstrahl auf seine Frau zu richten, so als ob er einen Nazi erschösse, muss er lachen. Der Abstand zwischen der NS-Realität und seiner eigenen ist einfach zu groß. Umso größer, als er sich selbst an diese Zeit erinnert. Zu Recht fragt er sich, ob mit solchen Spielereien die Glaubwürdigkeit zu erreichen ist, die das Publikum verlangt. Denn er weiß, dass dieses So-tun-als-ob im Zuschauer das Gefühl entstehen lassen soll, ja muss, als handele es sich tatsächlich um einen wahnsinnig werdenden König, der einen Schicksalsschlag nach dem anderen erlebt, oder einen Nazi-Offizier, der sich in einem existenziellen Konflikt befindet. Der den Bruch des Treueids unter Todesgefahr in Kauf nimmt, weil er sich gegen die mörderischen Aktionen des Regimes auflehnt.

Die Frage, die Diderot stellt, ist klar: Mit welchen Mitteln erreichen wir das Ziel einer überzeugenden Darstellung? Mit Hilfe von Autohypnose – ich bilde mir ein, ich sei ein englischer König oder ein deutscher Offizier während der Nazi-Zeit, und bin es dann auch – oder aber mit kühlem Kopf und minutiösem Studium aller Details: angefangen beim Stücktext, der die Rolle vorgibt und aus der sich die Inszenierung ableitet, über die Kostüme und Requisiten, den notwendigen Gesten und Bewegungen, bis hin zum Spiel mit den Partnern und nicht zuletzt der Diktion.

Diderot beschreibt eine Koexistenz: die eines fiktiven Geschöpfs mit einer konkreten Person.

Der motoradfahrende Gummersbacher Felix Müller verschmilzt mit einem englischen König oder einem SS-Offizier, der für den Zuschauer während der Vorstellung zu einer lebendigen, glaubwürdigen Figur werden muss: das ist das Paradox.

An dieser Stelle schrie jemand: Sie selbst sind ein Paradox.

Eine Studentin kicherte und es wurde still. Mucksmäuschenstill.

Ich stützte mich auf das Pult.

Herr Kommilitone, rief ich in den Saal, wahrscheinlich wissen Sie nicht, dass Sie mir ein Kompliment machen. Denn Diderots Ziel besteht ja gerade darin, das Paradox zu realisieren.

Gelächter, wie nach einem nicht ganz sauberen Witz. Ich starrte gegen die Decke, dann durch die schlecht geputzten Fenster nach draußen in den verhangenen Kölner Himmel. Mein Kopf arbeitete nicht mehr.

Ist das Seminar zu Ende, rief jemand.

Ja, sagte ich erleichtert, das Seminar ist für heute beendet.

Ich schaute auf die Uhr. Eine Viertelstunde zu früh. Egal, nur weg, so schnell wie möglich raus.

28

In meiner Familie wurde nur selten fotografiert. Bei Hochzeiten oder besonderen Geburtstagen lief ein Verwandter mit einer Box herum und schoss schwarz-weiße Bilder. Wochen später kam ein Brief mit einigen Hochglanzabzügen, auf denen wir uns – oft unscharf – wiedererkannten. Die Fotos wurden in Zigarrenkisten aufbewahrt und bei geselligen Abenden herumgezeigt.

Erinnerst du dich, Josef, als wir in St. Goar auf der Terrasse am Rhein gesessen haben?

Als meine Mutter starb, hat mir mein Bruder die mit einem Einmachgummi verschlossenen Kisten anvertraut und ich habe sie jetzt noch einmal durchgesehen. Obwohl meine Tanten und Onkel seit Jahren tot sind, kenne ich ihre Gesichter. Ich sehe sie gleich vor mir, höre sie reden oder singen. Was fehlt, ist ein Bild, auf dem auch meine damalige Frau zu sehen ist.

Die hölzernen Kistchen der Firma Feinhals sind angestaubt, doch die Fotos erstaunlich gut erhalten. Manche mehr als hundert Jahre alt. Fast alle in Schwarzweiß, eine richtige Fundgrube. Zum Beispiel das Haus meiner Urgroßeltern in einem kleinen Ort zwischen Köln und Bonn. Meine Großmutter hat mir oft von den siebzehn Fenstern erzählt. Auf einer Postkarte, auf der das Haus neben der Burg abgebildet ist, habe ich nachgezählt und bin auf neunzehn gekommen – vielleicht hat sie die Dachgauben nicht mitgerechnet. Denn sie war eine Tochter des Gastwirts Wilhelm Schmitz und konnte rechnen. Hatte ihren

Mann schon im Ersten Weltkrieg verloren, ein kleines Vermögen geerbt, was während der ersten großen Inflation in den Zwanzigern schnell dahinschmolz. Immerhin hatte sie sich rechtzeitig ein Stück Land gekauft. Am Rande von Köln, auf der rechten Rheinseite, mit einem kleinen Bauernhof und einer Scheune. Da zog sie ihre beiden Kinder groß. Mit einer Kriegerwitwenrente – der Begriff fiel oft. Auch ich bin da aufgewachsen. Es gab einen Garten, der uns mit Obst und Gemüse versorgte – in vorzüglicher Qualität. Im Sommer saß meine Großmutter schon frühmorgens unter dem Kirschbaum und trommelte mit einem Stück Holz auf eine Zinkbadewanne, um die Vögel zu verscheuchen.

Als mein Vater aus amerikanischer Gefangenschaft zurückkehrte, wurde es ungemütlich. Meine Großmutter machte aus ihrer Unzufriedenheit kaum Hehl. Ihr Schwiegersohn war heil aus dem Kriege zurückgekommen, ihr eigener Sohn galt als vermisst. „Spurlos" vermisst. Und weil es keine Spuren gab, blieb die Hoffnung wach, dass er eines Tages in der Tür stehen würde. Dieses Hoffen war quälend. Am liebsten hätte ich gesagt: Begrabt eure Hoffnung. Ihr werdet ihn nie wiedersehen. Denn an der Ostfront war es am Schluss drunter und drüber gegangen. Totales Chaos als Folge eines totalen Krieges.

Die Spannungen hatten auch andere Gründe. Meine Großmutter und meine Mutter waren eigenständige Personen. Gewöhnt zu entscheiden. Jetzt mischte sich ein Mann in ihr Leben ein – das brachte Zündstoff. Mein Vater tat sich schwer mit seinem Berufsleben und klagte oft über die Vorgesetzten in seiner Behörde. Er arbeitete für das Autobahnamt, wie auch schon vor dem Krieg. Er war genau bis zur Pingeligkeit. Oft brütete er bis spät in die Nacht über seinen Zeichnungen. Radierte, spitzte Bleistifte, zog neue Linien. Mit einer Verbissenheit, die mir fremd war. Warum braucht er dafür so lange?

Beim kleinsten Vergehen raunzte er mich an und scheute sich nicht, mir mit dem Koppel, dem ledernen Gürtel, den er aus seiner Soldatenzeit mitgebracht hatte, zu drohen. Und manchmal auch zuzuschlagen. Wenn ich nicht auf die Minute pünktlich war, gab es Ausgehverbot. Dann durfte ich unseren kleinen Hof nicht verlassen. Manchmal wochenlang. Ich fing an, meinen Vater zu verachten. Hass ist etwas Simples, Verachtung reicht tiefer und hält länger. Auch meine Großmutter fand meinen Vater zu streng. Sonntagmorgens frühstückte ich bei ihr. Dann gab es Spiegelei und gekochten Schinken, selbstgemachte Marmelade und Weißbrot. Das hatten die Amerikaner eingeführt. Sie wohnte in einem eigenen Haus mit winzigen Zimmern und niedrigen Decken. Es war etwas größer als das meiner Eltern; ihr gehörte das Grundstück, auf dem wir alle lebten.

Auf alten Fotos sitzen oder stehen die Menschen, niemand läuft. Das hat etwas mit den Belichtungszeiten zu tun. Nur die deutschen Soldaten, die 1943 in Krivoï Rog im Osten der Ukraine Fußball spielen, laufen. Die Sonne brennt und alle sind so klein, dass ich meinen Vater nicht erkennen kann. Auf anderen Bildern schon, zum Beispiel 1941 in Frankreich. Da steht er braungebrannt mit nacktem Oberkörper vor einem Eisenbahnwaggon, ein Handtuch überm Arm, wahrscheinlich hat er sich gerade rasiert. Auf einem anderen Foto sieht man deutsche Soldaten im Winter 1942, auch in Frankreich. Zerstörte Gebäude und im Hintergrund die traurig dreinblickende Kathedrale von Amiens.

Warum suche ich nach einem Bild meiner früheren Frau? Weil ich mich nicht mehr daran erinnern kann, wie sie ausgesehen hat. Wenn ich versuche, sie mir vorzustellen, entsteht in meinem Kopf kein Bild. Was ist der Grund? Wenn das Leben eine Wechselbeziehung zwischen Erinnern und Vergessen ist, muss ich einräumen, dass ich das meiste vergessen habe.

Vielleicht vergessen musste. Um ein leckes Schiff über Wasser zu halten, wird Ballast abgeworfen. So ähnlich war es wohl. Im Laufe der Jahre wurde mir meine Frau immer fremder. Die Angriffe in der Universität wirkten wie ein zersetzendes Gift. Wahrscheinlich zweifelte sie an mir, ohne es direkt zu sagen. Sie wünschte sich einen Hund, aber ein Hund erschien mir als Belastung. Was dumm war, weil ein Kind im Vergleich zu einem Hund eine völlig andere Verantwortung nach sich zieht. So wurde sie wieder schwanger und kriegte ein Kind. Jetzt hatten wir einen Sohn.

Obwohl ich inzwischen einen Doktortitel hatte und über ein regelmäßiges Einkommen verfügte, war meine Universitätskarriere mit vielen Fragezeichen versehen. Dennoch arbeitete ich ernsthaft an einer Habilitationsschrift. Das Thema „Aufgaben und methodische Möglichkeiten der Theaterwissenschaft" war eine Herausforderung: Würde die Universität meiner Vorstellung von Gedankenfreiheit offen gegenüberstehen? Oder war die Wette mit dem Muff unter den Talaren von vornherein verloren?

Tatsächlich packte ich das Thema mit dem Ziel an, die Universität herauszufordern. Versuchte nachzuweisen, dass das Fach Theaterwissenschaft keinen greifbaren Gegenstand hatte, jedenfalls keinen, der einer Wissenschaft vom Theater entsprochen hätte. Das Sammeln von Programmheften und Bühnenbildmodellen war und ist bestenfalls eine vorwissenschaftliche Tätigkeit. Wissenschaftliches Denken zielt auf eine geistige Durchdringung des Gegenstandes. Eine theaterwissenschaftliche Reflexion musste also woanders ansetzen: auf der Bühne, beim Schauspieler, Sänger oder Tänzer. Der gesprochene Text und die vertanzte Musik, die lebendige Verbindung von Wort und Musik während der Aufführung waren der eigentliche Gegenstand einer Wissenschaft vom Theater.

Während der ersten Jahre meiner Assistenzzeit führten wir ein geradezu paradiesisches Leben. Morgens fuhr ich in die Universität, beriet Studenten bei ihren Arbeiten, hielt Seminare und erledigte die eine oder andere administrative Tätigkeit. Mittags fuhr ich nach Hause und nach einer kleinen Siesta bereitete ich meine Seminare vor und arbeitete an meiner Habilitationsschrift. Meistens ging das bis in die Nacht hinein.

Im Sommer reisten wir alle nach Frankreich in ein Haus in der Ardèche. Heute weiß ich, dass es glückliche Tage waren. Die abseits vom Touristenstrom gelegene Landschaft war unberührt. Hier hatte seit zweihundert Jahren keiner mehr ein Haus gebaut. Unsere Nachbarn, ein altes Bauernpaar mit drei Kindern, hatten weder Strom noch fließendes Wasser und wir natürlich auch nicht. Ihr Lebensstil hatte sich seit Jahrhunderten nicht geändert. Bis die Gesellschaft ihnen einredete, sie bräuchten ein Auto und einen Fernseher. Aber das kam später. Da waren meine Frau und ich schon getrennt – nach einem schmerzhaften Abschiedskampf, der seine Spuren hinterlassen sollte.

Auch Freunde erinnern sich an diese Zeit als etwas Besonderes. An ein Leben, das mein Vater, der uns einmal dort besuchte, als primitiv bezeichnete. Ein Leben ohne fließendes Wasser, ohne Strom, und damit ohne WC oder Radio war für einen Westdeutschen unvorstellbar; auf diese „Hottentotten-Kultur" sah mein Vater mit Verachtung herab. Gewiss war es umständlich, morgens den Berg hinunterzulaufen und aus einer mit Dornen überzogenen Quelle einen Eimer Wasser zu ziehen. Die Brennnesseln piekten, die Fliegen schwirrten um einen herum, aber in der Quelle gab es das herrlichste Wasser, mit dem ich mich je gewaschen habe. Weich wie ein Seidentuch. Der Blick ging bis ins Tal oder direkt in den Himmel, die Luft roch nach Lavendel und nur das Gebimmel der Ziegenherde erinnerte daran, dass man nicht allein auf der Welt war. Ein Ort ohne

Technik, knapp fünfzig Kilometer von der Route Nationale 7 entfernt, auf der sich der Ferienverkehr auch damals schon in Richtung Provence quälte.

Sorgen, soweit wir welche hatten, verloren sich auf der kleinen Serpentinenstraße, die den Berg hinaufführte. Nachts schauten wir in den sternenübersäten Himmel und tranken Wein aus einer großen kugeligen Glasflasche der *Coopérative agricole.* An Kopfschmerzen kann ich mich nicht erinnern. Allerdings konnten die Nächte grausam sein. Auf dem hölzernen Dachboden, von den Vorbesitzern aus Isolationsgründen mit einer Lage alter Schuhe bedeckt, tummelten sich Mäuse und Ratten. Blutgierige Mücken drehten ihre Runden; die von der Sonne gereizte Haut juckte. Die Luft stand, weil es nur ein Fenster gab. Am liebsten wäre man aufgesprungen und ins Freie gelaufen.

Manchmal luden die Nachbarn uns und unsere Freunde zu Kaffee und Kuchen ein. Die beiden Töchter bedienten und der Sohn stand verdruckst in einer Ecke und grinste. Wenn wir artig gegessen und getrunken hatten, tischte die ältere Tochter eine schwere grünliche Flasche auf. Dabei lachte sie hämisch, und ihre schlechten Zähne kamen zum Vorschein. Sie war äußerst zuvorkommend, nur die Stimme klang ein bisschen ordinär. In der Flasche befand sich Trester, mit Eisenkraut versetzt. Also ein Branntwein, der aus den anfallenden Rückständen beim Keltern von Trauben gewonnen wird.

Une très bonne eau de vie, vraiment très bonne, behauptete die Tochter und die Mutter nickte beifällig.

Wir stießen an und wollten nicht unhöflich sein. Das Gesöff war stark, schmeckte eher wie eine Medizin. Die Töchter schütteten nach, während sie selbst nur an ihren Gläsern nippten. Ihr Lachen wurde immer dreister, sie wussten, dass sie auf ihre Kosten kommen würden. Dann war es soweit. Meine Frau lehnte sich nach hinten und kippte mit dem Stuhl um. Die Töchter kreischten, auch die Mutter schlug sich jauchzend auf die Schenkel, weil meine Frau wie ein Käfer auf dem Boden lag, unfähig wieder auf die Beine zu kommen. Alle feixten und mir war es peinlich, dass sie sich so gehen ließ.

Beim Aufbruch stürzte auch unser Freund – mitten auf die Straße. Er lag da und schrie vor Begeisterung. Das Glück war unbarmherzig und wir mit ihm. Als sich ein Auto näherte, musste ich ihn an den Beinen über die mit Splitt bedeckte Straße in den Graben zerren. Das Hemd zerrissen und der Rücken verschrammt. Am liebsten hätte er die Nacht über im Gras geschlafen.

29

Das Auto gehörte einem deutschen Maler, der sich in diesem verwunschenen Tal ebenfalls ein Haus gekauft hatte. Sein Haus lag etwas höher als das unsrige. Wie die Romantiker im neunzehnten Jahrhundert suchte er die Natur in ihrem „unverbildeten" Zustand. Er hatte sich einen Schuppen zum Schlafzimmer umgebaut, aus dem der Blick durch eine riesige Fensterscheibe steil in den Himmel ging. In klaren Nächten funkelten die Sterne so aufgeregt, dass an Schlaf nicht zu denken war, und davon erzählte er auf seinen Bildern. Eines Tages tauchte eine Töpferin auf und bald darauf eine Pfauenherde, die durch das Tal kreischte und den Bauern und uns auf die Nerven ging. Doch das war den beiden egal. Natur sei Natur, verteidigten sie sich.

Was hatte uns in dieses abgelegene Tal gebracht? Natürlich die Sehnsucht nach dem Süden und eine Freundin, die in der Zeitschrift „Twen" eine Reportage über die Provence entdeckt hatte.

„Twen“ wurde damals von dem Grafiker Willy Fleckhaus gestaltet. Fleckhaus, der Bücher- und Zeitschriftenmann. Seine Art, Fotos und Texte zusammenzubringen, war etwas Neues: großzügig und schnörkellos. Während in Illustrierten wie dem „Stern“ oder der „Quick“ Text und Fotos erbarmungslos zusammengequetscht wurden, ließ Fleckhaus den Bildern Raum, ging sparsam mit den Texten um. Er hatte die Bedeutung des Layouts erkannt und wurde Vorreiter einer Gesellschaft, für die das Anschauen zum Wichtigsten wird. Was ich nicht wusste: Er arbeitete auch für den Suhrkamp Verlag. Seine klaren, schriftbetonten Entwürfe gaben der Bibliothek Suhrkamp und der Edition Suhrkamp, den beiden bedeutenden und von uns allen gelesenen Reihen des Verlags, das neue und unverwechselbare Gesicht. Eine Entrümpelung, die ein Geniestreich war.

Wenn man die Buchumschläge aus der frühen Zeit des Suhrkamp Verlags, als er noch von Peter Suhrkamp geleitet wurde, mit denen von Fleckhaus vergleicht, springt der Unterschied ins Auge. Der Verleger Suhrkamp lebte in der expressionistischen Bildtradition. Die Buchstaben auf den Schutzumschlägen der Brecht-Ausgaben aus den fünfziger Jahren kommen mit wuchtigem Schwung daher. Als ob jemand den Namen Brecht mit einem dicken Pinsel geschrieben hätte. Schwarze oder rote Töne dominierten. Erinnerten an dunkle Eichenmöbel oder englische Schuhe. Als Suhrkamps Nachfolger Unseld das Steuer in die Hand nahm, wurden die Umschläge leichter und eleganter, ohne ihre grafische Strenge zu verlieren. Es blieb bei Schriftlösungen. Bilder auf Umschlägen galten als Ausnahme. Die Vorherrschaft der Schrift unterstrich die Bedeutung der Sprache und des Denkens.

Die Marketingstrategen, die großen Verführer, tauchten erst später auf. Bilder müssen her, predigten sie, wir müssen die Leser verführen. Bilder „lesen“ sich tatsächlich schnell und ohne

Anstrengung; wie Töne dringen sie in uns ein. Ein Wort setzt sich aus einer Folge von Buchstaben zusammen; erst mehrere Worte bilden einen Satz und nur mit Sätzen lässt sich eine Welt erschaffen.

Sowohl in der Bibliothek Suhrkamp als auch in der Edition Suhrkamp wurde diesem Drängen nicht nachgegeben. Über Jahrzehnte hinweg das alte Stilprinzip durchgehalten. Und Stil ist Inhalt.

Auch in den politischen Auseinandersetzungen der sechziger Jahre spielten Stilfragen eine Rolle. Der Lebensstil der Generation, die nach dem Krieg zur Schule gegangen war, fing an, sich Mitte der Fünfziger radikal zu verändern. Blue Jeans, Hawaii-hemden. Meckifrisuren, die völlig andere Musik aus den amerikanischen und englischen Armeesendern: erst der Jazz und dann Bill Haley oder Elvis Presley. Dicke Chevrolets und Western-Filme. Die Väter, denen der verlorene Krieg in den Knochen saß, versuchten, ihre Autorität zu behaupten, indem sie ihre persönliche Verantwortung leugneten. Dabei gab es genügend Belege für die moralische Verstrickung des ganzen Landes und somit jedes Einzelnen, der dem System gedient hatte. Zugleich war das ein Ansporn: Wir Jungen schämten uns. Nie wieder sollten Kriege von deutschem Boden ausgehen. Nie wieder Minderheiten verfolgt und Menschen ohne Grund hinterhältig und brutal vernichtet werden.

Welten prallten da aufeinander. Man fing an, die Väter Täter zu nennen. Wie immer, wenn Welten aufeinanderprallen, kam es zu Vereinfachungen. Kein Wunder, dass die Jüngeren, die tatsächlich Schuldlosen und doch Belasteten, sich ein radikal anderes Leben vorstellten.

Woher kamen die neuen Ideen? Aus Amerika und England, aber auch aus Frankreich und später Italien. Die Musik, die Filme, die Literatur inspirierten. Der Wunsch, mit der alten Welt zu brechen, ging einher mit der enormen Aufbauenergie der Väter. Wir lebten in einem besetzten Land, doch die Alliierten waren klug genug, uns den Mangel an politischer Souveränität nicht zu sehr spüren zu lassen. Im Übrigen wurde die Bundesrepublik als Puffer im Kalten Krieg gegen die Sowjetunion gebraucht. Günstige Voraussetzungen dafür, dass Westdeutschland sich zum ersten postnationalen und postmilitaristischen Land der Welt mauserte.

Die zerstörten Städte boten Raum für neue Architektur. Die erste Generation dieser Architektur arbeitete nur mit Beton und Rechtecken. Aus der Armut geboren, lehnte sie sich an den Bauhausstil an und kam uns modern vor. Ihre Schnörkellosigkeit stand in heftigem Kontrast zu den Gartenzwergen, die sich in den Vorstädten wieder breitmachten. Gleichzeitig hielt der Komfort Einzug. Der Einbau eines Badezimmers mit einem verkupferten Kohlebadeofen war ein Ereignis. Aufbauen war die Hauptbeschäftigung. Der Konsum-Marxismus (Mir steht genauso viel zu wie den anderen) ebnete dem Produktionskapitalismus (Verkaufen, koste es, was es wolle) den Weg und umgekehrt. Beides beschleunigte den Autoritätsverlust der älteren Generation. Der wäre durch eine strenge, ja schonungslose Gewissenserforschung aufzuhalten gewesen, doch davon wollten die Väter nicht viel wissen. Wenn die Rede auf die Nazi-Verbrechen kam, tischte jeder seine persönliche Geschichte auf, die das große verfluchte Ganze ausklammerte. Nie habe ich gehört: Wenn mir das Ende klar gewesen wäre, wäre ich ausgestiegen. Nicht einmal das.

Und die Jugend, also wir? Gegen die westdeutsche Wirtschaftswunder-Gesellschaft zu opponieren, erforderte keinen großen politischen Spürsinn. Schutt und Asche regen das Denken an. Wenn heute von der 68er-Bewegung die Rede ist, wird in erster Linie in politischen Kategorien gedacht: Der Protest gegen den Vietnam-Krieg, der von den USA ausging, gegen die Politiker, die aufrüsten wollten oder Intellektuelle als „Pinscher“ bezeichneten und mit Freiheitsbeschränkungen drohten. Die „Spiegel“-Krise schlug uns in den Bann, weil es um die Pressefreiheit ging. Der Verleger Rudolf Augstein und seine Redakteure wurden zu Helden und die Notstandsgesetze – beinahe – zum Popanz.

Im Übrigen darf man nicht aus den Augen verlieren, dass es 1967 bei den ersten Auseinandersetzungen auf dem Universitätscampus in Nanterre um den unbeschränkten Zugang zu den Damengemächern ging. Cohn-Bendit und seine Freunde forderten, auch nach zehn Uhr abends in den Wohnheimen der Studentinnen bleiben zu dürfen. Erst die Unnachgiebigkeit der Universitätsverwaltung und des französischen Innenministeriums und natürlich der Sicherheitskräfte, denen es Spaß machte draufzuhauen, halfen dem politischen Bewusstsein der Studenten auf die Beine.

Auch die Kommune 1 setzte sich aus „leidenschaftlich an sich selbst Interessierten“ zusammen. Die Kommunarden Kunzelmann, Langhans und Teufel opponierten gegen das Leistungsprinzip. Alles war erlaubt, solange es vor den Augen der anderen passierte. Hedonismus pur mit totalitären Zügen.

30

Als ich meine Habilitationsschrift einreichte, war mir das Risiko bewusst. Es war eine Herausforderung. Die Kommission bestand aus fünf Professoren: meinem Doktorvater, einem Philosophen, dazu einem Literatur-, einem Musikwissenschaftler und einem Germanisten. Der Philosoph hieß Volkmann-Schluck, ein Heidegger-Schüler. Meine Hoffnung war, dass er den Ausschlag geben würde.

Ein paar Monate später teilte mir Prof. Badenhausen mit, dass die Mehrheit, und es werde mit einfacher Mehrheit abgestimmt, meine Arbeit ablehne. Man fordere mich auf, meine negative These positiv zu ergänzen.

Wie das?

Ihre Kritik in Ehren, sie reicht den Kollegen nicht.

Auch Volkmann-Schluck?

Nein, der ist dafür. Zeigen Sie, wie es zu gehen hätte, lispelte Badenhausen ungerührt.

Der Herr Professor war zu schwach oder zu feige, sich einzusetzen. Offenbar es war ihm gleichgültig, dass sein Schüler die Universität verlassen musste. Oder war er nur gewöhnt, sich den Kräfteverhältnissen anzupassen? Ich fühlte mich allein gelassen. Dabei war es die beinahe logische Folge der Herausforderung, auf die ich anfänglich so stolz war.

Zu zeigen, wie es denn gehen könne, war beinahe ein Erbstück aus früheren Zeiten. Kritik, selbst scharfe Kritik, ist eine Voraussetzung dafür, dass etwas Neues entstehen kann. Wenn man nur unter der Voraussetzung kritisieren darf, gleichzeitig eine Lösung bereitzuhalten, das berühmt-berüchtigte Positive, kann das Denken sich nicht entwickeln.

Badenhausen lehnte sich in seinem Stuhl zurück und schwieg. Entweder sagte er nicht alles, was er wusste, oder er verstand mich nicht. Seine Position in der Kommission war schwach. Seine wissenschaftlichen Meriten hielten sich in Grenzen. Und war mein Vorhaben nicht auch ein Angriff auf seine eigene Praxis?

Warum war die Aufzeichnung der Vorstellung – nicht jeder Vorstellung, sondern der, die es zu untersuchen galt – so wichtig? Weil man nur so an den eigentlichen Gegenstand einer Wissenschaft vom Theater herankommen konnte und eine überprüfbare Betrachtungsweise des Bühnenwerks möglich wurde. Weil nur so die Schwafeleien vor Diaprojektionen ein Ende haben würden.

Ich beschloss, auf den Vorschlag der Kommission einzugehen. Mangels geeigneter technischer Mittel, Aufführungen aufzuzeichnen, entschied ich mich, die phänomenologische Arbeitsweise des polnischen Philosophen Roman Ingarden, die dieser für das Sprachkunstwerk angewandt hatte, auf die Bühnenvorstellung und insbesondere die Analyse des Schauspielers zu übertragen. Es sollte ein Versuch werden, schärfere gedankliche Kriterien auf einen Gegenstand anzuwenden, der a priori die Tendenz hat, sich geistiger Durchdringung zu widersetzen. Eine Theateraufführung spricht, wie die Musik oder die Malerei, unsere Sinne und Gefühle an. Es setzt ein gehöriges Maß an Distanz voraus, sich dieser direkten Ansprache zu entziehen, um die Strukturen der szenischen Vorgänge herauszuarbeiten.

In den folgenden Monaten arbeitete ich wie besessen, überanstrengte mich, litt unter Kopfschmerzen. Meine Frau interessierte das kaum; sie kümmerte sich um unseren Sohn und das Haus. Die vielen Gäste, die sich bei ihr wohlfühlten, hätte ich am liebsten zum Teufel gejagt. Glücklicherweise gab es ein Arbeitszimmer, in das ich mich zurückziehen konnte.

Als ich den Appendix – das positive Beispiel – fertiggestellt hatte, ging die Prozedur von Neuem los. Nach wochenlangem Warten, als sich die Kommission ein Urteil gebildet hatte, trafen wir uns wieder in Badenhausens Büro. Er gab mir die Hand und ich wusste sofort, dass meine Anstrengungen umsonst geblieben waren. Kein Wort des Bedauerns. Als ich nachfragte, sagte er, das Abstimmungsergebnis habe sich nicht geändert.

Und Volkmann-Schluck?

Der war dafür.

Er hob die Hand und ließ sie fragend in der Luft stehen. Erstaunlicherweise, immerhin.

Inzwischen hatte ein Polizist in Zivil, anlässlich des Schah-Besuchs 1967 in Berlin, Benno Ohnesorg nahe der Deutschen Oper erschossen. Das Bild der jungen, elegant gekleideten Frau, die den blutenden Kopf des Ohnmächtigen hält, empörte uns. Es klagte an wie mittelalterliche Kreuzabnahmen. Es war brandaktuell und zugleich von einer biblischen Ernsthaftigkeit. Ein Teil der Presse schrieb, was ein späterer Untersuchungsbericht aus dem Jahre 2011 – also Jahrzehnte später – bestätigte: Der Polizist hatte wahrscheinlich „unbedrängt" und aus nächster Nähe geschossen. Eine Dreiviertelstunde irrte der Krankenwagen durch Berlin. In zwei Kliniken waren keine Betten frei. Als der Transport endlich im Krankenhaus Moabit eintraf, brüllte der Arzt die Sanitäter an: Warum habt ihr mir einen Toten hergebracht?

Die Proteste gegen den Besuch des persischen Schahs und Ohnesorgs Tod waren ein Fanal. Es wurde über fast nichts anderes mehr gesprochen. Wenige Monate später ging das Bild des toten Che Guevara um die Welt. Der kubanische Freiheitskämpfer und seine Mitstreiter waren vom bolivianischen Militär gefangen genommen und Guevara ohne Prozess erschossen worden. In den USA demonstrierten Hunderttausende gegen den Vietnamkrieg. Auch an der Universität brodelte es. Die Tagespolitik verdrängte die wissenschaftlichen Debatten. Als Reaktion auf die Ablehnung meiner Habilitationsschrift riefen militante, dem sozialistischen Deutschen Studentenbund nahestehende Studenten zu einer Vollversammlung im Auditorium Maximum auf. Vielleicht der Tropfen, der das Fass zum Überlaufen brachte.

Der Hörsaal war brechend voll, die Stimmung aufgeheizt. Ein kleiner Kerl neuerdings mit einem Trotzki-Bart, den ich aus meinem Seminar kannte, stand plötzlich hinter dem Rednerpult. Nicht wiederzuerkennen. Ein Agitator, der mit beißender Stimme und erstaunlicher Rhetorik gegen das herrschende Universitätssystem rebellierte. Zeitgemäße Lerninhalte, Chancengleichheit, bessere Lernbedingungen und ein Austausch der Professoren mit NS-Vergangenheit wurden gefordert. Flugblätter verteilt und weitere Vollversammlungen angekündigt. Hier brach eine politische Welt auf, die nichts mehr mit friedlichem Studieren zu tun hatte. Wahrscheinlich würde ich zu den Kindern gehören, die die Revolution mit sich hinwegspülte.

Und bald war es soweit. Als ich morgens ins Institut kam, war die Bibliothek verwüstet; die Bücher, die mir so viel bedeuteten, lagen misshandelt auf dem Boden; mein Telefon zerschmettert, die Leitung herausgerissen. Manuskripte zerfleddert. Und ein Zettel, auf dem geschrieben stand: Raus.

Ich war wie benommen. Stolperte durch die Trümmer und versuchte zu verstehen, was passiert war. Als Badenhausen eintraf, blieb er auffallend kaltblütig.

Da haben wir schon Schlimmeres erlebt, murmelte er und rief die Universitätsverwaltung an.

Woher kam der Angriff? Kaum vonseiten der linken Studenten. Welches Interesse hätten sie daran gehabt, einen bereits angeschossenen Assistenten weiter zu schwächen, der im Prinzip auf ihrer Seite war? Nein, diese Attacke kam aus der radikal konservativen Ecke, die die Situation geschickt für sich nutzen wollte. Die Fliegenbeinzähler wollten nicht in ihrer Schlossruhe gestört werden. Für sie war ich der Teufel in Person. Die Zerstörung der Institutsräume sollte als Beweis dafür dienen, dass meine Ideen nur Unheil brachten. Mit der Verwüstung des

Instituts hatte die konservative Clique zwei Fliegen mit einer Klappe geschlagen. Sie hatte dem Lehrkörper gezeigt, wohin eine Revolution führen muss: nämlich ins Chaos. Und gleichzeitig hatten sie mich erledigt. Diese Gegner waren politisch ausgebuffte Hochschulfunktionäre, deren „Willen zur Macht“ ich völlig unterschätzt hatte.

31

Erst beim erneuten Lesen habe ich den „Willen zur Macht“ in Anführungsstriche gesetzt. Denn die Anspielung auf Nietzsches Buch mit dem provokanten Titel, das von seiner texthütenden Schwester posthum herausgegeben wurde, könnte gründlich missverstanden werden.

Macht und erst recht der Wille zur politischen Macht ist seit dem Zweiten Weltkrieg in Deutschland anrüchig. Nietzsche dagegen sieht im „Willen zur Macht“ etwas Positives; er hat mit der unbedingten Suche nach Wahrheit und Vervollkommnung zu tun, und zwar in jeder Domäne und der politischen zuletzt. Es ist die klare Absage an Scharlatanerie und modischen Firlefanz. Nur ein starker Wille kann sich den unvermeidlichen Stürmen entgegenstemmen. Also müssen die Anführungszeichen die Ironie und Distanz deutlich machen, die die Machenschaften der Hochschulbeamten von Nietzsches geistigem Drahtseilakt unterschieden.

Warum muss man unter Nietzsches „Willen“ etwas anderes verstehen? Schlugen sich die sogenannten Theaterwissenschaftler nicht auch für ihre Überzeugungen? Kann man ihnen den Willen absprechen, den Nietzsche für sich und andere reklamiert?

Der Wille der Theaterwissenschaftler (und ihrer Sympathisanten) zielte auf die Zementierung bestehender Privilegien. Sie bekämpften eine neue Idee, die zum Umdenken gezwungen hätte. Es war das Alte und nicht das Neue, für das sie sich einsetzten. Im Gegensatz dazu riskierte Nietzsche Kopf und Kragen bei seinem Aufbruch zu neuen geistigen Ufern. Ein Zitat aus dem *Willen zur Macht*, geschrieben Ende des neunzehnten Jahrhunderts, verdeutlicht, worauf sich sein Wille bezog und wie sich die Positionen unterschieden. Es zeigt jedoch auch, wie sehr sich seine Zeit und unsere eigene gleichen. Im Paragraphen 464 heißt es:

„Wer aber heute nach Philosophen sucht, welche Aussichten hat er zu finden, was er sucht? Ist es nicht wahrscheinlich, dass er, mit der besten Diogenes-Laterne suchend umsonst tags und nachts herumläuft? Das Zeitalter hat die umgekehrten Instinkte: es will vor Allem und zuerst Bequemlichkeit; es will zuzweit Öffentlichkeit und jenen großen Schauspieler-Lärm, jenes große Bumbum, welche seinem Jahrmarktsgeschmack entspricht und es will zudritt, dass jeder mit tiefster Unterthänigkeit vor der größten aller Lügen – diese Lüge heißt ‚Gleichheit der Menschen' – auf dem Bauch liegt und ehrt ausschließlich die gleichmachenden, gleichstellenden Tugenden."

Ein Schuss ins Schwarze. Allerdings muss man Nietzsches Leben und Denken zusammenfügen, sein Leben als Autor und Philosoph miteinbeziehen, um ihn richtig zu würdigen. Nietzsche hat sich bis zum letzten Atemzug der Wahrheit (und nicht der Macht oder dem Profit) verschrieben. Nietzsche war kein Politiker und schon gar kein Machtpolitiker. Er wollte kein Parteiprogramm schreiben oder Waren verkaufen. Ihn in den Dienst einer totalitären Ideologie zu stellen oder als Vorläufer einer solchen zu sehen ist Vereinnahmung. Die Welt, die menschliche Welt, hat eine fatale Tendenz, große Geister zu Kronzeugen niedriger Affären aufzurufen. Die Frage, ob diese Perversität in den Studierstuben vorhergesehen und miteinkalkuliert werden muss, ist erlaubt. Die Antwort allerdings auch: Wenn es nicht möglich ist, die Wahrheit zu denken und auszusprechen, akzeptiert man nicht nur ein System von Lügen, sondern begibt sich in Gefahr. Ein Lügengewebe hält, bis die Fäden reißen. Der Zusammensturz ist immer peinlich und oft tödlich.

Was 1968 geschah, hatte ebenfalls etwas mit Lügen zu tun: Die protestierenden Studenten waren angetreten, um „der Gesellschaft die Maske herunterzureißen". Selbst wenn mich größere politische Zusammenhänge damals weniger interessierten, wollte ich der „falschen" Wissenschaft vom Theater auf die Sprünge helfen, was auf das gleiche Ziel hinauslief.

32

Jahrzehnte später fand in Paris eine Diskussion statt, die zwar nicht direkt mit den 68er-Ereignissen zu tun hatte, aber mit einer ihrer Voraussetzungen: Der Erziehung des Mannes zu Beginn des zwanzigsten Jahrhunderts. Seinen Phantasien und ihren Auswirkungen. Schließlich waren es Männer, die Krieg führten, in den Vernichtungslagern befahlen, kurz, das Unheil über die Welt brachten. Viele Jahre nach ihrem Erscheinen in Deutschland lagen die *Männerphantasien* von Klaus Theweleit endlich in Französisch vor. Das Goethe-Institut hatte zu einer Diskussion mit dem Autor eingeladen. Ebenfalls zugegen: Jonathan Littell, der sich in seinem erfolgreichen Roman *Die Wohlgesinnten* in die Seele eines SS-Offiziers versetzt hat.

Das Goethe-Institut liegt in der Avenue Iéna. Es ist das einzige moderne Gebäude in diesem Straßenabschnitt. Seine nüchterne Architektur hat nichts vom Paris des neunzehnten Jahrhunderts. Nichts von dem soliden Reichtum, den die vom Baron Haussmann geförderte Architektur voraussetzt. Kabelstränge unter den rohen Betondecken, blassgrünes Kunststoff-Mobiliar, viel Neonlicht und der gebohnerte Linoleumboden demonstrieren die Krankenhaus-Sachlichkeit, mit der die Bundesrepublik Deutschland nach dem zweiten Weltkrieg im Ausland auftrat.

Theweleit saß mit Mitarbeitern des Verlages an einem Tisch und stand auf, als ich die Eingangshalle betrat. Wir waren uns vorher nie begegnet. Die Haare fielen ihm fast bis zur Schulter, keine Krawatte, weites Sakko und ein offenes Hemd mit einem nachlässig um den Hals geworfenen Baumwollschal. Ein zivilisierter 68er. Wir gaben uns die Hand und er bedankte sich für das Buch. Es hatte uns viel Geld und Arbeit gekostet; trotz bester Empfehlungen seitens französischer Intellektueller hatte sich kein anderer Verlag an die über tausend Seiten herangewagt. Theweleits Geste war also eigentlich selbstverständlich. Und trotzdem rührte sie mich; ich war erleichtert, einem zufriedenen Autor zu begegnen.

Dann tauchte Littell auf. Ein Mann Anfang vierzig mit kurzgeschnittenen, gescheitelten Haaren und stahlgrauen, aufmerksamen Augen. Er kam aus Berlin, wo er an einem Film arbeitete. Theweleit und Littell kannten sich, weil Littell ihn bei den Vorarbeiten zu seinem Roman zu Rate gezogen hatte. Wie erklärte man das Verhalten des faschistischen Mannes, seinen Mangel an Empathie, den Sadismus der Einsatzkommandos? Durch sein Verhältnis zu seinem Körper.

Alles, was den männlichen Körper weicher macht, alles, was ihn in die Nähe eines Frauenkörpers bringen könnte, alles Fließende, Zarte wurde in der traditionellen „Erziehung zum

Mann“ abgelehnt. Gelobt sei, was hart macht. Wie oft habe ich diesen Satz von meinem Vater gehört. Nach dem Krieg. Wie oft auch im Turnverein. An Beispielen aus der Geschichte der Freikorps belegt Theweleit, wie Soldaten es aus ihren Familien in die Regimenter zog. Wie sie das Risiko des Kampfes Heim und Herd vorzogen und starke Gefühle unter gleichgestimmten Männern suchten. Frauen und Kinder führten nur eine Randexistenz. Wenn die Soldaten strohtrockene Briefe nach Hause schrieben, handelte es sich um Pflichtübungen in familiären Angelegenheiten. Das soldatische Erziehungsmodell hatte ihre Fähigkeit zunichte gemacht, sich in andere Menschen hineinzuversetzen. Ihre Gefühle zu verstehen, ihre Schmerzen mitzuempfinden.

Littell meinte, Theweleits These sei schlüssig. Bei seinen Aufenthalten im früheren Jugoslawien, während des letzten Krieges, sei er ebenfalls auf diesen Männer-Typus gestoßen. Dann stellte er eine Frage, genauer zwei: Wo sind die Faschisten von heute und was ist mit Frau Le Pen, von der man wisse, dass sie sich in ihrer Jugend ausgiebig in Pariser Nachtklubs herumgetrieben habe?

Sie meinen, dass in französischen Bars keine Körperertüchtigung stattfinde, fragte ich.

Oder das Gegenteil, lachte Littell. Vielleicht lernen wir demnächst die weibliche Form des Faschismus kennen, vorläufig ohne Maschinengewehre und Konzentrationslager.

Nach der Diskussion wurden deutscher Wein und Schnaps serviert. Die Autoren entschieden sich für Schnaps, während ich ein Glas Weißwein verlangte. Wir prosteten uns zu.

Monsieur Littel, wenn man die Welt nicht in Männer und Frauen einteilt, sondern akzeptiert, dass alle Menschen weibliche und männliche Eigenschaften haben, kommt man vielleicht zu dem Schluss, dass das Geschlecht nicht die entscheidende Rolle spielt.

Ich gebe Ihnen recht, antwortete Littel, Nationalsozialismus oder Faschismus sind keine Frage des Geschlechts. Sie entspringen einer Denkhaltung. Frau Le Pen hat den notwendigen Willen zur Macht und sich ein Programm schneidern lassen, mit dem sie glaubt, ihr Ziel erreichen zu können. Die Maschinengewehre und Lager kommen erst später, wenn sich zeigt, dass der Programm-Rock zu kurz geraten ist.

Faschismus und alle Formen von brutaler Diktatur sind eine Folge der sozialen Umstände.

Er machte eine Pause und hielt sein Schnapsglas in die Luft.

Und Polizei und Soldaten die notwendigen Werkzeuge.

Theweleit und Littell tranken ihren Schnaps in einem Zug aus und ließen sich erneut einschenken.

Weil Frauen in der Politik eine immer größere Rolle spielen, wird der Tag kommen, an dem wir einen Faschismus erleben, in dem Frauen die führenden Akteure sind. Ob es dann Konzentrationslager gibt oder andere, weniger spektakuläre Mittel reichen, werden wir sehen.

33

Vor und nach 1968 war die Bundesrepublik für die Linke die Brutstätte eines neuen faschistischen Staates. Selbst einleuchtende Forderungen wie eine funktionierende Verteidigung und die in modernen Staaten üblichen Notstandsgesetze wurden hart bekämpft. Es sollte, es musste alles anders werden. Historisch war das erklärlich; selbst gewaltbereite Gruppen wie die Rote-Armee-Fraktion, verfügten über Argumente, aber als Baader und Meinhof die ersten Attentate verübten, wurde deutlich, wo dieser „antifaschistische Widerstand“ hinführen würde: zu weniger Freiheit und mehr Überwachung. Noch jedenfalls gaben die Beatles die Devise vor: *Let it be.*

Es blieben ein paar Monate, bis mein Vertrag mit der Universität auslaufen würde. Was dann, hieß die Frage? Zwar hatte ich tüchtig studiert, war in der Lage, einen Gedanken logisch zu formulieren, aber damit allein konnte man sich nirgendwo bewerben. Da mich die Filmerei immer noch interessierte, plante ich einen Kurzfilm. Die Produktionskosten finanzierte ein Freund meiner Frau, ein Schlagerkomponist griechischer Abstammung. Er verdiente ein Stange Geld mit internationalen Hits, denen er neue Arrangements verpasste. Hagen Galatis hieß er, kochte gerne, und war der erste mediterrane Mensch in meinem Leben. Ich stellte ein kleines Team zusammen und wir drehten im Hof einer alten Mühle, nicht weit von uns zuhause. Der Mann, der die Mühle bewohnte, stammte aus einer süddeutschen Unternehmerfamilie und handelte mit französischem Steingut und allerlei Krimskrams. Er war das deutsche Pendant zu Galatis. Jovial und aufgeräumt stellte er uns sein Haus zur Verfügung. Spaghetti mit einer Knoblauch-Sardellen-Sauce machten ihn unwiderstehlich.

Die Idee zu dem Film war simpel. Ein Junge sitzt in einem großen amerikanischen Auto und träumt sich in die Rolle des Fahrers. Als er losfahren will, kommt der Besitzer des Wagens und der Traum platzt. Da ich mein eigener Produzent war und eine Kontrolle fehlte, machte ich mir nicht klar, dass die Idee zu dünn war. Dass ein Film eine größere Dichte voraussetzt und dieses „Mehr" nichts mit Logik zu tun hat, sondern mit Vielschichtigkeit. Ein paar Jahre später habe ich die Blechkiste mit dem Zelluloid-Streifen weggeschmissen.

Der Herbst 1969 war ein Tanz auf der Titanic. Wir amüsierten uns; irgendwie würde es schon weitergehen. Ich hatte kein Gefühl dafür, dass ich auf die Dreißig zuging und Gefahr lief, eine gestrandete Existenz zu werden. Ich fühlte mich bärenstark – in meinem Kopf jedenfalls. Aber eines Nachts knallte es.

Meine Frau hatte sich in den Spaghetti-Koch verliebt und am nächsten Morgen war sie weg. Man kann das in zeitgenössischen Romanen nachlesen. Zum Beispiel bei Sybille Berg. Lebende Personen haben einen Anspruch darauf, fair behandelt zu werden. Also beschränke ich mich auf das Wesentliche. Nicht nur sie, auch unser dreijähriger Sohn war weg. Verschwunden. Ich rief bei Freunden an, überall Erstaunen: Ihr wart doch ein prima Paar.

Das Haus war leer. Die Fensterläden blieben zu. Es war Dezember, Weihnachten vor der Tür. Innerhalb weniger Stunden überfiel mich eine merkwürdige Krankheit. Meine Kraft reichte nicht mehr, um ein Brikett in den Ofen zu schieben oder etwas zu essen zu besorgen. Ich hing im Bademantel neben dem Telefon und wartete. Das Haus wurde kalt und niemand meldete sich; meine Frau schwieg. Fiebrig frierend kroch ich ins Bett. Fassungslos: Keinen Job mehr, keine Frau mehr und was aus unserem gemeinsamen Kind werden würde, stand in den Sternen. Der Nullpunkt war erreicht.

Abends rief ich meine Mutter an und beichtete. Sie hörte mir zu, als ob sie es erwartet hätte. Am nächsten Morgen brachte sie etwas zu essen und heizte den Ofen wieder an. Eine Woche lang lag ich im Bett oder schleppte mich ins Bad und wartete. Dann ging es wieder aufwärts. Während eines Spaziergangs schüttete ich meinem Bruder das Herz aus. Wir liefen durch das triste Vorstadt-Köln und mit jedem Satz, den ich loswurde, nahm er mir einen Teil meiner Last ab. Gesund war ich damit nicht und vor allem: Meine Frau und mein Sohn blieben verschwunden.

War das die Quittung für meine Halbherzigkeit? Jahrelang hatte ich mit einer Frau zusammengelebt, die ich distanziert beobachtete und deren Fehler ich im Schlaf herunterbeten konnte. Mit der ich Tisch und Bett und sonst wenig teilte.

Der ich den stillen Vorwurf machte, in „mein Leben" eingedrungen zu sein. Umso überraschender waren die Schmerzen. Ich lag am Boden und wusste nicht, warum. Doch mit jedem Tag, der verstrich, wurde ich entschlossener. Ich rief unsere Freunde an und suchte nach ihr. Nach drei Wochen hatte ich sie endlich am Telefon. Sie gab sich trotzig, ohne jedes Bedauern. Sie hatte eine neue Stimme. Kühl und weit weg. Ich drang auf sie ein, sie solle zurückkommen. Aber sie wollte nicht.

Was macht unser Sohn?

Keine Sorge, es geht ihm gut.

Mehr war nicht aus ihr herauszuholen.

Wo sie sich befand, verriet sie nicht. Erstaunlich, ihre Veränderung. Sie sprach mit mir, als hätten wir nie zusammengelebt. Je abweisender sie klang, desto mehr redete ich auf sie ein, zurückzukehren. Gleichzeitig rasten Scheidungspläne durch meinen Kopf. Mein verletzter Stolz verlangte Genugtuung, und durch eine Scheidung würde ich einen Teil meiner Freiheit zurückgewinnen. Um das Kind würden wir uns gemeinsam kümmern. Eine Wunschvorstellung, eine Kopfgeburt, die den Realitätstest nicht überstehen konnte. Der 68er-Geist war willig, aber das Fleisch blieb schwach.

34

Während meine Frau zögerte, in unser gemeinsames Haus zurückzukehren, lernte ich einen älteren Schauspieler kennen, der einen Kreis von Männern um sich geschart hatte, die ganz anders waren als die, mit denen ich üblicherweise zu tun hatte. Sie bewegten sich, kleideten sich, sprachen und rochen anders. Im damaligen Sprachgebrauch hätte man sie als „effeminiert" bezeichnet. Nach ein paar Wochen fragte der Schauspieler, ob ich nicht Lust hätte, zum Theater zu gehen; in Münster sei der Posten des Chefdramaturgen zu besetzen.

Der Intendant hieß Horst Gnekow. Ein imposanter Kerl mit einer befehlsgewohnten Stimme. Solche Männer gibt es heute nur noch selten in führenden Positionen und im Theater schon gar nicht. An seiner linken Schulter hing ein Armstumpf – eine Kriegsverletzung, wie er beiläufig bemerkte. Ein riesiges Taschentuch lag auf dem Schreibtisch, in das er von Zeit zu Zeit genüsslich reinrotzte. Mir gefiel, dass er sich für zeitgenössische Stücke interessierte, auch die englischen. Als wir eine halbe Stunde miteinander geredet hatten, haute er mit dem geröteten runden Armende, das aus dem Ärmel seiner Jacke schaute, energisch auf den Tisch und schrie den Namen seiner Sekretärin. Und da sie Reithel hieß, rollte das R durch die Bürowände.

Fräulein Reithel, nicht im Geringsten durch das herrische Gehabe beeindruckt, schrieb das Notwendige in ihren Notizblock. Damit war ich für eine Arbeit engagiert, von der ich so gut wie nichts verstand. Aber was machte das schon in diesen Zeiten?

Eines Abends klingelte das Telefon. Der Autor Jürgen Becker war am Apparat. Er sei in Frankfurt bei Siegfried Unseld, der einen neuen Leiter für seinen Theaterverlag suche.

Ein paar Wochen vorher hatte ich Becker auf einer Karnevalsparty mit viel Schnaps und Wein kennengelernt. Unseld war schon damals eine bekannte Person, weniger als Verleger, sondern als Chef eines Unternehmens, in dem die Lektoren den Aufstand gewagt und für entsprechende Schlagzeilen gesorgt hatten.

Er kam ans Telefon und wir wechselten ein paar Worte. Obwohl ich nur entfernt wusste, was ein Verleger tut, welche Fähigkeiten man dazu mitbringen muss, schien das Angebot interessant. Genau genommen handelte es sich nicht um ein Angebot, sondern um die Aussicht auf ein solches. Weil der

Anruf so überraschend kam, blieb ich äußerlich die Ruhe selbst. Unseld formulierte knapp und ohne jedes Beiwerk. Seine Stimme klang bestimmt – auch jemand, der das Befehlen gewohnt war. Nur polterte er nicht und setzte seinen Willen ohne jede Theatralik durch.

Kommen Sie nach Frankfurt, ich möchte Sie kennenlernen.

Ich habe einen Vertrag in Münster, wandte ich ein.

Was wollen Sie in Münster? Hier können Sie sehr viel mehr für das deutsche Theater tun. Rufen Sie meine Sekretärin an – sie heißt Burgel Geissler – und verabreden mit ihr ein Treffen.

Es war das erste Mal, dass ich einen solchen Satz hörte; und sofort spielte ich in einer anderen Liga. Unseld strahlte eine Willenskraft aus, die sich als solche nicht zu erkennen geben wollte. Er fühlte sich einer Mission verpflichtet und es war ihm völlig egal, ob ein Theaterdirektor in Münster vielleicht einen wichtigen Mitarbeiter verlieren könnte. Kurz, er war ein Mann, der sich ohne Zaudern über die Interessen anderer Menschen hinwegsetzte, wenn sie ihm in die Quere kamen. „Es gibt kein falsches Leben im richtigen“, war eine seiner Devisen. Wie oft habe ich das später gehört und immer gedacht, dass Adorno den Kopf geschüttelt hätte, wenn ihm das zu Ohren gekommen wäre. „Es gibt kein richtiges Leben im falschen“, hatte er in den *Minima Moralia* verlangt.

35

Der Anruf schuf eine neue Situation. Natürlich wollte ich nicht mehr nach Münster. Andererseits war ich dazu erzogen, Absprachen einzuhalten. Außerdem war ich ja noch nicht in Frankfurt engagiert. Als ich bei Fräulein Geissler anrief, wusste sie gleich Bescheid und gab mir einen Termin.

Herr Doktor Unseld wird Sie am Bahnhof abholen.

Erstaunlich. So wichtig war ich nun auch nicht. Mir gefiel das Schnelle, Sachliche, das Direkte. Man hatte keine Zeit zu verlieren, wollte ans Ziel. Was für ein Unterschied zum Universitätsleben.

Ein paar Tage später suchte ich auf dem Frankfurter Bahnhofsvorplatz nach einem weißen Citroën DS19. Ich stieg ein und wir gaben uns die Hand. Eine kräftige braungebrannte Hand. Sympathisch. Wir fuhren in den Frankfurter Hof, wo Unseld einen Tisch bestellt hatte. Er stellte nicht die bei Vorstellungsgesprächen üblichen Fragen, sondern wollte gleich wissen, wie mein Verhältnis zum Theatertext sei.

Wie meinen Sie das?

Ist für Sie der Text konstitutiv?

Ohne Text kann ich mir kein Theater vorstellen, antwortete ich.

Nach dem Essen sagte er: Jetzt fahren wir in den Verlag.

Obwohl es in dem nüchternen ehemaligen Bankgebäude in der Lindenstraße einen Aufzug gab, nahmen wir die Treppe. Ich wurde Fräulein Geissler vorgestellt und wir gingen in sein Arbeitszimmer mit einem schönen Blick auf alte Bäume. Unseld griff zum Telefon.

Sie müssen zu Walser fahren. Natürlich entscheide ich letztendlich, doch möchte ich, dass der Übergang reibungslos vonstatten geht.

Martin Walser war gleich am Apparat und es wurde ein Termin angepeilt. Unseld reichte mir die Nummer.

Besuchen Sie Walser in Nussdorf. Ich möchte, dass Sie so bald wie möglich anfangen.

Damit war ich entlassen.

Was Unseld mit Übergang meinte, war eine hochkomplizierte Angelegenheit. Denn Karlheinz Braun, der frühere Leiter des

Theaterverlags, hatte unter lautem journalistischem Getöse gekündigt und mit dem Dramaturgen Wolfgang Wiens den Verlag der Autoren gegründet. Nicht nur Braun, eine ganze Reihe von Lektoren hatten gekündigt, weil sie mit der Verfassung des Suhrkamp Verlags nicht einverstanden waren. Verfassung? Man muss das im weitesten Sinne verstehen. Denn zwischen der Freiheit von Kunst und Wissenschaft und ihrer Verbreitung war es zu Spannungen gekommen. Die Lektoren waren unzufrieden. Es ging nicht nur um das Programm und die Macht es zu bestimmen. Sondern auch darum, wer den Mehrwert – übrigens nicht nur in finanzieller Hinsicht – einstrich.

Unseld hatte den Verlag von seinem Gründer, Peter Suhrkamp, hochverschuldet „geerbt" und mit Hilfe Schweizer Finanziers ein profitables Unternehmen daraus gemacht. Der Konflikt verschärfte sich, weil die Gewinne mit Texten erwirtschaftet wurden, die – ihrer Tendenz nach – die Abschaffung der kapitalistischen Produktionsbedingungen zum Ziel hatten. Die Marxisten meinten, es dürfe nicht sein, dass jemand andere für sich arbeiten lässt und am Schluss den Gewinn, den erwirtschafteten Mehrwert, einstreicht.

Der Slogan „Der Verlag der Autoren gehört den Autoren des Verlages" war nicht nur griffig, sondern machte sofort klar, worum es den Gründern ging. Unseld hatte verstanden, dass die Konkurrenz, die sich ein paar hundert Meter weiter in der Staufenstraße etablierte, gefährlich war. Um den Schaden so gering wie möglich zu halten, hatte er, nach Brauns Weggang, seinen Freund Martin Walser zum kommissarischen Leiter des Theaterverlags berufen – ein Provisorium, dem sobald wie möglich ein Ende gesetzt werden sollte. Walser tat zwar, was er konnte, um seinen Verleger und Freund nicht im Stich zu lassen. Allerdings verspürte er wenig Lust, in Frankfurt im Büro zu sitzen. Schon bei unserem Mittagessen hatte Unseld die Situation angesprochen und mir dämmerte, warum er mich am Bahnhof abgeholt hatte. Mein Engagement war eine heikle Sache.

36

Man versteht, dass ein sozialistisch engagierter Verlag nur publizieren kann, was mit der Idee des Sozialismus verträglich ist. Das prägt das Programm und engt es ein. Einem katholischen Verlag stünde es schlecht an, Bücher zu veröffentlichen, die die Abschaffung des Papstes zum Ziel haben. Die Entscheidungsbefugnis über das Programm spielte bei der Lektorenrevolte eine zentrale Rolle. Sie hing aufs Engste mit den Besitzverhältnissen zusammen. Denn die entschieden darüber, wer letztlich das Sagen hatte und wie der Mehrwert verteilt wurde. Da schieden sich die Geister.

Braun und die anderen Lektoren hatten den rasanten Aufstieg des Suhrkamp Verlages miterlebt und maßgeblich dazu beigetragen. Als sie ihren Anteil verlangten und auf verbriefte Mitbestimmung in Programmfragen pochten, erteilte ihnen Unseld – unterstützt von seinen Gesellschaftern und Beratern – eine klare Abfuhr.

War der Suhrkamp Verlag seiner Verfassung nach ungerecht? Alle leisteten mit ihrer Arbeit einen Beitrag, vom Pförtner bis zum Verlagsleiter. Doch Unseld und seine Schweizer Finanziers profitierten mehr als alle anderen. Unseld arbeitete wie ein Pferd, keine Frage. Die Besitzer des Verlages riskierten ihr Geld, auch keine Frage. Doch die Lektoren besorgten den Stoff, die *matière première,* aus dem der Mehrwert entstand. Sie durften nicht einmal ihren Namen in die Bücher setzen, die sie lektoriert hatten. Erst nach dem „Aufstand“ gab es eine Ausnahme – Günther Busch, der die Edition Suhrkamp betreute.

Wenn man vom Gleichheitsgrundsatz ausgeht und Abstimmungen demokratisiert, das Lektorat also die Eigentümer überstimmen kann, wird es schwierig. Dann entscheidet das Lektorat (im weiteren Sinne die Verlagsmitarbeiter) über das Geld der Eigentümer. Die Eigentümer sind dann nur noch dem Namen nach Eigentümer; sie stellen ihr Geld der Belegschaft zur Verfügung und haben hinzunehmen, was mehrheitlich entschieden wird.

Abstimmungen in „schöngeistigen" Verlagen werfen ein weiteres Problem auf: Kann man über Kunst abstimmen? Ja, man kann es; dann wird zur Kunst erklärt, was der Mehrheit gefällt.

Das jedoch war die Crux.

Gewiss, der Suhrkamp Verlag war nicht das einzige Unternehmen, das sich solchen Fragen ausgesetzt sah. In der Regel ging es dabei um den finanziellen Mehrwert, um den erwirtschafteten Profit. Darüber lässt sich jedoch leichter rechten als über Kunst oder intellektuelle Fragen.

Wie soll das gut gehen, meinte Unseld während des Essens, vor allem, wenn es darum geht, teure Bücher zu publizieren, Investitionen vorzunehmen. Wer entscheidet in einem sozialistischen Verlag, welchen Umschlag ein Buch bekommt? Wie hoch die Auflage ist? Was in die Werbung gesteckt wird?

Doch war ihm anzumerken, dass er sich seiner Sache nicht hundertprozentig sicher war. Er kannte Brauns Geschäftssinn und an der Gründung des Verlags der Autoren war nicht mehr vorbeizukommen. Erst später habe ich begriffen, was der Aufstand der Lektoren für Unseld bedeutete: eine existenzielle Bedrohung. Er suchte Hilfe. Obwohl ohne jede Erfahrung im Geschäftsleben, gab ich ihm instinktiv Recht.

Tatsächlich hängt die Antwort auf diese Fragen von der Haltung des Einzelnen dem Geistigen und Künstlerischen gegenüber ab. Im Weiteren ist es eine politische Frage. Wem es recht ist, dass darüber abgestimmt wird, was er für schön und wahr zu halten hat, kann das „demokratische Modell" akzeptieren. Das ändert jedoch nichts daran, dass die Begegnung mit einem

Kunstwerk ein persönlicher Vorgang, ein subjektiver Akt bleibt. Wie soll darüber abgestimmt werden, dass jemand ein Bild schön oder eine Komposition wunderbar findet? Bei der Suche nach der Wahrheit verhält es sich übrigens genauso. Soll die Wahrheit einer philosophischen These per Mehrheitsvotum für den Einzelnen verpflichtend werden? Damit belegt man die spontanen Erkenntnisvorgänge mit einem Bann. Abstimmungsergebnisse ersetzen dann die subjektive Urteilsfindung.

37

Sie müssen dem Intendanten in Münster, wie heißt er noch, ja Gnekow, merkwürdiger Name, Sie müssen dem Herrn sagen, dass Sie die Chance haben, im Suhrkamp Verlag zu arbeiten. Er wird das einsehen.

Damit war das Problem für Unseld erledigt.

Auf der Rückreise nach Köln, als sich der Zug durchs Rheintal schlängelte, drückte ich mich zufrieden in die Polster und überlegte, wie vorzugehen sei. Zuerst Walser sehen und dann mit Gnekow einen Kompromiss finden.

Köln war damals eine Metropole der modernen Kunst – nach New York vielleicht die wichtigste. Die vielen Galerien waren eine Besonderheit und die Qualität der Bilder von Gerhard Richter oder Siegmar Polke atemberaubend. Die Happenings von Wolf Vostell und Nam June Paik spektakulär. Bilder von Warhol oder Lichtenstein hingen auf einmal an den Wänden. Und keine vierzig Kilometer entfernt, in Düsseldorf, stellte der Galerist Schmela Joseph Beuys vor, der an der Kunstakademie lehrte und durch seine Theorien die Köpfe in Bewegung setzte. Das alles gehörte zu meinem Reisegepäck.

Wenn Ihr Zug frühmorgens ankommt, sagte Walser, springen Sie einfach über den Zaun und setzen sich auf die Terrasse. Meine Frau macht dann Frühstück.

Das klang locker – für einen auch damals schon sehr bekannten Autor. Der Nachtzug nach Friedrichshafen kam gegen sieben in Überlingen an. Von da aus mit dem Taxi nach Nussdorf, wo Walser ein Haus gekauft hatte, direkt am See. Der Zaun war nicht sehr hoch und von der Terrasse aus hatte man einen herrlichen Blick. Es war später Frühling, der See glatt wie ein Teller. Auf der anderen Seite die Schweizer Berge. Grüne Abhänge, die in den See fielen. Schiffe, die ins Weite zogen und sich in der aufgehenden Sonne auflösten. Wie auf einer Postkarte. Walser kam aus Wasserburg am Bodensee, nur ein paar Kilometer entfernt von hier.

Es dauerte nicht lange, bis die Terrassentür aufging und eine kleine schwarzhaarige Frau mich wie einen vertrauten Gast begrüßte. Das war Käthe Walser; sie deckte den Tisch und wollte sich nicht helfen lassen. Als das üppige Frühstück auf dem Tisch stand, trat der Schriftsteller auf. Groß, breitschultrig, mit einem gewinnenden Lachen.

Siegfried Unseld hat mir von Ihnen erzählt.

Wir setzten uns und jetzt kamen auch die Kinder. Drei oder vier junge Damen, die alle singendes Schwäbisch sprachen. Die Familie diskutierte über den Seezugang, der öffentlich werden sollte. Dann wurde es weniger lokal, wir fingen an, über Theater und Kunst zu reden. Falls ich die neue Position einnehmen sollte, würde ich auch für Walser arbeiten und seine Stücke vertreten müssen. Das sagte er natürlich nicht, doch war ich auf der Hut. Irgendwie kamen wir auf die Documenta und moderne Kunst, mit der Walser einige Mühe hatte.

Sie wollen mir doch nicht erzählen, dass der Beuys ein Künstler ist. Filzstücke und Fettecken, hören Sie, Scharlatane hat es zu allen Zeiten gegeben.

Sie irren, antwortete ich enttäuscht. Filz und Fett sind elementare Stoffe. Sie wärmen und nähren. Beuys ist im Krieg irgendwo im Osten mit einem Stuka abgestürzt und hat schwer verletzt überlebt. Dieses Trauma verbindet er mit der russischen Landschaft, in der Filz und Fett eine Rolle spielen. Jedes Material kann Kunst werden. Es kommt drauf an, wer es formt und was er zu sagen hat.

Die Töchter schwiegen betreten und ich redete mich um Kopf und Kragen. Das Idyll auf der Terrasse zerrann wie saure Milch.

Warum eskalierte der Streit? Weil er sowohl für Walser als auch für mich wichtig war. Gibt es die Freiheit der Kunst und die Unabhängigkeit des Urteils? Darum ging es. Für Walser war etwas anderes von Bedeutung: Wie stehe ich zu dieser Avantgarde? Ich, der Schriftsteller, der mit seiner deutschen Geschichte fertig werden muss. Hierin unterschied er sich keineswegs von Beuys. Nur ihre Mittel standen in krassem Gegensatz.

Als Frau Käthe behutsam das Frühstück abtrug, schlug Walser vor, eine Runde zu schwimmen. Man lieh mir eine Badehose und wir stiegen in den See. Für ihn eine Selbstverständlichkeit, auch um diese Jahreszeit; für mich eine Mutprobe. Ich hasse kaltes Wasser und schäme mich nicht dafür.

Wunderbar, rief er, und ließ sich in den See fallen. Und da ich mich nicht blamieren konnte, sprang ich hinterher. Das Wasser war saukalt, ich bibberte. Während Walser mit ruhigen Zügen in den See stach, drehte ich um und suchte das rettende Ufer. Ein Leicht- und ein Schwergewicht gehören nicht in denselben Ring.

Nachdem wir uns abgetrocknet hatten, kam Frau Walser aus dem Haus gelaufen und rief besorgt: Der Siegfried, am Telefon.

Walser warf sich den Bademantel über und verschwand im Haus, während ich in einem Gartensessel auf das Urteil wartete.

Als er zurückkam, lachte er und setzte sich neben mich in einen Korbstuhl.

Machen Sie sich keine Sorgen. Ihr Engagement geht in Ordnung. Ich werde mir erlauben, Ihnen demnächst die eine oder andere Frage zu stellen.

Das war Walser. Er hatte in meinen Leben gerade eine entscheidende Wende eingeläutet.

38

Wenn man aus dem Zug steigt und es ist der einzige im ganzen Bahnhof, dann ist man in der Provinz. Die Reisenden nehmen sich Zeit, die Koffer rollen gemächlicher. Die Ehefrauen warten auf dem Bahnsteig und haben keine Angst, dass das Auto abgeschleppt wird. Der Neffe winkt der zu Besuch kommenden Tante von weitem und sie hat keine Mühe, ihn ausfindig zu machen. Das ist der Vorteil der Provinz. So schön übersichtlich. Überraschungen sind in der Regel Unfälle – und die passieren selten.

Als ich Gnekow in einer Kneipe am Prinzipalmarkt in Münster gegenübersaß, schien alles leichter als gedacht.

Das ist in der Tat eine Chance für Sie, sagte er ungerührt und stützte sich mit seinem Armstumpf auf die blanke eichene Tischplatte. Allerdings kann ich nicht sofort auf Sie verzichten. Wie wäre es, wenn Sie die halbe Spielzeit blieben, sagen wir, bis Ende des Jahres?

Er schob sich Eisbein und Sauerkraut in den Mund und trank einen gewaltigen Schluck Altbier hinterher. Schwitzend, das Gesicht rot vor Anstrengung. Das war seiner Konstitution zuzuschreiben und nicht der Schwierigkeit des Problems. Als Chef eines Provinztheaters waren ihm Absagen vertraut. Sie gehörten zum Tagesgeschäft. Die begabten Schauspieler, Sänger und Regisseure – darum ging es vor allem – suchten gnadenlos ihren Vorteil, wenn sie bessere Angebote erhielten. Nur wusste ich das nicht.

Gut, erwiderte ich, vielleicht ist das die Lösung.

Vorsichtshalber hatte ich den Anstellungsvertrag nicht unterschrieben.

Herr Unseld war keineswegs begeistert, als ich ihm den Vorschlag unterbreitete.

Kommen Sie so schnell wie möglich. Wir brauchen Sie.

Sachlich, knapp, das Ziel im Auge. Die Bestimmtheit hatte etwas Mitreißendes. Doch weil ich mir wie ein Verräter vorgekommen wäre, wenn ich Gnekow hätte hängen lassen, bestand ich auf der halben Spielzeit in Münster. Außerdem würde ich etwas lernen, was der Verlagsarbeit nicht schaden konnte.

39

Abbey Road. Auf dem Cover schreiten die Beatles wie Tänzer über einen Londoner Zebrastreifen. Links ein geparkter weißer Volkswagen. Gut gelaunt und voller Tatendrang marschieren sie ins Studio. Nichts mehr von ihren uniformen Pilzköpfen. Jeder hat jetzt seine eigene Frisur und trägt einen anderen Anzug. Vier Menschen, vier Köpfe. Was sie zusammenhält, ist der Wunsch, eine Platte aufzunehmen, eine letzte Arbeit zu Ende zu bringen. Dazu gehört etwas Schwung, auch wenn er inszeniert ist. Der Produzent erinnerte sich später: Zehn Jahre hingen sie wie in einem Gefängnis zusammen.

Es war Zeit, dass sie auseinandergingen.

Wie Tag und Nacht unterscheiden sich die einzelnen Nummern und John Lennon konnte mit den Kompositionen von Paul McCartney oder John Harrison auf der zweiten Seite kaum mehr etwas anfangen. Die Melancholie, die das Album ausstrahlt, entsprach meiner Situation. Immer wieder landete die Aufnahme auf dem Plattenteller. Das Haus in Unordnung und nur eine Gewissheit: so wie es war, wird es nie wieder. Machen wir Frieden und gehen auseinander.

Zehn Jahre oder auch etwas weniger sind eine lange Zeit. Pflanzen schlagen ihre Wurzeln, wo sie eingepflanzt werden. Und meine Frau und ich waren dabei, uns gegenseitig, den Boden unter den Füßen wegzuziehen. Jeder verfolgte seinen Weg. Nein, so klar, wie es dieser Satz vorgibt, war es nicht. Eher suchten wir neuen Boden für die bloßgelegten Wurzeln. Wir drifteten auseinander, ohne es in dieser Klarheit zu begreifen. Der Schock saß tief und weil er so heftig gewesen war, wollte ich mich scheiden lassen – sozusagen für alle Fälle. Ich wollte die Fessel des Ehevertrags abstreifen und wäre dennoch bereit gewesen, mit ihr unter einem Dach zu bleiben – des Kindes wegen. Dieser Vorschlag wurde brüsk abgelehnt und in der Tat war er naiv. Solche Kompromisse sind nichts für leidenschaftliche Naturen. Das ist etwas für Politiker.

Trennungen sind wie Krankheiten. Man stirbt daran oder wird wieder gesund. Als mich ein Schweizer Freund zum Skifahren nach Engelberg einlud und wir bei strahlendem Sonnenschein auf der Piste standen, waren die Schmerzen weg. Von einem Moment auf den anderen, ohne Ankündigung, ohne Erklärung, hatten sie sich in Luft aufgelöst und ich jagte mit solcher Lust den Hang hinunter, dass alles andere nebensächlich wurde.

40

Was macht ein Chefdramaturg? Er bereitet den Spielplan vor, kümmert sich um die Programmhefte und berät den Intendanten in literarischen Fragen. So stand es im Anstellungsvertrag.

Ich mietete mich in einem kleinen Hotel ein. Ein alter Traum. In New York gab es das Chelsea, wo die Mythen der fünfziger und sechziger Jahre logierten. Von Warhol bis Henry Miller und Leonard Cohen, der viele Songs in Hotels geschrieben hat. Die Fremdenzimmer in Münster waren gerade groß genug für einen Schrank und ein Bett. Ein Leben im Hotel war praktisch, denn ich war unfähig, mir ein Frühstück zu machen oder ein Hemd zu waschen. Für eine Übergangszeit also genau das Richtige.

Ohne dass der Anstellungsvertrag unterschrieben ist, kann ich Ihnen kein Geld auszahlen, bemängelte der Beamte im städtischen Kassenamt, als ich mein erstes Gehalt abholen wollte. Daher wurde ich bei Gnekow vorstellig und bat ihn, den Vertrag entsprechend unserer Absprache abzuändern und auf den 31. Dezember zu terminieren. Der Intendant lehnte sich in seinem Chefsessel zurück, und um den Abstand zwischen uns zu unterstreichen, stützte er sich mit dem heilen Arm auf dem Schreibtisch ab.

Der Oberspielleiter meint, dass man einen Mann wie Sie nicht einfach ziehen lässt, und der Oberspielleiter hat Recht.

Gnekow machte ein beleidigtes Gesicht, was erstaunlich war.

Sie schmeicheln mir, erwiderte ich, bitte, vergessen Sie nicht, dass der Vertrag nicht unterschrieben ist.

Der Intendant brüllte nach seiner Sekretärin.

Wer ist dafür verantwortlich?

Das zierliche Fräulein Reithel zuckte mit der Schulter.

Erklären Sie mir, was da passiert ist, herrschte er sie an.

Fräulein Reithel deutete vorsichtig in meine Richtung.

Hören Sie, drohte Gnekow, Sie müssen den Vertrag unterschreiben, und wischte sich mit einem weißen Lappen den Rotz aus der Nase.

Wir haben etwas anderes vereinbart, erinnern Sie sich nicht?

Sein Kopf wurde puterrot.

Schlagen Sie sich das aus dem Sinn, erst unterschreiben Sie den Vertrag, und dann sehen wir, wie wir uns arrangieren.

Ein Ton wie in einer Boulevardkomödie – wo der betrogene Ehemann so laut schreit, dass ihm keiner mehr sein Leid abnimmt. Daran musste ich mich gewöhnen. Ein Bühnenmeister, dem ich von der Geschichte erzählte, meinte: Machen Sie sich nichts draus. Wenn man erst einmal ein paar Schuhe in einem Theater verschlissen hat, dann bleibt man für immer.

Es hing also von meinen Schuhen ab, ob ich mich an solche Umgangsformen gewöhnen würde.

Trotzdem wurde gearbeitet. Niemand redete mehr über den Vorfall und glücklicherweise hatte ich etwas Geld gespart. Wir einigten uns über eine neue Form für die Programmhefte und Gnekow wehrte sich nicht, als ich eine Uraufführung vorschlug. Uraufführungen von neuen Stücken sind Marketing-Veranstaltungen. Sie sollen Aufsehen erregen. Wenn man Glück hat, interessiert sich die überregionale Presse dafür: Der Intendant kann sich mit positiven Besprechungen weiterempfehlen und den Stadtpolitikern helfen sie, die jährlichen Subventionen zu begründen, die vielen Millionen, die der Theaterbetrieb verschlingt.

Nirgendwo sonst, in keinem Land wird so viel Geld für Theater, Oper und Ballett ausgegeben wie in Deutschland. Es gibt Leute, die behaupten steif und fest, dass die Welt Deutschland darum beneidet. Subventionen, Abonnenten und das Repertoire: Das sind die Stützen des Systems, erläuterte Gnekow. Man schleust eine relativ kleine Anzahl von Zuschauern (die

Abonnenten) möglichst oft durch eine große Anzahl von Aufführungen (das Repertoire).

Das allerdings geht nur mit hohen Subventionen – sprich Steuergeldern. Die städtische Bourgeoisie (nie mehr als zehn Prozent der Bevölkerung) hält sich ein Theater und ist stolz auf ihr kulturelles Engagement.

Die Arbeitsbedingungen für deutsche Theaterleute sind komfortabel, das ist unbestreitbar. Das Problem ist die Bürokratie, die Summe von Vorschriften, die bei der Arbeit zu beachten sind. Wenn Fantasie die Freiheit ist, Gedanken und Gefühle spielen zu lassen, gibt es ohne Fantasie kein Theater. Vorschriften dagegen lenken das Handeln in eine Richtung, die derjenige vorgibt, der die Vorschrift erlässt. Es wird rechts gefahren und links überholt. Derjenige, der dieses Gebot erfunden hat, war niemals in Beirut. Da wird links gefahren und rechts überholt und rechts gefahren und links überholt. Möglich ist das, weil es keine Vorschriften gibt und jeder aufpassen muss, damit es nicht zu Zusammenstößen kommt.

41

Wir waren in Münster. Erst als ich anfing, ein Stück zu suchen, das wir hätten uraufführen können, wurde mir klar, wo wir waren: In einer Stadt, in der niemals zwei Züge zur gleichen Zeit anhalten. Die Verlage und Agenturen erklärten mit blumigen Worten, dass die Autoren lieber in renommierteren Theatern uraufgeführt würden. Dieser Logik war schwer etwas entgegenzusetzen. Schließlich entdeckte ich im Programm des Verlags der Autoren ein Stück von Philippe Adrien, von dem Claus Peymann bereits *Sonntags am Meer* herausgebracht hatte. Es hieß *Albert I.* und in dem erst vor kurzem gegründeten Verlag war man offen für unsere Idee. Karlheinz Braun stammte aus einer Kaufmannsfamilie. Er wusste, dass Stillstand für jedes Geschäft tödlich ist.

Die Leute im Münsteraner Theater waren nett, die meisten jedenfalls. Nach den Erniedrigungen, die ich hinter mir hatte, tat das gut. Trotzdem waren die Freundlichkeiten hinter den Kulissen schrecklich. So wie in deutschen Vorgärten. Eine Art repressiver Toleranz, von der Herbert Marcuse sprach. Man akzeptierte die eine oder andere Verrücktheit, um jede Erneuerung, jede wirkliche Veränderung umso besser im Keim ersticken zu können. Fast alle Mitglieder des Ensembles hatten früher an bedeutenderen Bühnen gearbeitet. Die Erinnerung an diese Zeiten lebte als Anekdote oder Zitat weiter. Die Lust am ästhetischen Risiko war erloschen und das angeeignete handwerkliche Können musste reichen, um das Auskommen zu sichern. Diese Leute hatten schon so viele Schuhe im Theater verschlissen, dass sie nicht mehr kündbar waren. Gnekow war vom selben Schlag. Allerdings besaß er einen Vertrag auf Zeit. Deshalb brauchte er „Erfolge“ und ließ mich gewähren, als ich einen Gastregisseur für das Stück von Adrien wollte.

Ich rief im Verlag der Autoren an und Braun schlug Philippe Adrien vor. Er sei ein exzellenter Regisseur und vielleicht dazu zu bewegen, nach Münster zu kommen. Die Idee zündete und ein paar Wochen später holte ich den Franzosen mit den langen Haaren und den blauen Schlaghosen am Bahnhof ab.

Attendez, sagte er, gleich kommt auch Ellen Esser, ich glaube aus Berlin.

Sie hatte in *Sonntags am Meer* mitgespielt und Adrien hatte darauf bestanden, sie für die Münsteraner Produktion zu engagieren. Ellen Esser war eine große kräftige Frau, eine sympathische Germania. Als die beiden sich begrüßten, nahm sie den kleinen Franzosen strahlend an die Brust und ich war ein bisschen neidisch.

Diese Welt hatte nichts mehr mit der Universität zu tun. Aus mit dem ruhigen Studieren und Schreiben. Aus mit dem Familienleben. Das Theater war jetzt meine Familie und hielt mich Tag und Nacht in Atem. Wenn ich mich frage, was der Inhalt von *Albert I.* war, so fällt mir nicht mehr viel ein. Es war eine Ansammlung absurder Szenen und die reichten, um ein auf Dekonstruktion erpichtes Publikum neugierig zu machen. Die massive ideologische Zerstörung, die Brecht nach dem Krieg gefordert hatte, war in der deutschen Provinz angekommen. Ohne dass sie zwangsläufig den Aufbau einer sozialistischen Gesellschaft zum Ziel gehabt hätte. Denn das absurde Theater, das aus Frankreich kam, richtete sich vor allem gegen bürgerliche Konventionen – theatralische eingeschlossen. Es war aus vollem Herzen provokativ, anders als das den Sozialismus anpeilende Brecht-Theater, das die „Massen" in eine bessere Welt führen sollte. Aber Zerstörung war angesagt und der Protest gegen die überkommene bürgerliche Welt erlaubte den Schulterschluss zwischen den Theaterleuten diesseits und jenseits des Rheins.

Adrien kam gut mit den deutschen Schauspielern zurecht. Knut Koch spielte die Titelrolle. Die Besetzung eines Stücks ist entscheidend für das Gelingen einer Theaterarbeit, hier war sie noch wichtiger, weil der Regisseur nur wenige Worte Deutsch konnte.

Wenn das mal gut geht, murmelte einer der Hausregisseure, und die Stimmung im Hause drehte sich, je näher die Premiere rückte. Täglich wurden die Nachrichten alarmierender.

Der Koch springt nackt über die Bühne, munkelte man hinter den Kulissen.

Gnekow rief mich in sein Büro.

Wissen Sie was davon?

Ich zuckte mit den Schultern.

Schauen Sie sich eine Probe an. Nicht, dass da eine Dummheit passiert.

Und was ist mit meinem Gehalt?

Sobald Sie Ihren Vertrag unterschrieben haben.

42

Adrien und Esser wohnten im selben Hotel wie ich und beim Frühstück wurde ein Probenbesuch vereinbart.

Pas de problème, cher ami, venez quand vous voulez.

Koch lief tatsächlich nackt über die Bühne, mit einem goldenen Krönchen auf dem Kopf. Dabei wirbelte er ein Handtuch durch die Luft, was wie eine Ablenkung wirkte. Er war nackt, aber doch nicht ganz. Ein König, der nichts anhat, ist kein König. Irrtum, es ist ein absurder König, und das sollte ja schließlich demonstriert werden.

Die Probe wurde unterbrochen, Koch kam an die Rampe.

Wie findest du das?

Bemerkenswert.

Im Ernst?

Was ist mit dem Handtuch? Bleibt das bei der Premiere in der Loge?

Koch fror und die Garderobiere warf ihm einen Bademantel über.

Eine Badehose ist lächerlich, warf Adrien ein.

Koch rubbelte sich warm.

Die Frage ist: Spielen wir hier das Stück von Philippe Adrien oder nicht?

Dabei sah er mich bohrend an.

Wir spielen es, zweifellos, nur wie spielen wir es?

Die Glocken müssen läuten, wir sind in Münster, keuchte Koch, zufrieden mit seiner Formulierung.

Was, wenn die Leute aus der Kirche laufen?

Wir spielen nicht für das Establishment. Die feineren Leute interessieren sich eh nicht für uns.

Ellen Esser im Bikini und einem breitkrempigen Strohhut auf dem Kopf mischte sich ein.

Irgendwie möchte ich was zu sehen kriegen, sonst kaufe ich mir doch keine Karte. Also lasst den Mann nackt über die Bühne laufen.

Verzeihen Sie, Frau Esser, wandte ich ein, haben Sie in unserem Theater ein Abonnement? Sie werden dafür bezahlt, dass Sie auftreten.

So redet man aus Unerfahrenheit. Statt Frau Esser freundlich zu fragen, was sie eigentlich sehen wolle oder ihr vorzuschlagen, die Diskussion darüber an einem anderen Ort fortzuführen, kanzelte ich sie humorlos ab und brachte die Truppe gegen mich auf.

Steht und fällt eine Inszenierung mit einem Handtuch, fragte der Regieassistent und traf damit den Nagel auf den Kopf.

Kommt darauf an, erwiderte ich wieder eine Spur zu scharf, jede Materie, jeder Stoff hat seinen speziellen Zündpunkt.

Feinsinnigkeiten, für die die Truppe wenig Aufnahmebereitschaft zeigte. Seit Wochen suchte sie gemeinsam nach einer Form für das unerprobte Stück. Jetzt wollten die Drahtseiltänzer, denn so fühlten sie sich, Anerkennung. Warum verstand der Vertreter der Führungsetage nicht, dass der Wille zur Provokation geradezu eine Voraussetzung für das Risiko war, das jede Uraufführung eines Stückes bedeutete? Schauspieler, die diese Kraft nicht oder nicht mehr haben, spielen lieber Klassiker. Da sind sie gut aufgehoben. Wenn man eine Uraufführung ansetzt, muss man sich auf einiges gefasst machen. Das war die wichtigste Lektion, die ich in Münster lernte.

Jedenfalls fand die Premiere von *Albert I.* zum vorgesehenen Termin statt. Das Handtuch blieb nicht in der Loge, und selbst wenn Koch es da vergessen hätte, wäre es nicht zu einem Skandal gekommen. Das Publikum gickerte, von Unmutsäußerungen keine Spur. Die regionale Presse war vollzählig vertreten und jemand hatte den Korrespondenten der Frankfurter Allgemeinen gesichtet. Auch Karlheinz Braun war gekommen. Ein freundlich lächelnder Mann, der sich wie ein Fisch im Wasser unter die Theaterleute mischte. Nichts von einem Anarchisten oder einem langhaarigen 68er. Die aufbegehrende Energie musste irgendwo unter dem ordentlich geschnittenen Anzug und dem glatt gebügelten Hemd stecken. Es wäre mir nicht in den Sinn gekommen, ihn als Konkurrenten zu sehen. Dabei war diese Unauffälligkeit, diese scheinbare Harmlosigkeit eine seiner wichtigsten Waffen.

Die Kritiken waren lauwarm, enttäuschend nach all den Anstrengungen. Adrien reiste ab und die sympathische Frau Esser kam nur noch zu den Vorstellungen. Es regnete viel, die Glocken läuteten, Wirsing und Würste schmeckten nicht mehr so wie anfangs. Es wurde Zeit aufzubrechen. Im Übrigen fing das Geld an knapp zu werden. Ich schrieb an Unseld und bat um Hilfe. Er reagierte sofort und rückte in einem Brief an Gnekow die Angelegenheit ins richtige Licht; drohte damit, notfalls an die Öffentlichkeit zu gehen. Das half. Zwei Tage vor Weihnachten wurde der Vertrag unterschrieben und am Morgen des 24. Dezembers holte ich mir bei der Stadtkasse fünf Gehälter ab. Als reicher Mann machte ich mich auf den Weg nach Frankfurt.

43

Die Fahrt mit dem Zug durch das Rheintal erinnert an eine andere Zeit; es haftet ihr etwas Romantisches an. Was für ein Kontrast zu der inzwischen durch den Westerwald getriebenen

Hochgeschwindigkeitsstrecke, wo der Zug von einem Tunnel in den anderen rast. Die unbebauten, steil ins Wasser fallenden Hänge. Das gemütlich dahintrudelnde Wasser. Keine Fabriken, keine Schlote, ab und zu ein paar Häuser, hingeduckt zwischen dem mächtigen Strom und den felsgrünen Weinbergen. Der Blick geht nicht weiter als bis zur nächsten Flusskrümmung, und die Schiffe, die selbstsicher den Strom hinauf- und hinabpflügen, lassen sich gemächlich mit dem Auge verfolgen. Sie dampfen nicht mehr, denn längst sind auch sie mit mächtigen Dieselmotoren ausgerüstet; allerdings gleiten sie selbst flussabwärts nur so schnell wie ein Fahrradfahrer und viel langsamer als das langsamste Auto.

Dieser sehnsuchtsvollen Stimmung habe ich mich nie entziehen können.

Gleichzeitig die Angst, mich ihr hinzugeben oder mich in ihr zu verlieren. Denn wer könnte unserer Welt noch Grenzen setzen und den Rückzug in die eigenen vier Wände glaubwürdig vertreten? Jeder Versuch ist aussichtslos, weil die elektrischen Wellen uns immer wieder einholen. Dabei schwärmen die Computer von unberührten Wäldern, einsamen Bergen und spiegelglatten Seen. Schon die Sehnsucht, die Caspar David Friedrich seinen Bildern einhauchte, war eine anmutige Illusion. Ein paar Wanderer blicken in die Ferne und bestaunen Berge, Meer, Wald oder Nebel. Als ob es nur sie und ihre Sehnsucht gäbe. Der Widerspruch zwischen ihrem bürgerlichen Outfit und der weltverlorenen Natur zeigt, dass der Maler seine innersten Wünsche nach außen gestülpt hat. Was ihn rettet, ist der Zweifel, der über allem liegt. Mittlerweile dringt die Welt in die bescheidenste Behausung vor und sorgt dafür, dass sie nicht mehr zur Ruhe kommt.

Hinter Mainz fuhr der Zug über den Rhein. An den Opel-Werken vorbei in Richtung Frankfurt. Flugzeuge schwirrten heran oder starteten mit donnerndem Lärm. „Gateway to Europe“ hatten die Amerikaner nach dem Krieg auf einen von ihnen genutzten Hangar geschrieben. Wie eine Zauberformel, die Deutschland für sie öffnen sollte. Aber das galt eben auch in umgekehrter Richtung. Die Flugzeuge, viel mehr als die Schiffe, haben Deutschland seinen kontinentalen Charakter genommen.

Der Zug überquerte den Main, rollte an der Firma Degussa vorbei und fuhr in den Frankfurter Hauptbahnhof ein. Vierundzwanzig Gleise. Bereits damals hieß es, fünfundzwanzig Prozent der Einwohner, inoffiziell sogar dreißig Prozent, seien Ausländer. Andreas Baader und seine Kumpane hatten schon ’68 hier zwei Kaufhäuser in Brand gesteckt. Im antikapitalistischen Kampf der Stadt-Guerilla sollte Gewalt gegen Sachen erlaubt sein. Danach dann die Häuserbesetzungen, Demos, Pflastersteine und Wasserwerfer. In Frankfurt war was los.

Ich mietete mich in einer Pension in Niederrad ein – gleich bei der Rennbahn – und fuhr mit der Straßenbahn ins Westend. Unseld empfing mich kurz und teilte mir mit, dass Frau Bothe gekündigt habe. Frau Bothe war Brauns frühere Sekretärin, seine engste Mitarbeiterin. Nach dessen Weggang hatte sie den Theaterverlag mehr oder weniger allein verwaltet – mit Hilfe einiger Mitarbeiter und unter der Aufsicht von Walser, der ab und zu mal reinschaute. Frau Bothe, der ich nie begegnet war, begründete ihre Kündigung damit, dass sie nichts mit mir zu tun haben und vor allem nicht unter mir arbeiten wolle. Denn ich bekam den Posten, den sie für sich reklamierte.

Unseld schien über ihren Fortgang erleichtert, denn die engen Bande zwischen Braun und Bothe gefielen ihm nicht – er vermutete, dass sie Braun mit vertraulichen Informationen belieferte. Nur saß ich jetzt da, ohne Erfahrung, ohne eingearbeitete Mitarbeiter. Sicher, es gab einen jungen, ziemlich beleibten

Dramaturgen, den Frau Bothe kürzlich engagiert hatte, und eine Aushilfe in Hotpants.

Es brannte an allen Ecken. Verträge mussten verhandelt, Manuskripte begutachtet, knifflige Briefe geschrieben werden. Zwei Autoren verlangten besondere Aufmerksamkeit: Thomas Bernhard und Franz Xaver Kroetz. Gleichzeitig sollte mit geringstmöglichem Einsatz Geld verdient werden. Der Theaterverlag war, das wurde mir bald klar, für Unseld eine Cash-Maschine. Da sollte das Geld herkommen, um defizitäre Buchprojekte zu finanzieren. Damals war das selbstverständlich und es gab einen Namen dafür: Quersubventionierung. Man verlegte ein Buch aus Überzeugung, in dem Wissen, dass man nichts damit verdient.

Unselds eigenes Interesse fürs Theater war begrenzt. In aller Öffentlichkeit erzählte er, dass ihn der Verlagsgründer Peter Suhrkamp in alle Arbeitsbereiche eingeführt habe, nur nicht in die Buchhaltung und die Theaterabteilung. Die Sache mit der Buchhaltung erklärte sich wahrscheinlich durch die chronischen Verluste, die der Verlag unter Suhrkamps Leitung machte. Für das Theater gab es einen anderen Grund. Peter Suhrkamp war selbst ein erfahrener Dramaturg, betrachtete also das Theater und alles, was damit zusammenhing, als Chefsache.

Der Aufstand der Lektoren, ihre Forderung nach Kollektivierung des Verlages hatte tiefe Spuren hinterlassen. Zwar waren alle Posten wieder besetzt, aber die Lektoren, die geblieben waren, und selbst die, die neu eingetreten waren, machten aus ihrer Abneigung gegen einen eigentümergeführten Verlag wenig Hehl. Was ist ein eigentümergeführter Verlag? Ein Verlag, in dem jemand persönlich – in letzter Instanz – für die getroffenen Entscheidungen haftet, und zwar auch finanziell, das heißt mit dem eigenen Geld. Das macht den Verleger gewiss vorsichtig, ja muss es sogar. Aber wenn er passioniert ist, auch mutig.

Für einen Autor kann diese Passion entscheidend sein, wenn die künstlerische oder intellektuelle Überzeugung des Verlegers über kurzfristiges Gewinnstreben geht. Wie viele bedeutende Autoren wären nie publiziert worden, wenn es nicht diese verlegerische Passion gegeben hätte!

Die Mitarbeiter des Verlages, in erster Linie die Lektoren, sahen das mit anderen Augen. Sie verwiesen auf das Programm, dem der Verlag sein Prestige verdankte. Unseld und die Mitinhaber trugen zwar das finanzielle Risiko, doch unverständlich war es nicht, dass die Lektoren ihren Anteil wollten. Nach dem gescheiterten Aufstand, wurden die, die geblieben waren, umso kritischer. Gerade weil sie selbst nicht den Mut aufgebracht oder keine Gelegenheit gefunden hatten, dem Verlag den Rücken zu kehren. Nichtsdestotrotz war das Ansehen, bei Suhrkamp zu arbeiten, groß. Abgesehen davon, dachten auch andere Verleger nicht daran, ihren Besitz mit den Angestellten zu teilen. Die große Ausnahme war Rudolf Augstein, der als Alleineigentümer des Spiegel-Verlags in einem klugen Schachzug fast die Hälfte seiner Anteile an seine Mitarbeiter abtrat. Aber selbst er behielt eine hauchdünne Mehrheit und blieb damit Herr im Haus.

Unseld dagegen besaß nur die Hälfte des Verlages, die andere gehörte einer Schweizer Industriellenfamilie aus Winterthur, auf die er angewiesen war. Hätte er Anteile abgeben wollen, hätte das die Zustimmung seiner Partner vorausgesetzt. Als gewiefte Kaufleute hätten sie ihm diese verweigert. Das Gutachten des Anwalts Dr. Torz, der damals alle Argumente gegen eine Vergesellschaftung des Suhrkamp Verlages zusammengetragen hat – Jahrzehnte später in einer sogenannten Unseld-Chronik veröffentlicht –, belegt das ohne Wenn und Aber.

Die Lektoren kannten den Inhalt des Gutachtens. Man sprach unter Kollegen darüber und Unseld erzählte Vertrauten davon.

Obwohl man damit zur Tagesordnung hätte übergehen können, ja müssen, schwärte der Konflikt und drückte auf die Stimmung im Hause. Das war bedauerlich, ja ärgerlich. Auch philosophische Köpfe wie Habermas – bei weitem nicht der einzige – erklärten, dass es schwierig, wenn nicht unmöglich sei, einen sozialistisch verfassten Verlag innerhalb eines kapitalistischen Systems zu betreiben. Nur: Der Stachel im Fleische war der Verlag der Autoren, der ausgerechnet ein paar hundert Meter entfernt sein Domizil aufgeschlagen hatte.

44

Nach getaner Arbeit, trafen sich die Lektoren und alle, denen der Sinn danach stand, im Büro eines Kollegen. Geburtstage, das Erscheinen eines Buches, Anlässe fanden sich immer. Es wurde gequalmt, getrunken und vor allem geredet. Anfänglich habe ich diese Zusammenkünfte als Zeitverschwendung angesehen, bis mir klar wurde, dass sie äußerst sinnvoll waren. Man lernte die Kollegen kennen, bekam den einen oder anderen Ratschlag und arbeitete besser zusammen. Unseld tauchte nur selten auf, meist, um kurz eine Frage zu stellen. Sein Pech war, dass er aussah wie ein erfolgreicher Geschäftsmann. Sportlich, korrekte, vermutlich maßgeschneiderte Anzüge. Bloß die knallig unifarbenen Krawatten, die außer ihm keiner tragen durfte, sprangen ins Auge. Wenn er hereinkam, war das Zimmer voll. Alle Blicke richteten sich auf ihn. Dummerweise versuchte er, seine Glatze mit wenigen langen, quer über den Kopf gekämmten Haaren zu kaschieren. Damit verriet er eine Eitelkeit, die er nicht nötig gehabt hätte und über die sich die Lektoren (und nicht nur die) gnadenlos amüsierten. An der Wand, die zwischen ihm und seinen Mitarbeitern stand, hatte er also eifrig mitgebaut. Mir war das unangenehm und befremdlich, denn ich fand ihn trotz und manchmal wegen seiner Schwächen sympathisch. Er war ein richtiger Unternehmer, schob an, ging Risiken ein, die die Lektoren niemals auf sich genommen hätten.

Walter Boehlich und Karlheinz Braun – und nicht nur die beiden – schürten von außen das Feuer. Boehlich war der frühere Cheflektor, ein brillanter Kopf aus besserem Hause, der ebenfalls den Verlag verlassen und sich in seiner Wohnung im Westend hinter Bücherbergen verschanzt hatte. Boehlich war wunderbar, weil man mit jedem seiner Sätze ein Feuer hätte anzünden können. Er hatte maßgeblich den revolutionären Kurs der Lektoren mitbestimmt. Hatte am „Kursbuch 15" mitgearbeitet, in dem der Literatur der Totenschein ausgestellt wurde. Man muss sich vorstellen: In einem literarischen Verlag, sprich Suhrkamp, erscheint eine Zeitschrift mit dem Namen „Kursbuch", herausgegeben von einem der wichtigen Autoren des Hauses, Hans Magnus Enzensberger. Und diese Zeitschrift propagiert mit kulturrevolutionärem Elan, dass das Ende der bürgerlichen Literatur gekommen sei. Ohne viel Federlesen sollte der Ast, auf dem man saß, abgesägt werden. Dazu braucht man Chuzpe.

Den fraglichen Artikel, *Ein Kranz für die Literatur*, hatte der Redakteur der Zeitschrift, Karl Markus Michel, geschrieben, der ebenfalls Lektor des Suhrkamp Verlages war. Ein Mann mit sanfter Stimme und einem gutgeschnittenen Gesicht, der eher an einen florentinischen Fürstenhof gepasst hätte.

Warum zum Teufel sollte die Literatur zu Grabe getragen werden? Weil sie sich im Kapitalismus den Gesetzen des Marktes unterwerfen musste und nicht „gesellschaftskritisch agieren" konnte. So wurde behauptet. Merkwürdig: Brecht und Beckett, auch viele andere bedeutende Autoren, haben sich nie Marktgesetzen unterworfen. Handke beschimpfte sein Publikum. Bernhard transportierte dreizehn Krüppel auf die Bühne.

Im Ernst: Nicht die bedeutenden Autoren unterwarfen sich den Marktgesetzen, sondern der kapitalistische Markt (und stellvertretend für ihn: die Lektoren) schaltet fatalerweise aus, was sich nicht so gut verkaufen ließ. Weil der Buchmarkt immer radikaler der Profitgier – nein, damit falle ich in den marxistischen Jargon zurück, der dem Einzelnen diese Gier unterschiebt – weil also der Buchmarkt immer mehr kapitalistischen Gesetzen Rechnung trug, wurde der literarische Schuh enger. Die kapitalistische Wirtschaftsordnung verlangte mehr Umsatz und mehr Gewinn und das, bitte, Jahr für Jahr. Insofern gab und gibt es diesen Konflikt zwischen Literatur und Kapitalismus, und insofern hatten die Aufständischen Recht. Doch heißt das nicht, der Literatur Adieu sagen zu müssen. Offen gestanden habe ich nie wirklich verstanden, warum die Lektoren das Paradies, in dem sie lebten, derart schmähten.

Sie waren jedoch nicht allein, auch wenn es dem linken Milieu der Stadt Frankfurt nicht vorrangig um Literatur ging. Es wollte die marxistische Revolution. Besetzte Häuser, lebte in Kommunen, rief zu Demonstrationen auf und verdammte die mit Schlagstöcken um sich hauende Polizei. Vor allem die jüngeren Linken hatten sich gegen Suhrkamp verschworen. Und Suhrkamp war Unseld – und alle, die sich von ihm beschäftigen ließen.

Das Arbeitstempo im Verlag war hoch, unvergleichlich höher als in der Universität oder im Theater. Der Druck enorm. Morgens um neun ging es los. Um die Stücke zu verkaufen, wurde viel telefoniert. Dazwischen diktiert, lektoriert, korrigiert. Wenn ich abends ins Hotel zurückkam, war ich erledigt. Las ein Manuskript oder blätterte die Zeitung durch. Von erholsamem Schlaf konnte keine Rede sein. Ich wälzte mich von einer Seite auf die andere und ließ den Tag Revue passieren. Am nächsten Morgen saß ich mit fremden Geschäftsleuten im

Frühstücksraum, schmierte Brötchen mit Butter und Marmelade und trank eine Kanne Tee dazu. Auch ich war jetzt ein Geschäftsmann, der zusehen musste, wie und wo er Geld verdienen konnte. Als Chef eines (kleinen) Unternehmens in einem (großen) Unternehmen war ich für das Programm verantwortlich, musste mich um Personalfragen kümmern und vor allem sehen, dass der Laden lief und am Ende des Jahres einen ordentlichen Abschluss hinlegte. Langsam, ganz langsam kriegte ich meine Arbeit in den Griff.

Das war die eine Seite. Die andere war die Welt der Autoren, waren die neuen Manuskripte und natürlich die Ur- oder Erstaufführungen. Theaterstücke zu verlegen heißt: Bühnen zu finden, an denen sie aufgeführt werden. Da der Suhrkamp Verleg vorwiegend zeitgenössische Autoren verlegte, landeten täglich mehrere Manuskripte auf unseren Schreibtischen, Stücke, die vorher nie gespielt worden waren. Nicht nur von unbekannten, sondern auch bekannten, ja weltberühmten Dramatikern. Das war aufregend. Peter Weiss hatte gerade seinen *Hölderlin* zu Ende geschrieben. Ein Stück in Versen, in einer altmodisch anmutenden, in Wirklichkeit frei erfundenen und poetischen Sprache, das den Konflikt des Dichters Hölderlin mit der Gesellschaft seiner Zeit zeigte.

Martin Walser hatte sich in seinem *Kinderspiel* den Konflikt der 68er-Generation vorgeknöpft. Bruder und Schwester stritten sich mit dem Vater um die Frage, ob und wie eine bessere Gesellschaft aufzubauen sei. In ein paar Monaten sollte in Stuttgart die Uraufführung sein. Auch von Bernhard wurde ein Stück erwartet. Das Ungewöhnlichste waren jedoch die Manuskripte, die mir der Dramaturg auf den Schreibtisch schob. Von einem bayerischen Autor, dessen Name mir nichts sagte – Franz Xaver Kroetz –, in bayerischem Dialekt.

Das müssen Sie lesen, sagte er mit einem breiten Grinsen. Wobei ich das Gefühl hatte, dass er mich auf den Arm nehmen wollte.

Es ist schon viel darüber gestritten worden, was eigentlich ein Theaterstück ist. Ist es eine Vorlage, die erst auf der Bühne zu ihrer eigentlichen Bestimmung findet? Also so etwas Ähnliches wie ein Drehbuch? Oder ist es doch ein Stück Literatur wie ein Roman oder ein Gedicht? Richtig betrachtet, handelt es sich um eine Scheinfrage. Denn was hilft es, diese Frage unbedingt entscheiden zu wollen? Es kommt nämlich auf den jeweiligen Fall an. Wenn man ein Theaterstück liest, gleich, ob es einem gefällt oder nicht, dann liest man es wie einen Roman oder ein Gedicht. Dann ist das Theaterstück ein Text zum Lesen und das, was nicht geschrieben ist, muss man mit seiner Fantasie ergänzen. Wenn einer kein Vergnügen an solcher Art Lektüre findet, dann sollte er ins Theater gehen. Da wird der Text entschlüsselt, werden die Lücken durch die Schauspieler und das Bühnenbild gefüllt. Da wird das Theaterstück auf die Bühne „gebracht“. Dort kann man es bestaunen wie ein Kind, das soeben das Licht der Welt erblickt.

45

„Das ist das Verdammte an den kleinen Verhältnissen, dass sie auch die Seele kleinmachen.“ Der Dramatiker Ibsen, der aus einer Kaufmannsfamilie stammte, hat das klar gesehen. Als Siebenjähriger erlebte er den geschäftlichen Bankrott des Vaters, der die Familie durcheinanderrüttelte und ihn für sein Leben prägte. Der norwegische Autor war daher für das Schreiben von bürgerlichen Dramen gut gerüstet.

Ich stamme aus ordentlichen, sagen wir, nicht chaotischen Verhältnissen. Hatte verlässliche Eltern, die es gut mir meinten und mich auf eine anständige Schule schickten. Ich besuchte die Universität, machte meinen Doktor. In meinem Kopf steckte also allerhand Wissen. Doch was hatte das mit der Arbeit zu tun, die man mir aufgetragen hatte? Das Dumme ist, dass nicht nur die kleinen Verhältnisse die Seele eng machen.

Entsprechend schlecht war ich für den Beruf des Verlegers vorbereitet. Nur auf einem Feld konnte ich punkten, war ich „erblich vorbelastet“: Meine Mutter hatte ein gutes Zahlengedächtnis und hielt die Groschen zusammen. Eine Folge der Inflationen nach dem Ersten und Zweiten Weltkrieg. Fast war es eine Obsession, so sehr fürchtete sie sich, mittellos dazustehen. Bei mir ist das ähnlich.

Was mein ästhetisches Credo anbetraf, so schwamm ich auf der Nachkriegswelle: so „abstrakt“ und so viel „Protest“ wie eben möglich. Die abstrakte Kunst dominierte, weil sie abstrakt war, also keinen unmittelbaren konkreten Bezug zur Wirklichkeit hatte. Das mag sich wie eine Tautologie anhören, ist es aber nicht. Die Wirklichkeit, die deutsche Nachkriegswirklichkeit, war die Folge einer Katastrophe. Sie verunsicherte die schöpferische Arbeit so sehr, dass die bildende Kunst nur noch Ausrufezeichen setzte oder Schreie ausstieß. Nie wieder! hallte es überall und der Druck, den die Katastrophe hinterlassen hatte, war so stark, dass die Darstellung von Personen und Gegenständen einer Verengung des Betrachtungswinkels gleichgekommen wäre, für die die „Avantgarde“ nicht mehr die notwendige Überzeugung mitbrachte. Die Katastrophe war noch umfassender als nach dem Ende des Ersten Weltkrieges – so schien es nicht nur vielen Künstlern –, also musste auch die Antwort umfassender ausfallen. Daher war es nicht unlogisch, sich der Abstraktion zuzuwenden und konkrete Festlegungen zu scheuen. Die Verunsicherung ging bis an die Wurzel.

Die Radikalität, mit der die Malerei diesen Gedanken umsetzte, war auf dem Theater nicht möglich. Denn auf der Bühne standen Schauspieler aus Fleisch und Blut, die Teil der konkreten Welt waren und ihr verhaftet blieben. Allerdings konnte das Theater etwas anderes: Es konnte die Absurdität der Welt abbilden. Die Welt, das wurde jedem klar, der sie mit etwas Distanz sah, war absurd. Abstrakte Malerei und absurdes Theater entsprachen sich. In den Stücken Ionescos und Becketts war das Konkrete nur noch in der menschlichen Person oder einem Teil von ihr (einem Kopf oder einem Mund) zu finden. Eine Geschichte im alten Sinne fehlte, man wusste nicht mehr genau, wo man war und was die Autoren und ihre Personen eigentlich wollten. Das konnte sehr spannend sein, wenn Beckett selbst inszenierte, weil er seinen Figuren die Sinnlichkeit mit auf die Bühne gab, die sie brauchten, um lebendig zu werden. Oder auch sterbenslangweilig, wenn dem Regisseur und den Schauspielern die Fähigkeit fehlte, dem abstrakten Spiel zum „Leben" zu verhelfen.

Die abstrakte Form erlaubte, nicht über das Unmögliche und doch möglich gewordene sprechen zu müssen: Die Kriegsverbrechen, die Vernichtungslager. Abstrakte Kunst beindruckte, tat aber nicht weh. Sie war das Universum der Ausrufezeichen und zwang den Betrachter, das eigene Denken anzuwerfen. Das absurde Theater machte es ihr nach.

Weil mit der „Vergangenheit" gebrochen werden musste, suchten wir den Protest: Kampf dem Bürgertum und seiner Kopisten-Ästhetik. Kunst wurde erst interessant, wenn sie gegen die geltenden Hierarchien anrückte. Als Karlheinz Stockhausen seine „Originale" im Kölner Theater am Dom – einem Privattheater – aufführte und der Aktionskünstler Nam June Paik auf ein Klavier eindrosch, waren wir dabei. Der unberechenbare Paik warf Orangen – das kostbare Gut – ins Publikum und das Publikum warf sie mit Begeisterung zurück. Der Saft spritzte und befreite. Die Lust am Protest war so wichtig wie das, wogegen der Protest sich richtete.

Ein Leben lang hat uns das Fernsehen attackiert, jetzt schlagen wir zurück, erklärte Paik prophetisch, als er auf der Bühne Fernsehsendungen grotesk verzerrte und Wolf Vostell die Apparate mit den gebogenen Bildschirmen gleich ohne große Umschweife zertrümmerte.

46

So etwa sah es in meinem Kopf aus, als ich das erste Manuskript von Franz Xaver Kroetz in die Hand nahm: *Heimarbeit.* Proletarierleben in Zeitlupe. Die Leute sprechen süddeutschen Dialekt und tun Dinge, die den Leser kaum erfreuen können. Sie leben so dahin, unfähig ihr Leiden am Leben zu artikulieren. Sie onanieren oder versuchen mit der Stricknadel eine Abtreibung – auf offener Bühne. Zum Schluss bringen sie einen Säugling um. Traurige Existenzen im Vergrößerungsglas. So weit weg, dass ich das Manuskript kopfschüttelnd beiseite legte.

Die präzisen Szenenanweisungen, der Rhythmus der Dialoge, die treffsichere Zeichnung der Personen machten mich jedoch stutzig. War da etwas, was ich nicht begriff? Entging mir etwas, weil ich in einem anderen Universum beheimatet war? Ich ging in das Büro des Dramaturgen, der seiner Begeisterung freien Lauf ließ. Das wiederum verstärkte mein Misstrauen, weil er aus Bayern stammte und ich fürchtete, dass seine Begeisterung nur einem Wiedererkennungseffekt geschuldet war.

Während wir miteinander redeten, tauchte die Hausmeisterin auf. Eine kleine drahtige, schon etwas ältere Person mit kreischender Stimme, über deren Vergangenheit im Verlag gemunkelt wurde. Wenn damals, also in den Siebzigerjahren von Vergangenheit geredet wurde, dann meinte man eine Nazi-Vergangenheit.

Zum Beispiel die Mitgliedschaft im BDM, dem Bund deutscher Mädels, oder eine Zeit in einer der Nazi-Erziehungsanstalten. Die schrillen Befehle der Hausmeisterin, Teller und Tassen gefälligst – ja, gefälligst – in die Küche zu bringen und nicht auf den Schreibtischen stehen zu lassen, duldeten keinen Widerspruch.

Ich habe schon wieder Kaffeeflecken auf den Manuskripten gesehen, ermahnte sie den Dramaturgen. Das sei doch eine Sauerei, das könne den Autoren nicht gefallen und dem Chef schon gar nicht.

Der Chef. Der Chef war Unseld, zu dem sie einen direkten Draht hatte. So verschaffte sie sich Autorität.

Der Dramaturg drehte ihr den Rücken zu und machte mit der Hand eine unwillige Geste. Dabei schwappte ihm der Kaffee aus der Tasse.

Sehens, da haben wir's wieder, nicht mal in der Lage, den Kaffee ordentlich zu trinken, höhnte die Hausmeisterin und rauschte auf ihren Gesundheitsschlappen davon. Eine Szene wie aus einem Kroetz-Stück. Nicht in Zeitlupe, sondern so schnell wie im normalen Leben.

Die Münchner Kammerspiele wollen zu Beginn der nächsten Spielzeit *Heimarbeit* aufführen, drängte der Dramaturg. Wir müssen uns entscheiden.

Aber wie? Mein Kopf war dagegen, mein Bauch eher dafür.

Lassen Sie mich darüber schlafen.

Dieser Zwiespalt ist symptomatisch für das Verlegerdasein. Immer wieder gibt es Situationen, in denen man auf einen schöpferischen Kopf trifft, der eine bislang unbekannte Welt kreiert hat, auf die man sich einlassen, mit der man sich auseinandersetzen muss. Rationale Argumente in ästhetischen Diskussionen folgen existierenden Mustern und bleiben in diesen gefangen. Das intuitive Erkennen geht weit darüber hinaus; es ist grenzenlos.

Zum Glück gab es rationale Gründe, die für eine Aufnahme des Autors in unser Programm sprachen. Der Dramaturg hatte gute Karten. Denn eine Uraufführung an den Münchner Kammerspielen versprach einen soliden Start. Mit den richtigen Schauspielern; unterstützt von einer Theaterleitung, in der Heinar Kipphardt der führende Kopf war. Er hatte das vielgespielte Dokumentarstück über den Atombombenbauer Robert Oppenheimer geschrieben. Mehr Rückenwind für einen jungen Autor hätte man sich kaum vorstellen können.

Zum Schluss spielte der Dramaturg eine Trumpfkarte.

Vergessen Sie nicht, auch andere Verlage fangen an, sich für den Autor zu interessieren.

Haben wir eigentlich einen Vertrag, fragte ich ihn am nächsten Morgen.

Wir haben Kroetz einen geschickt, schon bevor Sie angefangen haben. Nur will der Kerl nicht unterschreiben.

Warum?

Weil er inakzeptable Klauseln enthält. Behauptet jedenfalls der Autor.

Und tut er das?

Kommt drauf an. Sie wissen doch, wie Autoren sind. Der eine unterschreibt, der andere wehrt sich.

Wehrt sich wogegen?

Na ja, grinste der Dramaturg, gegen die Bedingungen.

Sie meinen unsere Provision?

Ich persönlich meine gar nichts. Nur: Ohne Vertrag stehen wir ziemlich blöd da.

Der Autor hatte nicht nur *Heimarbeit* geschrieben, und ich besprach den Fall mit Unseld.

Geben Sie ihm einen Vertrag für die vorliegenden Stücke mit einer Vorauszahlung, die Sie wieder hereinholen können.

Natürlich verrechenbar mit allem, was eingeht. Das Risiko muss überschaubar bleiben.

Unseld war gewieft und ich hatte nicht die geringste Mühe damit. Verleger brauchen Geschäftssinn, sonst kommen sie nicht weit. Ein schönes Programm zusammenzustellen ist nicht sonderlich schwierig, aber damit zu überleben verteufelt schwer.

47

Als ich Kroetz anrief schlug mir sofort Misstrauen entgegen. Brummig, bissig und ohne Umschweife hielt er mir vor, dass ich ja nur etwas von ihm wolle. Schließlich willigte er mürrisch in ein Treffen ein. Der Mann saß auf einem hohen Ross. Ungewöhnlich für einen nicht publizierten, nicht aufgeführten Autor.

Ich flog nach München und nahm vom Flughafen ein Taxi nach Pasing. Dort hatten seine Eltern ein Haus – der Vater war Finanzbeamter. Ein Einfamilienhaus aus der Nachkriegszeit mit einem Vorgarten. Immerhin ohne Gartenzwerge. Ich klingelte und Franz Xaver Kroetz öffnete. Ein drahtiger junger Mann mit einer kernigen bayerischen Stimme. Wir gaben uns die Hand.

Kommen Sie herein und setzen wir uns. Haben Sie einen guten Flug gehabt?

Wir nahmen an einem Couchtisch Platz und nach ein paar freundlichen Floskeln kam Kroetz zur Sache.

Na dann zeigen Sie mir mal, was Sie da vorbereitet haben. Ich zeigte ihm den Vertragsentwurf, der nichts Ungewöhnliches enthielt – ein Vertrag für die Dauer des gesetzlichen Urheberrechtes. Konkret: bis siebzig Jahre nach dem Tod des Autors. Kroetz las die Vereinbarung konzentriert durch, jedenfalls machte er den Eindruck. Bis er sich aufrichtete und mich wie ein wildes Tier anstarrte.

Ihr wollt mich bestehlen, brüllte er. Niemals werde ich so ein Papier unterschreiben. Ausbeuter seids, ranzige Ausbeuter.

Es war das erste Mal in meinem jungen Verlegerleben, dass mich jemand so frontal anging. Der Bananenschneider, der Chauffeur und militante Kommunist, wie er in seinem Lebenslauf angab, rannte gegen den feinen Pinkel aus Frankfurt an. Klassenkampf ohne Ansage.

Ich wankte, stand aber noch. Erklärte die Notwendigkeit einer vertraglichen Abmachung. Beschrieb die Risiken des Verlages. Es sei unmöglich, Bücher ohne Verträge zu drucken. Außerdem seien Theaterstücke keine Bestseller, selbst wenn sie gut geschrieben seien. Im Übrigen müsse es einen Grund dafür geben, warum er sie zu Suhrkamp geschickt habe und nicht an jemanden anderen.

Woher wissen Sie das, fragte er scharf zurück.

Weil Suhrkamp eine gute Adresse ist.

Eine Kapitalistenbude, politisch betrachtet. Tut nicht so, als ob ihr das nicht wissen tätet.

Kroetz sprang auf. Marschierte hin und her, die Hände in den Hosentaschen.

Hol mich der Teufel, höhnte er, der Unseld schickt Sie als Emissär, damit Sie ihm die Fische ins Boot ziehen. So ein abgekartetes Spiel.

Kroetz hatte seinen Part gut studiert, und ich war ahnungslos in die Falle getappt. Ich richtete mich auf, was auf der niedrigen weichen Couch nicht einfach war. Aufstehen und der Vorführung ein Ende machen; dann allerdings wäre ich mit leeren Händen zurückgefahren.

Kroetz spürte meine Unentschiedenheit und legte mit geradezu sadistischer Lust nach.

Sie fliegen nach München, nehmen sich ein Taxi. Können sich das erlauben, weil Sie die Autoren ausbeuten. Wir schuften, wir leiden, wir verausgaben uns, damit die Herren in Frankfurt in Saus und Braus leben.

Jetzt reichte es. Während ich die Blätter des Vertragsentwurfes sorgfältig zusammenlegte und in die Tasche steckte, blieb Kroetz stehen und starrte mich an.

Wollens gehen?

Ja, sagte ich, erleichtert, dass er mir zuvorgekommen war.

Wieso denn jetzt einfach zurückfliegen? Wo Sie grad erst gekommen sind.

Selbst wenn ich verstünde, was in Ihnen vorgeht, platzte es aus mir heraus: Rufen Sie ein Taxi.

Was soll denn so ein Blödsinn?

Weil ich mit der nächsten Maschine zurückfliege.

Es entstand eine Pause, wie auf der Bühne: Ich mache einen Vorschlag, sagte er ruhig, als sei nichts geschehen. Ich fahre Sie zum Flughafen – mit meinem Wagen.

Einverstanden, allerdings unter einer Voraussetzung: Wir reden nicht mehr über den Vertrag. Den vergessen wir.

Ideen haben Sie, brummte Kroetz.

Noch war nicht ausgemacht, wer als Sieger vom Platz gehen würde.

Vor der Tür, ein paar Meter entfernt, stand ein Opel Admiral. Keine alte Karre, sondern ein Sechszylinder-Schlitten in gepflegtem Zustand. Nachdem wir ein Stück gefahren waren, sagte Kroetz: Wie wärs, wenn wir ein Glas zusammen trinken, das kann doch nicht schaden, bevor Sie losfliegen. In der Nähe gibts ein Gasthaus – vielleicht das richtige.

Wenn Sie wollen, erwiderte ich, allerdings reden wir nicht mehr über den Vertrag.

Kroetz bog ab und parkte vor einem Restaurant mit einer breiten Fensterfront. Innen Ledersessel, dicke Teppiche, Kerzen und Blumen auf den Tischen. Ein Nobelteil für Menschen aus dem Wirtschaftswunderland.

Wir setzten uns und Kroetz bestellte, ohne lange zu fragen, zwei Wodkas. Als er das Glas in einem Zug runtergekippt hatte, sagte er zufrieden:

Wir könnten uns doch eigentlich duzen.

Meine Antwort kam ein bisschen gequält.

Also noch zwei Wodkas, rief er durch den Saal. Es war späterer Nachmittag; wir die einzigen Gäste. Das Fräulein servierte den zweiten Wodka und zündete die Kerze auf dem Tisch an.

Ich bin der Franz, sagte der Autor und hob sein Glas.

Also dann, Franz.

Wieder waren die Gläser leer.

Fräulein, seins so gut und bringen uns zwei weitere Wodkas, donnerte es wieder.

Autor und Verleger sahen sich an, die Gläser in der Hand und tranken.

Bitte, kann ich den Vertrag mal sehen?

Was haben wir vereinbart?

Vereinbart? Du hast eine Bedingung gestellt. Ich bin der Kroetz, ich scheiß auf Bedingungen.

Knapper hätte er seine Lebenseinstellung – auch zu ästhetischen Postulaten – nicht beschreiben können.

Ich holte die Mappe mit den Unterlagen heraus, und zum ersten Mal seit meiner Ankunft in München kam in mir ein Gefühl der Genugtuung auf; ich ahnte, dass ich das Spiel gewinnen würde. Was ich nicht ahnte, war der Preis, den ich dafür bezahlen würde.

Der Autor nahm sich den Vertrag, und nachdem er ihn noch einmal überflogen hatte, zog er einen Kugelschreiber aus der Tasche und haute ohne ein weiteres Wort seine Unterschrift darunter. Kaum entzifferbar, aber mit einem überzeugenden kräftigen Schwung.

Damit du's weißt: Wenn Ihr versucht, mich zu bescheißen, wird euch das teuer zu stehen kommen. Bitte, Fräulein, noch zwei Wodkas.

Er brauchte nicht mehr laut zu rufen; das Fräulein wartete schon.

Man könnte denken, ich sei erleichtert gewesen. Vielleicht wäre ich es tatsächlich gewesen, wenn ich zum Flughafen hätte fahren dürfen. Doch davon war keine Rede. Denn jetzt ging die Fete erst richtig los.

Wir fahren ins Hofbräuhaus, jubelte Kroetz. Heute Nacht schläfst du bei mir und morgen fliegst du in aller Ruhe nach Hause. Nein, was willst du denn in Frankfurt? Jetzt wird der Vertrag begossen.

48

Also auf ins Hofbräuhaus. Zum ersten Mal in diesem lärmigen, bierverhangenen Betrieb. Wir kriegten einen Tisch und nachdem die ersten Maßkrüge geleert waren, tauchte Inis, seine Freundin, auf. Eine hübsche junge Frau, Apothekerin von Beruf. Die beiden kannten sich offenbar schon länger. Sie mochte ihren Franz, nur das antikapitalistische Gedröhne ging ihr auf die Nerven.

Freu dich, Franz, jetzt hast du einen Verlag, der deine Stücke verlegt. Das wolltest du doch.

Sie prostete mir zu. Weitere Maßkrüge rollten an und Inis trank tüchtig mit. Schweinshaxen mit Sauerkraut wurden bestellt und ausgiebig getafelt. Immer wieder Maßkrüge. Weil das nicht reichte, bestellte Kroetz eine Kapelle, die bayerische Schmankerln spielte. Wir erhoben uns, die Krüge in den Händen, und tranken auf die Musiker. Kroetz wischte sich den Bierschaum aus dem Schnauzbart und strahlte. Er hatte einen Vertrag mit einer anständigen Vorauszahlung in der Tasche und der Verlag würde die Rechnung bezahlen. Davon ging er jedenfalls aus. Und weil die denkwürdige Szene unbedingt festgehalten werden musste, wurde ein Fotograf herbeigerufen, der ein Blitzlichtgewitter über uns niedergehen ließ.

Mitternacht war längst vorbei, als beschlossen wurde, das Auto stehen zu lassen und ein Taxi in Richtung Pasing zu nehmen. Der Autor neben dem Fahrer, Inis und der Verleger im Fonds. Die Innenstadt lag schon hinter ihnen, als der Fahrer an einer Kreuzung stoppen musste. Kroetz öffnete die Tür und sprang aus dem Wagen.

Warten Sie, bat ich den Fahrer und Inis und ich stiegen ebenfalls aus, um dem verschwundenen Dramatiker auf die Spur zu kommen. Ein paar Augenblicke später zog Inis ihn hinter einem Busch hervor.

Es ging weiter und keiner sprach ein Wort. An der nächsten roten Ampel das Gleiche: Kroetz sprang aus dem Auto.

Jetzt reicht's, entschied ich, beinahe nüchtern vor Erschöpfung. Wir fahren nach Hause. Der kommt schon nach, beruhigte ich die junge Frau, und die Fahrt ging weiter – ohne den flüchtigen Autor.

Während Inis vor der Haustür nach dem Hausschlüssel kramte, kam ein zweites Taxi vorgefahren.

Das hätt' euch wohl gefallen, knurrte der Autor, wenn ich mich im Freien verkühlt hätte.

Inis ließ ihn aufschließen.

Du schläfst oben, wies er mich an.

Oben stand eine Pritsche unter einer Dachschräge. Kaum Platz, um sich ausziehen. Plötzlich aufgeregte Stimmen. Die beiden stritten sich wie die Kesselflicker. Nicht einmal ein Fenster, durch das ich hätte klettern können.

Wo war der Vertrag? Die Tasche stand unten – leichtsinnigerweise.

Ich war so fertig, dass mir der Vertrag und die Streitereien auf einmal egal waren. Der Schlaf übermannte mich. Bis ein Geräusch, kein gewöhnliches nächtliches Geräusch wie ein hochdrehendes Motorrad oder eine Klospülung, sondern ein Krachen und Splittern, mich hochriss. Ich brauchte einen Moment, um zu begreifen, was da vor sich ging. Das Krachen und Splittern wurde immer wütender. Ja, jemand war dabei, alles kurz und klein zu schlagen. Nicht mal eine Tür gab es, die mich geschützt hätte, denn die Treppe landete direkt unten im Wohnzimmer. Ich bekam Angst, richtige Angst, wie ich sie nie gekannt hatte. Ich saß in einer Falle und ein Irrer versperrte mir den Weg.

Ruhig bleiben. Nicht auf sich aufmerksam machen.

Das war das Einzige, was ich denken konnte. Und blieb bewegungslos auf der Pritsche sitzen, bis der Sturm vorüber war.

Wieder schlief ich ein, tief und traumlos. Bis ich eine Stimme hörte. Es war schon hell. Jemand trällerte einen Schlager, einen dieser Erfolgssongs von Freddy Quinn, in dem ein Mann sein Mädchen verliert und ihm nur noch die Gitarre und das Meer bleiben: *Juanita hieß das Mädchen*. Den Refrain würde ich nie wieder vergessen.

Ich zog mich an und tastete mich vorsichtig die Treppe runter.

Hast du gut geschlafen, empfing mich Kroetz gutgelaunt.

Wir frühstücken in der Küche. Heute Nacht habe ich aufgeräumt und mit meinem bisherigen Leben Schluss gemacht.

Dabei zeigte er mit einer Handbewegung auf die zertrümmerten Stühle, das zusammengebrochene Sofa, den ermordeten Fernseher. Die Tasche mit dem Vertrag stand noch da – unversehrt. Wo Inis sei, wagte ich nicht zu fragen.

Ein paar Wochen später rief mich Fräulein Geisler, Unselds Sekretärin, an.

Das müssen Sie sich ansehen. Der Kroetz hat uns ein Foto geschickt, aus dem Hofbräuhaus. Sie scheinen sich ja prächtig amüsiert zu haben.

49

Das Besondere bei Suhrkamp waren die Begegnungen mit den Autoren. Ein Verlag ohne Autoren ist kein Verlag, und je mehr die Persönlichkeit eines Autors das von ihm geschaffene Werk prägt, desto unzertrennlicher werden beide. In Hollywood, und nicht nur da, schreiben mehrere Autoren an einem Drehbuch. Es gibt die verrücktesten Geschichten, wie Filme entstanden sind. Bertolt Brecht hat die Lohnschreiberei verteufelt. Um in der Emigration Geld zu verdienen, versuchte er Geschichten zu erfinden, die vor den Augen eines Produzenten Bestand haben sollten. In seinem amerikanischen Journal vermerkt er 1943 bitter: „Das Rezept für Erfolg im Filmschreiben: Man muss so gut schreiben als man kann, und das muss eben schlecht genug sein."

Diese Bemerkung zeigt den verletzten Stolz eines Autors, der glaubte, es besser zu wissen. Wenn man die Langlebigkeit seiner Werke bedenkt, kann man ihm nur Recht geben. Und doch gibt es da ein Missverständnis. Denn manche der Hollywood-Filme werden auch sehr alt. Sie erreichen ein Millionenpublikum und werden immer wieder gezeigt. Allerdings wenden sie sich nicht (oder sehr viel weniger) an den Intellekt des Zuschauers, sondern an seine Gefühle. Hollywood ist ein Paradies für alle, die etwas fühlen wollen. Die Filmindustrie will nicht, wie Brecht, die Welt verändern – oder eben nur in Ausnahmefällen. Sie will unterhalten und die beste Unterhaltung ist die, bei der sich der Zuschauer in seinen Gefühlen vergisst. Das lockt ihn ins Kino. Dafür ist er bereit zu zahlen.

Hollywood ist ein Synonym für die Filmindustrie und das exakte Gegenteil dessen, was Brecht vorschwebte. Deshalb konnte er nicht in Amerika bleiben und musste nach Europa zurück. Und selbst in Europa gab es nur einen Ort, an dem er seine Arbeitspläne konsequent umsetzen konnte: Berlin, genauer Ost-Berlin unter einem sozialistischen Regime. Das ist der Grund, warum sein Werk bitteren Fehldeutungen ausgesetzt war. Er gilt als politischer Autor. Dabei ist er einer der größten Dichter des zwanzigsten Jahrhunderts. Wegen seiner einzigartigen Sprachkraft und seiner enormen Themenweite. Er hat die ökonomischen und sozialen Probleme unserer Gesellschaft – nicht nur des Kapitalismus – klarsichtig und beherzt angesprochen. Er war nie ein Anreißer, immer dialektisch. Seine politischen Irrtümer, die bedauerliche Ambivalenz gegen Ende seines Lebens, hingen eng mit seiner persönlichen Situation, der fatalen Abhängigkeit seines Ensembles vom Wohlwollen des Regimes in Ost-Berlin, zusammen. Wo er sich, angegriffen von regimetreuen Kritikern, immer weniger wohlfühlte. Giorgio Strehler, der ihn anlässlich seiner legendären *Dreigroschenoper*-Inszenierung wenige Monate vor seinem Tode kennenlernte, hat mir einmal gesagt, dass Brecht schon zu Lebzeiten in der DDR als bürgerlicher Formalist gegolten habe. Kein Wunder, dass der fluchterprobte Brecht einen österreichischen Pass, ein Schweizer Konto und einen Verleger, Peter Suhrkamp, im Westen hatte.

Brechts Werk hat einen langen Schatten geworfen. Er lag über dem Suhrkamp Verlag und liegt über dem deutschen und kontinentaleuropäischen Theaterbetrieb bis auf den heutigen Tag. Brechts theoretische Forderungen, vor allem der von ihm geprägte Begriff „Verfremdungseffekt“, haben dabei eine wichtige Rolle gespielt. Vermutlich hat es nie in der Geschichte der Ästhetik einen Begriff gegeben, der so viele Missverständnisse ausgelöst hat.

Brecht möchte den Zuschauer zum Denken verführen. Der Charme der französischen Aufklärung hatte es ihm angetan: Denken befreit. Es befreit tatsächlich, aber eben nur den, der es gelernt hat, sich den Schwierigkeiten des Denkens zu unterziehen. Hier liegt der Pferdefuß.

Denn im Allgemeinen ist Denken anstrengend. Das wissen Filmproduzenten und Theaterdirektoren, deren Existenz von den Kasseneinnahmen abhängt. Sie scheuen sich, Filme zu produzieren oder Stücke aufs Programm zu setzen, die „schwierig“ sind. Sie haben nichts dagegen, wenn der Zuschauer in einen Strudel von Gefühlen hineingezogen wird, der ihn fesselt und für die Dauer der Vorstellung atemlos (das heißt: denkunfähig) macht. Mehr, es ist ihr erklärtes Ziel.

Wenn man davon ausgeht, dass die Welt veränderbar ist, dann ist Brechts Ansatz richtig. Er basiert auf einem Glauben: dem Glauben an die Vernunft. Allerdings dürfen die Zuschauer dabei nicht zu kurz kommen. Sie beharren, ob man will oder nicht, auf ihrem Vergnügen. In der Kirche wird gepredigt, in der Universität gelehrt und im Theater unterhalten. Wenn man diese Unterscheidung nicht akzeptiert, wird aus dem Theater eine Volkshochschule oder ein Predigerverein. Man macht dem Publikum ein X für ein U vor, aber die Zuschauer lassen sich ungern täuschen. Sie wollen nicht nur belehrt, sondern vor allem unterhalten werden. Diesen Konflikt gibt es nicht erst seit Brecht. Brecht hat ihn nur besonders energisch zur Sprache gebracht und die Qualität seiner Werke macht es schwierig, ja unmöglich, einer Diskussion darüber aus dem Wege zu gehen.

Anfang der Siebziger, konnte davon im Suhrkamp Theaterverlag keine Rede sein. Die zu begutachtenden oder zu lektorierenden Manuskripte stapelten sich auf unseren Schreibtischen, alle zwei Wochen eine Ur- oder Erstaufführung. Reisen, Verhandlungen, ein Managerleben – nur nicht mit Autos oder Aktien, sondern mit Theaterstücken. Zu ästhetischen Debatten blieb keine Zeit, sie fanden in den Köpfen der Autoren statt und die dachten, was sie wollten.

50

Wenn man sich die *Suhrkamp-Chronik* des Jahres 71 anschaut, kann man nachlesen, wie schwierig Unselds Verhältnis zu Thomas Bernhard war – schon damals. Bernhard verlangte eine Sonderbehandlung – wie ein begabtes Kind in schwieriger Umgebung. Fast immer ging es um Geld und Verträge. Anfang September jenes Jahres kam er nach Frankfurt und unterschrieb einen Stapel Papiere. Doch am nächsten Tag tauchte er wieder auf und verlangte die Annullierung der Verträge. Mit der Begründung, dass während der ersten vierundzwanzig Stunden jeder das Recht habe, seine Zusage zurückzunehmen. Unseld lehnte ab – verständlicherweise. Bei jährlich hunderten von Publikationen wäre es ohne schriftliche Vereinbarungen nicht gegangen. Aus der Sicht des Autors sah das natürlich anders aus. Mit der Unterschrift unter den Vertrag verlor er ein wichtiges Faustpfand. Mit dieser eigenwilligen Auffassung stand Bernhard nicht allein da. Und die ideologischen Rädelsführer in den subventionierten Theatern, zu denen Claus Peymann gehörte, bliesen, wenn auch aus anderen Gründen, in dasselbe Horn.

So wichtig Verträge waren, ohne Texte ging gar nichts. Um verkaufen zu können, musste etwas zum Anbieten da sein. Seit Monaten ging das Gerücht, Bernhard habe ein neues Stück geschrieben. Die Theater waren neugierig und verlangten das Manuskript.

Leider mussten wir sie vertrösten. Bei seinem Besuch hatte Bernhard verlauten lassen, dass er das Stück nach Salzburg geben wolle. Dort solle es im Sommer des folgenden Jahres uraufgeführt werden. Er wünsche sich, dass Peymann es inszeniere und sei darüber mit der Festspielleitung im Gespräch.

Und was war mit der Spielzeit danach und weiteren Aufführungen? Schließlich lebt ein Theaterverlag davon, dass die Stücke durch andere Bühnen nachgespielt werden.

Vor kurzem ist mir eine Notiz in die Hände gefallen, in der meine Sekretärin mit ihrer gut lesbaren Schrift den Text eines Telegramms festgehalten hat, das am 28. Oktober 1971 abging:

„Lieber Herr Bernhard, brauchen wegen intensiver Spielplangespräche 1972/73 unbedingt Manuskript ‚Der Ignorant und der Wahnsinnige'. Komme am Samstagnachmittag nach Ohlsdorf, um es abzuholen. Herzlichst Ihr R. R."

Bernhard werkelte zu dieser Zeit an der Restaurierung des Vierkanthofes, den er sich gerade gekauft hatte. Er hatte keinen Telefonanschluss und war nur brieflich oder telegrafisch zu erreichen. Wenn ich den Telegrammtext heute lese, wundere ich mich über den Ton, an der Grenze der Unverschämtheit.

Ohlsdorf in Oberösterreich. Von Salzburg aus geht es mit dem Zug nach Attnang-Puchheim. Anfang November lag schon Schnee, es war saukalt. An den Namen des Gasthofes, in dem Bernhard ein Zimmer reserviert hatte, kann ich mich nicht mehr erinnern; einsam und eingeschneit. An einer Kreuzung ein Schild: Ohlsdorf 12 Kilometer. Im Winter haben wir kaum

Gäste, empfing mich der Wirt. Aus Deutschland schon gar nicht, und heute gleich zwei.

Dabei sah er mich erwartungsvoll an: Wer ist denn der andere, fragte ich.

Ein Regisseur, Augenblick mal.

Der Mann sah in das Gästeverzeichnis.

Peymann heißt er.

Das Zimmer war ungeheizt, Eisblumen auf dem Fenster. Draußen eine schneeüberzogene Landschaft, kahlschwarze Bäume als Orientierungshilfe; weiter weg eine Bergkette und ein paar graue Wolken in einem hellblauen Himmel. Schön und ungemütlich.

Unten in der Stube saß Peymann.

Was machen Sie denn hier?

Vermutlich dasselbe wie Sie, auf der Suche nach Bernhards neuem Stück.

Der Regisseur zuckte mit den Schultern; auch er ohne die mindeste Ahnung, wie es weitergehen würde. Also warteten wir. Bernhard wusste ja, dass wir da waren. Der Fallensteller hatte uns in dieses verlorene Gasthaus gelockt und wider unseren Willen verabredet. Er kannte sich in Demütigungen aus. Leute, die etwas wollen, lässt man erst einmal warten. Und wir warteten.

Die Nacht war eisig, das Waschwasser am nächsten Morgen nahe dem Gefrierpunkt. Von Bernhard keine Spur. Da es in den Zimmern zu kalt war, lümmelten Peymann und ich in der Wirtsstube herum. Mal sehen, wer den von Bernhard ausgerufenen Wartewettbewerb gewinnen würde. Wäre einer abgefahren, hätte er als Verlierer den Platz verlassen.

Der Samstagmorgen und auch der Samstagnachmittag vergingen ohne ein Zeichen von Bernhard. Peymann und ich tranken abwechselnd Tee und Enzianlikör. Jemand schmierte uns ein Brot. Als ich aus einer eisbeschlagenen Telefonzelle in Frankfurt anrief und die Lage schilderte, kamen Durchhalteparolen: Wir brauchen das Manuskript.

Die Eisdiät ging also weiter. Am Sonntagmorgen, als ich ernsthaft erwog abzureisen, meldete sich der Wirt mit einer Nachricht. Der Herr Bernhard habe angerufen und schaue in einer Stunde vorbei, um die Herrschaften abzuholen.

Ich war so durchgefroren, dass es mir beinahe schon gleichgültig war. Tatsächlich fuhr bald ein grüner Volkswagen-Käfer vor. Bernhard im Lodenmantel und mit Tirolerhut. Er hatte sich nicht verkleidet, sondern gehörte zu dieser grauen Landschaft wie der Schnee und die alten Bäume.

Wir machen einen Ausflug, sagte er gut gelaunt, das ist jetzt das Richtige.

Keine Erklärung, keine Entschuldigung; auch keine Fragen oder gar Vorwürfe unsererseits. Die Geste, mit der er uns einzusteigen bat, ließ keinen Zweifel daran, wer hier Regie führte.

Die Straße stieg an, und es ging in Serpentinen durch einen Wald. Ich hockte auf der Rückbank, klappernd vor Kälte. Wegen der vereisten Scheiben kriegte ich kaum etwas von der Landschaft mit. Bis Bernhard auf einer Lichtung anhielt. Ein Restaurant in einem Winterwald. Und plötzlich brach die Sonne durch. Bernhard marschierte auf das Haus zu und drinnen war es endlich warm. Er sprach kurz mit dem Ober und zeigte auf einen Tisch.

Sie lesen jetzt das Stück, befahl er und lachte genüsslich. Ich mache derweil mit Peymann einen Spaziergang.

Es war zwölf Uhr mittags, spätestens in einer Stunde würden sie zurück sein. Wie in so kurzer Zeit ein ganzes Stück lesen? Sicher, die Zeilen waren kurz und es gab viel Luft auf den

Seiten. Aber an die hundert mit der Schreibmaschine getippte Blätter. Ich beugte mich über das Manuskript und versuchte den Gastwirtsbetrieb zu vergessen. Las so schnell ich konnte, ein Fehler. Statt ein paar Seiten genau zu lesen und hieraus das Ganze zu erschließen, raste ich durch den Text. Ein Arzt, der ununterbrochen über die Sezierung einer Leiche schwadroniert, der Vater einer Koloratursängerin, der sich dem Trunk ergeben hat und ihm zuhört, ohne viel zu verstehen. Lange Suaden für den Arzt und lediglich ein paar Repliken für den Vater. Am Schluss des ersten Aktes tritt die Tochter auf, unzufrieden mit der Vorstellung, die sie gerade gegeben hat. Der zweite Akt spielt in einem Restaurant, den „Drei Husaren", wo Vater und Tochter und der Arzt kurze Zeit später nachtmahlen. Zwei exzentrische und monologische Szenen, aber kein Stück, wie ich es kannte. Eine Handlung, die das Geschehen vorwärtstrieb, gab es nicht.

Nach einer Stunde waren die beiden von ihrem Spaziergang zurück. Bernhard fragte sofort: Na, wie finden Sie das?

Er hatte eine wohlklingende Bass-Stimme und um die Antwort in die ihm genehme Richtung zu bugsieren, drückte er etwas auf die Stimme. So, als stünde die Antwort schon fest.

Für Salzburg ideal, fiel mir ein.

Damit war ich gerettet. Bernhard strahlte und nahm das Manuskript wieder an sich. Peymann schwieg, unzufrieden.

Der Kellner brachte die Speisekarten. Freunde von Bernhard, der Wiener Architekt Hufnagel und seine Frau, setzten sich zu uns an den Tisch. Kultivierte Leute, offen und sympathisch, die Frau etwas sauertöpfisch. Natürlich war das kein Zufall, sie waren mit ihrem Freund Thomas verabredet. Beinahe unvermeidlich, dass die Rede auf den Verlag kam. Unseld, polterte Peymann, sei unmöglich und ein Vertreter des Kapitals, ich der Knecht eines ausgewiesenen Ausbeuters. Obwohl ich mich nach Kräften verteidigte, wollte er sich nicht beruhigen.

Verständlicherweise wurmte es ihn, dass ich als erster das Stück hatte lesen dürfen. Bernhard freute sich diebisch über den Schlagabtausch, seine Freunde hörten fast ungläubig zu, mehr amüsiert als schockiert über die Deutschen, die keine Tischmanieren kannten. Bernhard jedenfalls hatte erreicht, was er wollte: den Verlag auf seiner Seite und gleichzeitig kräftige Keile zwischen die Fronten getrieben. Die einen gegen die anderen ausspielen, das war sein Schönstes. Zum Schluss fuhr ich ohne Manuskript nach Frankfurt zurück, und wann Peymann es lesen durfte, entzieht sich meiner Kenntnis.

51

Peter Suhrkamp, der den Verlag nach einer Auseinandersetzung mit den Erben des S. Fischer Verlags gegründet hatte, vertrat die Ansicht, dass Autoren haushoch über dem Verleger und allen seinen Mitarbeitern stünden. Sein Nachfolger Unseld behauptete, der Verlag verlege keine Werke, sondern Autoren. Beides sind Werbesprüche – sie sollten die Demut der Verleger vor dem Genius der Autoren demonstrieren. Es handelte sich um – freilich gekonntes – Marketing. Die Haltung der beiden Verleger war Zeichen ihres Engagements. Der Enthusiasmus für die Sache Teil ihres Erfolges. Peter Suhrkamp hatte einen untrüglichen Sinn für literarische Qualität und Siegfried Unseld verstand sich vor allem auf Menschen. Er wusste, dass sein persönliches Verhältnis zu den Autoren das wichtige Gegengewicht zu den Auffassungen und Stimmungen im Lektorat war – insbesondere nach dem Exodus der alten Garde.

Die Besuche bei ihnen waren ein Privileg, das sich Unseld vorbehielt. Doch das Theater und die dramatische Literatur interessierten ihn nicht sonderlich und so konnte ich bald selbst entscheiden, wohin ich fuhr und wen ich besuchte. Da meine Anwesenheit bei den Ur- oder Erstaufführungen unabdingbar war, reiste ich viel – fast immer an den Wochenenden, weil die Premieren aus probentechnischen und tarifvertraglichen Gründen meist an Samstagen stattfanden. Der Traum von einem Leben im Hotel war Wirklichkeit geworden. Ein Privatleben kannte ich nicht mehr. Alle Gedanken kreisten um meine Arbeit und ich kann nicht sagen, ob dieser Zustand einer natürlichen Disposition entsprach oder mich deshalb nicht störte, weil er half, das familiäre Debakel – die Trennung von Frau und Sohn – zu verdrängen. Leider schnitten sich die Brötchen in der Niederräder Pension zusehends mehr wie Gummi und der Tee schmeckte jeden Tag bitterer. Nur konnte ich ja nicht kochen; nicht einmal zu einem Frühstück reichte es. Langsam dämmerte mir, dass Abhilfe nötig war.

Doch das war nebensächlich. Die Arbeit faszinierte mich. Es gab ja nicht nur Autoren wie Kroetz oder Bernhard. *Hölderlin*, das neue Stück von Peter Weiss, war etwas ganz Ungewöhnliches. Hier gab es eine politische und eine sentimentale Perspektive: Der mittellose Dichter verliebt sich in eine Dame aus adeligem Stand. Er leidet an seiner Ausgeschlossenheit. Die Frau, die er liebt, ist unerreichbar. Die Großen seiner Zeit, Goethe, Schiller, Hegel und Schelling belächeln ihn mitleidig, doch bleibt er sich treu. Geschrieben in einer eigenwilligen Sprache, denn Weiss lebte seit vielen Jahren in Stockholm im Exil. Weil er nicht genau wusste, wie Nachkriegsdeutsche sprachen, war er gezwungen, seine Sprache zu erfinden. Sein Deutsch war ein künstliches, eckig wie ein Holzschnitt, und strahlte doch mit seiner schönen fremdartigen Poesie.

Die Figur Hölderlins war ein Porträt des jungen Peter Weiss – und nicht nur des jungen. Der Autor war inzwischen weltbekannt und politisch engagiert. Als erklärter Gegner des westlichen

Imperialismus (und damit des amerikanisch-kapitalistischen Systems) war er ehrlich genug, die repressive Seite des Kommunismus nicht unter den Tisch zu kehren. Deshalb hatte er in einem früheren Stück die Rolle Trotzkis untersucht, der im mexikanischen Exil von einem Henker Stalins mit einem Eispickel ermordet worden war. Das Stück war eine Abrechnung mit den stalinistischen Methoden. Die Uraufführung in Düsseldorf im Jahre 1970 jedoch ein Reinfall und den für die Kulturpolitik der DDR zuständigen Funktionären, Alexander Abusch und Klaus Gysi, missfiel es so, dass sie dem Autor Einreiseverbot erteilten. Vermutlich auf Moskauer Geheiß, wie gemunkelt wurde.

Weiss litt unter diesem Bruch. Er suchte und brauchte die geistige Auseinandersetzung, die ihm das reiche Schweden und der arme DDR-Sozialismus ermöglichten. Das hektische Aufbauwunder der Bundesrepublik befremdete ihn; seine Notizen hierzu sprechen Bände. Die Vergangenheit lag für ihn wie ein Leichentuch über dem Land. Während man in der BRD versuchte, die Wunden so schnell es ging zu vernähen, lagen sie in der DDR schwärend offen. Gleich hinter der Friedrichstraße stolperte man durch Trümmerfelder. Hier trog der Schein nicht: Die Zerstörungen öffneten einem die Augen. Folgerichtig war man angetreten, einen neuen Staat aufzubauen, der nichts mehr mit dem früheren zu tun haben sollte. Für einen vertriebenen Juden muss das etwas Tröstliches gehabt haben. Und anderen ging es ähnlich: Auch französische Kommunisten fuhren zu Weihnachten nach Ost-Berlin, um dort ein Weihnachtfest ohne den westlichen Konsumrummel zu verbringen.

Peter Weiss war eine komplexe, widersprüchliche Person. Er sah aus wie jemand, der in Eaton studiert hat, ein distinguierter Herr, der nichts von einem 68er an sich hatte. Als er das erste Mal zu Besuch kam, arbeitete die Dame mit den Hotpants noch im Verlag und sofort zündelte es. Das war so offensichtlich, dass es niemandem entging. Die Situation hatte etwas Tragisches, denn die Dame mit den langen braunen Beinen hatte anderes im Kopf, als sich mit einem zwar weltberühmten, in ihren Augen jedoch ziemlich alten Mann einzulassen. Weiss war natürlich gut erzogen; das Kurzdrama also schnell zu Ende und er mir auf der Stelle sympathisch.

Hölderlin wurde ein Riesenerfolg. Fünf große Bühnen führten das Stück im Herbst 1971 nacheinander auf. Den Anfang machte Peter Palitzsch in Stuttgart, dann kamen Hamburg, Berlin, Basel und Bremen. Ich wirbelte durch Deutschland und niemand zweifelte daran, dass ich meine Aufgabe gefunden hatte.

Vor allem die Menschen interessierten mich, mehr noch als die künstlerischen Ergebnisse. Die politische Situation im gebrandmarkten Deutschland war faszinierend und der Ort, an dem der unternehmerische Kapitalismus mit dem bürokratischen Imperialismus aufeinanderprallte, hieß Berlin. Genauer: Bahnhof Friedrichstraße, der sogenannte Grenzübergang. Wenn die rot-gelben Vorkriegs-Züge in den Bahnhof einliefen, befahl ein blecherner Lautsprecher: Alles aussteigen, Grenzübergang zur Deutschen Demokratischen Republik. Überall roch es nach Lysol, dem karbolsäureartigen Desinfektionsmittel. Man stieg eine Treppe hinunter und marschierte durch finstere Korridore bis zur Kontrollstelle. Dann das Anstellen. Wenn die Schlange den wachestehenden Volkspolizisten nicht ordentlich genug vorkam, drückten sie das wartende Volk mit dem Kolben der Maschinenpistole wieder in die Reihe. Endlich war es soweit: Man durfte den Pass vorzeigen. Der prüfende Blick des Grenzschützers ging zwischen dem Ausweis und dem Träger des Ausweispapieres hin und her. Manchmal verschwand der Funktionär auch für einige Zeit, um die Echtheit des Passes zu überprüfen oder einfach zu schikanieren. Dann kam das Gepäck dran: Zahnbürste, Unterhose, Socken. Alles war verdächtig – und das Verdächtigste die Menschen.

Auch ich wurde gefilzt und traute mich nicht zu fragen, warum. Nachdem der Grenzer alles kontrolliert hatte, wurde er pädagogisch: Wissen Sie nicht, dass das Einführen von Druckerzeugnissen in die DDR verboten ist? Weil ich es wusste, zeigte ich auf meine Tasche, in der sich keinerlei Druckerzeugnisse befanden. Der Mann sah mich streng an: Schauen Se mal, wat da aus Ihrer Manteltasche kiekt.

Ja, Menschenskind, die „FAZ" aus dem Flugzeug. Wie konnte ich die vergessen?

Als ich mich kurze Zeit später bei meinem Ostberliner Kollegen über diese Art der Behandlung beschwerte, sah er mich wohlwollend von oben bis unten an und erklärte: Kein Wunder, wenn man so aussieht wie Sie. Das nächste Mal lassen Sie sich von uns einen Passierschein schicken. Dann läuft das reibungslos.

Ein frommer Wunsch. Peter Weiss, dem man das Betreten des Staatsgebietes der DDR wegen des Trotzki-Stücks verwehrte, erhielt überraschend die Nachricht, dass man ihm den Zutritt wieder erlaube. Sein Freund Anselm Perten, früher Intendant in Rostock, inzwischen Chef des Deutschen Theaters, hatte beste Kontakte zu Abusch, der im Zentralkomitee für kulturpolitische Angelegenheiten zuständig war. Als Weiss die Grenze am Checkpoint Charlie überqueren wollte, verweigerte man ihm jedoch die Einreise, weil er immer noch auf der Liste stand. Die Grenzer hielten ihn stundenlang fest und schickten ihn schließlich zurück in den Westen.

Weiss ließ nicht locker und ein paar Wochen später erreichte ihn die offizielle Benachrichtigung, dass er einreisen könne. Er bat mich, ihn zu begleiten. Weil er einen schwedischen und ich einen westdeutschen Pass hatte, konnten wir nicht denselben Grenzübergang benutzen. Wir trafen uns in Ostberlin und fuhren dann mit dem Taxi zu Perten. Der Intendant residierte in einer Dienstvilla, etwas außerhalb des Zentrums. Dienstboten rissen den Schlag auf und führten uns in ein geräumiges, schön proportioniertes Haus aus den Anfängen des zwanzigsten Jahrhunderts. Servierfräulein im schwarzen Kleid und weißer Schürze schenkten Krimsekt aus und der Hausherr begrüßte uns mit Zuvorkommenheit. Es war elf Uhr morgens, die Sonne schien, die Gäste schlenderten auf die Terrasse und freuten sich an einem gepflegten Garten. Doch auch draußen wollte niemand so recht über das sprechen, was uns am meisten interessierte: Wie war der Bruch zwischen Weiss und der DDR zu reparieren?

An eine Aufführung des Trotzki-Stücks war nicht zu denken; eine Inszenierung des *Hölderlin* dagegen schien im Bereich des Möglichen. Perten zeigte durch die Einladung seinen guten Willen, deutete jedoch an, dass gewisse Schwierigkeiten noch auszuräumen seien. Welcher Art diese Schwierigkeiten waren, blieb unklar. Wir wagten auch nicht zu fragen. Seine Zeit am Deutschen Theater sei bald vorbei. Vielleicht könne er das Stück woanders herausbringen. Er gehe nämlich nach Rostock zurück. Die Führung in Ost-Berlin, so das Gerücht, war nicht zufrieden mit ihm.

Obwohl wir nicht die einzigen Gäste waren und es sich um einen offiziellen Empfang handelte, hatte ich den Eindruck, einem Treffen von Geheimagenten beizuwohnen. Der Autor, der in die Kälte ging. Perfekte Umgangsformen vor dunklem Hintergrund. Am Abend, als wir in einer Westberliner Bar unseren Ausflug in das sozialistische Paradies Revue passieren ließen, waren wir uns einig: Viel vages Zeug, für das man sich nichts kaufen konnte. Das Theater stand im Dienste der Politik – unter künstlerischer Freiheit verstanden wir etwas anderes.

52

Peter Weiss war nicht der Einzige, der sich mit dem real existierenden Sozialismus herumschlug. Max Frisch war Schweizer und hätte viele Gründe gehabt, nicht mit seinem Land zu hadern. Doch das Gegenteil war der Fall. Könnte es sein, dass das mit seinem Erfolg zusammenhing? Ist nicht der Erfolg eines Schriftstellers ein Zufallsgeschenk, für den er nichts kann, selbst wenn er ihn anpeilt? Ein Lotteriegewinn, der ihm eine moralische Verpflichtung auferlegt, weil seine Stimme zählt? Oder zumindest gehört wird.

Frisch war hoch angesehen und seine Bücher verkauften sich zu Hunderttausenden. Die Journalisten rissen sich um Interviews – und Frisch nutzte jede Gelegenheit, seine Kritik an den politischen Verhältnissen durchblicken zu lassen. Vor allem an den schweizerischen; nicht, weil er keine Meinung zur Bundesrepublik gehabt hätte, sondern weil er sich wie ein Diplomat alter Schule verhielt, der sich nicht in die Angelegenheiten fremder Staaten einmischt. Frisch war konkret und präzise und globale Betrachtungen oder Entwürfe laufen Gefahr, entscheidende Details zu übersehen. Er war Architekt und trimmte seine Gedanken wie seine Zeichnungen auf Genauigkeit.

Unseld und ich besuchten ihn in Berzona, wo er ein Haus hatte. Ein kleiner Ort in den Tessiner Bergen, hoch oben in einem Tal kurz vor der italienischen Grenze. Auch Golo Mann und Alfred Andersch wohnten dort. Weit weg von Zürich und noch weiter weg von Frankfurt. Unseld wollte seinen „neuen Mann" vorstellen und gleichzeitig das Manuskript des zweiten *Tagebuchs* (1966–1971) kennenlernen, das bald erscheinen sollte.

Weil Unseld ein großer Schwimmer war, stürzten wir uns nach der Ankunft gleich ins Becken, das zu Frischs Anwesen gehörte. Als wir unsere Bahnen zogen, drückte jemand einen Fensterladen auf. Eine junge Frau winkte uns freudig zu.

Das ist Marianne Oellers, Frischs Lebensgefährtin, klärte mich Unseld auf, nachdem sie wieder verschwunden war. Und bei der nächsten Wende setzte er hinzu: Vorher war sie mit Tankred Dorst zusammen. Frisch hat sie ihm ausgespannt.

Die beiden hatten einige Zeit in New York verbracht. Als Schweizer Berühmtheit war er zu Empfängen in gläserne Bankpaläste gebeten worden. Mit Schwindel erregenden Blicken auf andere, noch höhere Wolkenkratzer und in die Straßenfluchten. Von wo aus alles pittoresk aussah, selbst das heruntergekommene Harlem. Unten auf der Erde musste man um sein Leben fürchten, während da oben mit Champagner angestoßen wurde. Hier prallten nicht zwei verschiedene Systeme aufeinander, sondern die Auswüchse ein und desselben.

Während Unseld sich in das Manuskript vertiefte, zogen Frisch und ich uns zurück. Ich kam auf den Prüfstand.

Brecht, der große B. B., saß Frisch im Nacken. Richtiger: Er schaute ihm über die Schulter. Brecht war in vielerlei Hinsicht ein Maßstab, vielleicht sogar der Maßstab schlechthin. Die Eintragung vom 11.6.1948 im Brechtschen *Arbeitsjournal* spricht Bände. Frisch zeigt dem berühmten Besucher – Brecht war vor kurzem aus Amerika zurückgekehrt – eine Baustelle in Zürich, für deren Planung er verantwortlich zeichnet. Es handelt sich um Sozialwohnungen mit neuestem Komfort wie Badewanne und elektrischem Herd. Frisch ist stolz auf ein großes Schwimmbad, das die Fortschrittlichkeit des Projektes abrundet. Doch Brecht mokiert sich in seiner Notiz über die kleinen Wohnungen und findet den Beton hässlich. Der Meister schwimmt lieber in Seen und Flüssen. Er formuliert das natürlich raffinierter: Das Gedicht, das er über das Baden in Seen und Flüssen geschrieben hat, erscheint ihm angesichts der Betonmassen als historische Reminiszenz. Ideologische Verästelungen vom Feinsten, denn er kann ja – wegen des sozialistischen Ballasts – schlecht zugeben, dass ihm das Leben der einfachen Leute nicht sonderlich behagt.

Auch Brecht stammte aus bürgerlichem Milieu, der Vater Prokurist in einer bayerischen Papierfabrik. Nur besaß er so viel Genie, dass er sich jede Verrücktheit erlauben konnte. Das schützte ihn. Frisch war vielseitiger: Journalist, Architekt, Romancier und Theaterautor. Weniger radikal und ehrlicher sich selbst gegenüber. So blieb alles im Rahmen, was seinen Erfolg ermöglichte. Und da er als Schriftsteller berühmt war, blieb er misstrauisch – auch der eigenen Person gegenüber. Das machte ihn schwach und stark zugleich. Der Mann war auf der Hut, weil er die Bedeutung des Zufalls kannte. Seine Eifersucht war beträchtlich, weil sein Erfolg bei Frauen auf andere als physische Ursachen zurückging. Er wurde weniger um seiner selbst willen geliebt, als seines Erfolges wegen. Es gibt Männer, denen das gleichgültig ist, während andere sich damit quälen.

Während wir uns unterhielten, stand Frisch auf und bat mich, ans Fenster zu kommen.

Die Säule da, schauen Sie sich mal die Säule an, die imponiert mir.

Er sagte nicht, sie gefällt mir. Sie imponiert mir.

Er zeigte mit seiner Pfeife auf eine Granitsäule, die ein Verandadach stützte. Wie in einem Kreuzgang, nur eine einzige Säule.

Von dieser Säule geht ein Trost aus, sagte er und zog mehrmals hastig an seiner Pfeife. Irgendjemand hat sie einmal in Form gehauen, wer weiß, wie lange das her ist. Jetzt steht sie da und erinnert an den Steinmetzen. Irgendwann erinnert sie dann auch an uns.

53

Es war eine Zeit des Umbruchs, gerade auch im Theater. Handke gab mit seinen Sprachexperimenten den Ton an. In der *Publikumsbeschimpfung* verkehrte er die Rollen. Das Publikum wurde nicht mehr verführt, und die Beschimpfung mauserte sich zum Programm. Die Machtverhältnisse in den Theatern verschoben sich mehr und mehr in Richtung Regisseur. Peter Zadek und Wilfried Minks hatten in Bremen mit spektakulären Aufführungen die Richtung vorgegeben. Bald würde der Regisseur und nicht mehr der Autor die Person sein, um die sich der Theaterbetrieb drehte. Obwohl in den Aufführungsverträgen Hinzufügungen oder Veränderungen am Text als Vertragsbruch gewertet wurden, entwickelte sich der Text zum „Material", mit dem die Theaterleute nach Belieben schalten und walten konnten.

Große Regisseure wie Rudolf Noelte oder Fritz Kortner, die sich dem geschriebenen Text verpflichtet fühlten, die „werkgetreu" inszenierten, wie es im Urheberrecht heißt, wurden bald der „alten Schule" zugerechnet. Für sie blieb das Stück die verbindliche Grundlage der Inszenierungen. Ihr Ziel, dass der Zuschauer Anteil an den dargestellten Personen nahm, mit ihnen litt oder sich freute. Sie suchten die Stücke entsprechend der zur Verfügung stehender Besetzung aus und legten Wert darauf, dass es einen Spannungsbogen gab.

Die jüngeren Regisseure, die sich in den Vordergrund spielten, waren, ohne hierüber Theorien zu entwickeln, von Filmen, Fotos und auch der Malerei so beeindruckt, dass sie immer mehr in Bildern dachten. Weil das Fernsehen ihre direkte Konkurrenz war, sollten die – nicht selten ungewöhnlich schönen – Bilder auf der Bühne die Zuschauer mit dem alten, uralten Medium Theater versöhnen. So nahm die Bedeutung der

Szenenbildner zu. Bewundernswert, was Erich Wonder oder Karl-Ernst Herrmann und auch andere auf die Bretter stellten.

Für diese Generation waren Frisch oder sein Freund Dürrenmatt „Männer von gestern". Frisch beunruhigte das; er wollte wissen, wie ich darüber dachte. Dabei wusste ich nicht, was ich sagen sollte. Wie hätte ich es wissen sollen? *Andorra* war ein sehr gut gebautes Stück mit einem geradezu zeitlosen Thema und *Biedermann und die Brandstifter* ebenfalls. Das deutsche, genauer das bundesrepublikanische Theater war im Aufbruch und wir zwischen den Fronten. Unmöglich zu sagen: Nein, das ist der falsche Weg. Die Alten wissen es besser, nicht nur, weil sie Erfolg haben.

Frisch hatte manchmal Mühe, ein Wort zu artikulieren. Dann verkrampfte sich sein Gesicht, bis das Wort wie ein Klappmesser herausschoss. Das hatte nichts Bemitleidenswertes, weil die präzisen Formulierungen Respekt einflößten. Ja, seine intellektuelle Vorsicht paarte sich mit beinahe autoritärer Entschiedenheit. Wegen seiner empfindlichen Augen nahm er öfter die Brille ab und reinigte die Gläser mit einem Tuch. So setzte er Fermaten.

Abends saßen wir auf der von der Granitsäule beschützten Veranda und speisten. Natürlich gab es Wein, einen Roten aus dem Tessin. Marianne hatte einen Salat zubereitet. Dazu wurde ein würziger Käse aus der Nachbarschaft serviert.

Max, was du im *Tagebuch* über New York erzählst, ist sehr beeindruckend, sagte Unseld. Musst du unbedingt aufnehmen, dass es sich um jüdische Richter handelt?

Ich finde ja, sagte Frisch mürrisch. Es sind Amerikaner, die über Schwarze richten. Weiße jüdische Amerikaner, die schwarze Gelegenheitskriminelle verurteilen. Darf ich das nicht sagen?

In Deutschland, fragte Unseld vorsichtig.

Siegfried, sagte Frisch und klopfte streng mit der Pfeife gegen die Steinsäule. Du vergisst, dass ich Schweizer bin. Ich schreibe aus der Sicht eines Schweizers, das müsste sich eigentlich herumgesprochen haben.

Unseld schwieg – und der Abend wollte nicht mehr recht in Schwung kommen. Es musste ein Bett für mich gefunden werden und Marianne Oellers war für die einfachste Lösung.

Wir haben doch ein Zimmer.

Aber Frisch war dagegen, entschied für ein Hotel.

Ich bringe den Siegfried morgen zum Bahnhof, wir holen Sie dann ab.

Während der Fahrt ins Tal gingen mir die jüdischen Richter und die Finanzen des Verlages durch den Kopf. Das Geld für Hotel und Taxi hätte man sparen können und was die jüdischen Richter betraf, so war ich froh, dass ich diese Frage nicht zu entscheiden hatte.

54

Tagebücher verraten oft mehr über die Person eines Autors als ein Roman oder ein Theaterstück. Deshalb erscheinen sie nicht selten posthum. Für sein Berliner Journal verfügte Frisch eine Sperrfrist, die zwanzig Jahre nach seinem Tod endete. Zwanzig Jahre – und sie wurde noch länger, wenn man in Rechnung stellt, dass Frisch erst Anfang sechzig war, als er während seines Berliner Aufenthalts diese Notizen niederschrieb. Sie sind inzwischen erschienen und selbst nach so langer Zeit haben die Herausgeber nicht gewagt, alles auf den Tisch zu legen. Zu ihrer Ehre sei gesagt, dass sie das selbst einräumen. Fast auf jeder veröffentlichten Seite wird Rücksicht genommen.

Frisch war damals nicht glücklich in Berlin. Er saß vor der Schreibmaschine – der Ort, der ihm am liebsten war – und trank. Zu viel, wie er selbst wusste. Was mochte ihn nach Berlin gezogen haben? Die Grenze natürlich, die alles infrage stellte, wo die westliche Welt aus der Balance zu kommen drohte. Auch Frisch suchte Antworten in Ostberlin. Beim verfemten Wolf Biermann oder dem undurchsichtig witzigen Jurek Becker oder dem Verlagsfunktionär Gruber, der mir den guten Rat mit dem Passierschein gegeben hatte.

Ich reiste durch Deutschland und Europa, besuchte viele Vorstellungen. Dabei wurde mir immer klarer, wie sehr das Theater eine lokale Kunst ist. Im Gegensatz zur bildenden Kunst, die sich in Museen und Galerien in den verschiedensten Stilrichtungen präsentiert, zeigt das örtliche Stadttheater nur das, was das jeweilige Team zu produzieren in der Lage ist. Das macht das Vergleichen schwierig und das lokale Angebot zur Richtschnur. Man hat nur die Wahl, sich damit abzufinden oder dem Theater den Rücken zu kehren. Wer ist schon willens und in der Lage, nach London oder New York zu reisen, um dort ins Theater zu gehen? Und je mehr Aufführungen ich sah, umso unzufriedener wurde ich. Mir ging es wie einem verwöhnten Esser, der sich nicht mehr mit dem Tagesmenü zufrieden gibt.

Gleichzeitig wunderte ich mich, warum sich das Lesevergnügen meiner Kindheit nicht mehr einstellen wollte. Frischs *Tagebuch* und Brechts *Arbeitsjournal* erschienen mir interessanter als die meisten Romane oder Theaterstücke. Da gab es spannende Einsichten auf wenig Raum. Obwohl persönlich, waren sie politisch, ohne Umschweife formuliert. Sie waren, weil man die Lektüre jederzeit unterbrechen konnte, auch eine Antwort auf die Beschleunigung des Lebens, die damals schon spürbar wurde. Wo sonst liest man eine Beschreibung Brechts so präzise und authentisch wie in Frischs *Tagebuch*, als er sich kurz nach dem Kriege nach Herliberg am Zürichsee aufmacht, um Brecht und seine Frau zu besuchen? Da meine ich mich selbst zu sehen, den jungen Mann zu Gast bei einem bekannten Autor, neugierig auf die Person und deren Umgebung.

Brecht war dreizehn Jahre älter als Frisch. Er war kurz vorher aus dem amerikanischen Exil zurückgekehrt und *Puntila*, ein Stück des „Überlegenen“, wie Frisch ihn nannte, sollte am Zürcher Schauspielhaus aufgeführt werden. Kurt Hirschfeld inszenierte und Leonard Steckel spielte die Rolle des Gutsbesitzers, der nur im Suff Verständnis für andere zeigt.

Bei der Beschreibung dieses Besuchs ist kaum die Rede von Kunst oder Theater. Viel dagegen von Personen und Atmosphäre. Frisch beschreibt die Dachwohnung, die Brecht und seine Frau in einem Gärtnerhaus bezogen hatten, erwähnt das große Fenster, das für die notwendige Helligkeit sorgt. Sie ist dem Schreiben förderlich, während den Architekten Frisch der schöne Blick interessiert. Genauso wie das vorzügliche Essen, das Helene Weigel, die Wienerin, auf den Tisch bringt. Ironisch, beinahe herablassend mokiert sich der Tagebuchschreiber über den wasserscheuen Brecht, dem am Schwimmen im See nicht viel liegt. Da konnte er, Frisch, und auch Brechts Frau, wie er mit feiner Ironie bemerkt, dem Genie zeigen, was sportliches Auftreten ist.

55

Diese Begegnung lag beinahe ein Vierteljahrhundert zurück. Das Berliner Ensemble, Brechts Theater, war nach seinem Tode zu einem Museum geworden, das die Konzepte des Meisters nicht abschütteln wollte (oder konnte). Am Ende einer Probe von *Dickicht der Städte* bemerkte Helene Weigel, die Prinzipalin, kritisch: Beim Brecht war das Zelt aber etwas heller.

Das große Vorbild hatte sich in den Köpfen eingebrannt. Neues konnte so nicht entstehen und das Alte nur langsam vergehen.

Zur gleichen Zeit hatte im Berliner Westen die Schaubühne ihre große Zeit. Am Halleschen Ufer wurde gezaubert – und Peter Stein war der Vorzauberer. Botho Strauß hatte seine Tätigkeit bei der Zeitschrift „Theater heute" aufgegeben und war als Dramaturg zur Schaubühne gestoßen. Sie wäre ein idealer Ort für unsere Stücke gewesen. Leider war die Art, wie dort gearbeitet wurde, völlig anders als bei Suhrkamp. Denn dort wurde Mitbestimmung in radikaler Form praktiziert. Schlug man ein Stück vor, dann hieß es: Darüber muss das Ensemble diskutieren.

Und wann ist mit einer Entscheidung zu rechnen?

Schulterzucken.

Jeder Entscheidung gingen langwierige Diskussionen voraus. Es gab ein Wort dafür: Findungsprozess. Der Begriff suggeriert, dass am Ende des Prozesses etwas gefunden wird. Eine Täuschung, denn was gefunden werden sollte, hatten die leitenden Köpfe vorher bestimmt. Gewiss berücksichtigte die Direktion bei ihren Vorschlägen von vornherein alle Faktoren, die zu beachten waren. Damit zog sie den Kopf aus der Schlinge, die sie sich selbst umgelegt hatte, und räumte geschickt alle Hindernisse beiseite, die sie an der Durchsetzung ihrer künstlerischen Pläne gehindert hätten. Es blieb ihr nichts anderes übrig, weil Mitbestimmung als Programm unvereinbar mit dem Wesen künstlerischer Arbeit ist.

Die Steigerungsform von Mitbestimmung hieß Selbstbestimmung, zentrale Begriffe einer neuen Religion, die ihren

Anhängern ein Furcht einflößend gutes Gewissen garantierte. Frank Patrick Steckel, einer der Regisseure und Gründungsmitglieder der Schaubühne, donnerte in preußischen Offiziersstiefeln durch die Kantine. Mein Vater hatte dieselben getragen und nach dem Krieg vorsichtshalber im Schlafzimmerschrank verstaut. Steckels Allüren schienen niemanden zu stören. Das gute Gewissen machte blind.

Wenn das Gewissen die Instanz ist, die unser Handeln in Beziehung zu bestimmten Regeln setzt, ist der Zweifel erlaubt, ob ein gutes Gewissen überhaupt möglich ist. Bleibt nicht immer eine Diskrepanz zwischen Verlangtem und Erreichtem? Und damit ein Rest schlechtes Gewissen? Der französische Philosoph Blaise Pascal teilte die Menschen in zwei Kategorien ein: die Gerechten, die sich als Sünder betrachten und die Sünder, die sich als Gerechte sehen.

Peter Stein, der führende Kopf der Schaubühne, hatte in den Münchner Kammerspielen Hausverbot erhalten, weil er nach einer Vorstellung Gelder zugunsten der vietnamesischen Befreiungsbewegung gesammelt hatte. Handke beschimpfte in Princeton das Publikum und Stein sammelte für den Klassenfeind. So machte man auf sich aufmerksam. Das schlechte Gewissen der anderen schärft die eigene Durchsetzungsfähigkeit, es wird zum Sprungbrett für die eigene Karriere.

Unsere Beziehungen zur Schaubühne waren zwiespältig, obwohl die Qualität der dortigen Aufführungen unbestreitbar war. Nicht nur aufgrund der undurchsichtigen Entscheidungsstrukturen blieb uns eine Zusammenarbeit verwehrt. Wir bei Suhrkamp verkörperten die bürgerliche Vergangenheit und das Mitbestimmungsmodell (sprich: der praktizierte Sozialismus) die Zukunft. Die Schaubühne und auch der Verlag der Autoren gaben das Modell vor. Die anderen hatten zu folgen.

Überzeugung und Verblendung schließen sich nicht aus. Hinzu kam, dass Stein eine „natürliche“ Tendenz zu klassischen, also nicht mehr tantiemepflichtigen Stücken hatte. Dafür brauchte er keinen Vertrag mit einem Rechteinhaber, damit konnte er machen was er wollte. Und weil er bei seinem Lehrer Fritz Kortner das notwendige handwerkliche Können erworben hatte, waren die Ergebnisse exzellent. Möglich wurden sie allerdings erst durch Subventionen. Ohne Steuergelder wäre das Unternehmen Schaubühne nicht existenzfähig gewesen. Selbst wenn man einräumt, dass die deutschsprachigen Theaterverlage ebenfalls von den Subventionen profitierten – denn sie verdienten ihr Geld mit Hilfe der subventionierten Theater – ist es ein entscheidender Unterschied, ob man eine sichere Einnahme verwaltet oder auf einem heftig umkämpften Markt seine Stücke verkaufen muss.

56

Das Sein bestimmt das Bewusstsein, heißt es bei Marx. Tatsächlich arbeitet (und schläft) das subventionierte Bewusstsein ruhiger als das nicht subventionierte. Deshalb träumen so viele Leute davon, in Behörden zu arbeiten. Manchmal ist eine Behörde – auch städtische oder staatliche Theater sind eine Art Behörde – bereit, größere Risiken einzugehen. Das kann der Kunst dienlich sein und im Falle der Schaubühne war das unabweisbar. Wäre somit alles in Ordnung? Vielleicht, wenn der Mensch nicht dazu neigte, es sich bequem zu machen. Bequemlichkeit ist freilich das Gegenteil von dem, was künstlerische Arbeit erfordert.

In London ging ich zu Lesungen von neuen Stücken in Kellern oder notdürftig hergerichteten Räumen. Verblüffend, wie die Schauspieler den Texten mit wenigen Requisiten zum Leben verhalfen. Anschließend wurde die Szene abgeschlagen und die Schauspieler richteten ihr Nachtlager ein – da, wo sie eben noch „auf den Brettern" gestanden hatten. Mit einem Minimum an Geld eroberten sie sich ein Maximum an Freiheit. Natürlich baut man mit diesem Minimum keine Bühnenbilder à la Karl-Ernst Herrmann. Die Leidenschaft aber, die Überzeugung der Schauspieler machte alles andere wett. Und in den Schauspielern, nicht in den Bühnenbildern, schlägt das Herz des Theaters.

Woher kommt diese unterschiedliche gesellschaftliche Einstellung? Zum Theater und zur Kunst im Allgemeinen. Gewiss sind die kleinen experimentellen Bühnen nur die eine Seite, die andere sind die Musicaltheater in Soho und am Broadway oder die leichtgewichtigen Comedys. Dafür müssen die Theater einen privaten Finanzier finden, der sein Geld investiert und es mit möglichst viel Zinsen zurückhaben will. Die Kasse muss deshalb klingeln. Für deutsche Theaterleute ein Schreckgespenst. Der Vorteil: Aufführungen nach dem Geschmack des Publikums. Die New Yorker, Pariser oder Londoner Privattheater arbeiten alle nach diesem Prinzip – und niemand käme auf die Idee, den Theatern vorzuwerfen, sie langweilten das Publikum nicht genug oder provozierten zu wenig.

Der Spielplan der Schaubühne am Halleschen Ufer – also vor dem Umzug an den Lehniner Platz – lässt erkennen, wie sehr die Entscheidungen durch das Ensemble mitbestimmt wurden. Die Schauspieler waren großartig und die Direktion setzte sie so oft wie möglich ein. Außerdem war Stein einer der wenigen Regisseure in Deutschland, die es verstanden, die Schauspieler so zu führen, dass man beim Zuschauen und Zuhören etwas fühlte. Seine Inszenierungen erinnerten mich an eine meiner ersten Theatervorstellungen. In Berlin, Ende der fünfziger Jahre, im Berliner Ensemble. Man spielte den *Hofmeister* von Lenz in der Inszenierung Brechts. Noch heute bekomme ich eine Gänsehaut, so packend schilderte die Aufführung den Lehrer, der sich wegen der standesgemäß unerfüllbaren Liebe zu seiner Schülerin am Ende kastriert. Diese Bilder sind mir nie wieder aus dem Kopf gegangen. Das war politisches Theater, zugespitzt aufklärerisch, an der Grenze zum Agitatorischen. Sicher nicht wegen des Brechtschen Verfremdungseffektes, von dem ich damals noch nichts gehört hatte. Nein, wegen seiner emotionalen Intensität und einer spannenden Geschichte – im Grunde das Gegenteil von dem, was Brecht theoretisch forderte.

In der Schaubühne am Halleschen Ufer sollte jeder mitreden. Andere, klug handelnde Theaterleitungen hörten ebenfalls auf die Vorschläge der Schauspieler, die Nöte der Techniker, stellten die Wünsche der Mitarbeiter in Rechnung. Dazu bedarf es nicht endloser Diskussionen und seitenlanger Sitzungsprotokolle. Wenn man einmal von Handke (*Der Ritt über den Bodensee*) oder Strauß (*Die Hypochonder*, *Trilogie des Wiedersehens* und *Groß und Klein*) absieht – wurden zeitgenössische Stücke eher stiefmütterlich behandelt. Handke war zum Verlag der Autoren gewechselt und Strauß ließ sich ebenfalls dort vertreten. Unsere neuen Stücke kamen an Häusern heraus, in denen die Direktion schneller entschied. Wo wir nach vierzehn Tagen oder drei Wochen eine bindende Antwort auf unsere Vorschläge bekamen. Kann man es Autoren verdenken, wenn sie aufgeführt werden möchten? Und einem Verlag, der keinerlei Subventionen reklamiert, verargen, dass er Geld verdienen muss?

Die Aufführungen der Schaubühne verdienten ihren legendären Ruf. Am Halleschen Ufer waren sie schöner als je wieder sonst, weil die verwinkelt unpraktische Bühne, die betagte Bühnentechnik eine Art Zauberei verlangten. Selbst wenn das Gegenteil behauptet wird: Die Mitbestimmung und der behauptete Aufbruch in eine neue Gesellschaft waren nicht ursächlich für den weltweit beachteten künstlerischen Erfolg. Es fand lediglich eine Gewichtsverschiebung statt, weil die Regisseure zu den dominierenden Figuren wurden und die lebenden Autoren dabei den Kürzeren zogen. Die Schaubühne war eine Welt für sich – geboren aus dem Geist der 68er und das Mitbestimmungsmodell zehn Jahre später am Ende. Übrigens nicht nur in Berlin. In Frankfurt, wo der vielgelobte Kulturdezernent Hilmar Hoffmann an den Städtischen Bühnen ein solches Modell durchboxte, vertat man damit Zeit und Geld. Und streckte am Ende ebenfalls die Waffen, weil man nicht genügend über die Natur des Theaters nachgedacht hatte.

57

Der Suhrkamp Verlag hatte nicht nur im Theatermilieu Gegner, sondern auch auf dem Buchsektor ernst zu nehmende Konkurrenten. Die Schweizer Kommanditisten, die fünfzig Prozent des Verlages hielten, waren ihrem Geschäftsführer Unseld bisher loyal und mit Respekt für seine Leistung gefolgt. Sie verfügten über genügend Geld, um die notwendigen Kredite zu günstigen Konditionen zu bewilligen. Wenn Unseld darüber sprach, war er stolz auf das Vertrauen, das die Schweizer ihm entgegenbrachten. Diese Konstellation brachte allerdings eine starke Abhängigkeit mit sich und Unseld fürchtete mit Recht, dass dem Unternehmen und ihm persönlich hieraus Gefahr erwachsen könnte. Der Verlag mit seinen bedeutenden und gut verkäuflichen Autoren wie Brecht und Hesse hätte zu einem Übernahmekandidaten werden können. Was, wenn den Schweizer Gesellschaftern das Engagement in Frankfurt lästig geworden wäre? Schon aus politischen Gründen nicht auszuschließen. Das 68er-Erdbeben mit seinen Folgen steckte allen in den Knochen.

Allein hätte Unseld das Geld nicht aufbringen können, um die Anteile der Familie Rheinhardt zu übernehmen. Die Summe durch eine Bank finanzieren zu lassen wäre ebenfalls schwierig geworden. Das Prestige, das der Verlag in bürgerlichen Kreisen genoss, stand in umgekehrtem Verhältnis zur Bereitschaft der Banken, Gelder in ein Unternehmen zu investieren, das wegen meuternder Lektoren Schlagzeilen machte oder Bücher verlegte, die zum radikalen Umbau der Gesellschaft aufriefen. Das war das Dilemma.

Unseld trat die Flucht nach vorne an. Eines Tages überraschte er uns mit der Ankündigung, zwei Taschenbuchreihen herausgeben zu wollen. Fleckhaus hatte verschiedene Umschlagentwürfe konzipiert, die auf dem langen Tisch im Sitzungszimmer ausgelegt waren. Wir wurden um unsere Meinung gebeten.

Format, Papier und graphische Konzeption waren entscheidend, denn in den Reihen sollten hunderte, über die Jahre tausende von Texten untergebracht werden. Für die Suhrkamp Taschenbücher war eine wuchtige Schriftlösung vorgesehen und für die Insel-Bücher – der Insel Verlag gehörte bereits seit 1963 dazu – hatte Fleckhaus sich ein blässliches Blau oder Rosa nebst einer Vignette ausgedacht. Beim Betrachten der zahlreichen Varianten beschlich mich ein Vorgefühl. Jetzt würde bei Suhrkamp eine neue Zeit beginnen. Mancher von uns ahnte, dass es darum ging, neue Märkte zu erschließen, mehr Umsatz zu machen. Das Lied, mit dem der Plan besungen wurde, hörte sich jedoch ganz anders an: Das Buch sollte demokratisiert werden. Billigere Bücher sind demokratischer – wer will dagegen etwas einwenden?

Die Folgen dieser Entscheidung waren weitreichend. Das Personal musste aufgestockt werden. Eine Taschenbuchreihe spuckt wie eine Maschine jeden Monat eine festgelegte Anzahl von Titeln aus und die Buchhändler rechnen mit den abgesprochenen Quantitäten zu den fixierten Terminen.

Mehr Personal hieß auch anderes Personal. Es war ein Zeitensprung. Betriebsrat und Stechuhr waren die Folge.

Regen Sie sich nicht auf, sagte der neue, für Personalfragen zuständige Geschäftsführer, ein Zeiterfassungssystem ist das Normalste der Welt. Wollen Sie die Leute etwa persönlich überwachen? Mit der Stechuhr wird der Einzelne flexibler und trotzdem gibt es eine Kontrolle. Im Übrigen zwingt Sie niemand, für die Stechuhr zu optieren.

Die Buchhalter und Korrektoren freuten sich: Jetzt konnten sie mit der Stechkarte nachweisen, dass sie wieder einmal viel zu lang gearbeitet hatten. Und der Betriebsrat war zufrieden, weil es etwas zu verhandeln gab.

Ein Detail, gewiss. Doch Details zählen. Sie zeigen, in welche Richtung der Suhrkamp-Zug dampfte. Ziel war ein anderes Wirtschaften. Eine „unberechenbare" Gruppe von Menschen – unter dem Einfluss der noch unberechenbareren Autoren – sollte zu einem steuerbaren modernen Wirtschaftsunternehmen geformt werden. Die Ideen dazu kamen aus Königstein oder Kronberg, wo die Frankfurter Wirtschaftsbosse ihre Privatdomizile hatten. Wenn Hermann Josef Abs, der charismatische Chef der Deutschen Bank, zu Besuch kam, mussten die Schreibtische picobello aufgeräumt werden. Unseld ließ eine Notiz zirkulieren, die jeder abzuzeichnen hatte. So wichtig war ihm das.

Peter Suhrkamp hatte sich ganz auf die Qualität seiner Bücher konzentriert. Auch Unseld schlug sich mit aller Kraft für den Verlag, aber das gute Leben, das die Gewinne ermöglichten, vertiefte den Graben zwischen ihm und dem Lektorat. Man könnte sagen, die alte Wunde brach wieder auf; und obwohl der nachrückenden Generation die Kraft zur Revolte fehlte, war Unseld gewitzt genug, um das zu spüren.

Obwohl es Leute gab, die mich beneideten, fühlte ich mich ungemütlich auf meinem Posten. Es war eine Art Endstation. Mit Anfang dreißig hatte ich das Ziel erreicht. In einen anderen Theaterverlag zu wechseln wäre einem Abstieg gleichgekommen.

58

Da die jungen deutschen Autoren wie Fassbinder oder Strauß sich durch den Verlag der Autoren vertreten ließen, suchten wir neue Stücke im Ausland. Nach Amerika hatte der S. Fischer Verlag die besseren Verbindungen, was mit der Emigration der Familie Berman Fischer zusammenhing, die den Verlag von Samuel Fischer übernommen hatte. Die bedeutenden französischen Autoren der Nachkriegszeit wie Sartre oder Anouilh waren schon vergeben und auch Osborne und Pinter sowie ihre britischen Kollegen – *the angry young men* – wurden durch andere Häuser vertreten. Glücklicherweise hatten wir einen guten Draht zu der Londoner Agentur von Margaret Ramsay, die Edward Bond und Christopher Hampton vertrat. In Holland entdeckten wir Lodewijk De Boer, der ein rabiates Gegenstück zu den heilen Familienserien des Fernsehens geschrieben hatte: *The Family* – vier Stücke für drei Geschwister in einem Abbruchhaus. Unglaublich, was da alles passierte. Jörg Wehmeier, der Chefdramaturg des Düsseldorfer Schauspielhauses, hatte mich auf den Autor aufmerksam gemacht.

Amsterdam. Kanäle wie Adern; sie fließen ganz gelassen irgendwo ins Meer, das man nicht sieht und ständig fühlt. Die

Leute sind Kommen und Gehen gewohnt. Unsentimental und freundlich, selbst Deutschen gegenüber. Der Krieg noch in allen Köpfen. Die Häuser schmal wie Handtücher und die Fenster blank und gardinenfrei. Man möchte stehen bleiben und hineinschauen – und weil das unhöflich wäre, macht man Schnappschüsse mit den Augen. Da kein Mensch so viele Schnappschüsse aufnehmen kann, bleibt als letzte Impression eine selbstverständliche Offenheit. Nirgendwo sonst habe ich den Verlust der alten deutschen Stadtkerne so gespürt wie damals in Amsterdam.

Hugo Claus wohnte im Zentrum, Keizers Gracht. Ein altes Amsterdamer Haus aus dem siebzehnten Jahrhundert: Zimmer über Zimmer, verbunden durch steile Holzstiegen. In der dritten Etage ein Arbeitsraum, weit und licht. Wir setzten uns und Claus servierte Tee. Mit einer Liebenswürdigkeit, die mir fast peinlich war. Sein Stück über flämische Saisonarbeiter in einer nordfranzösischen Zuckerfabrik würden wir nicht verkaufen können.

Flandern war seine Heimat. Wir kamen auf den Krieg zu sprechen, ein Thema, das ihn beschäftigte; nicht das Verhalten der Deutschen, sondern das der Flamen. Da öffnete sich in der Decke eine Falltür. Ein nackter Fuß, Beine, sehr schöne Beine. Eine Frau schritt in einem Morgenmantel die Treppe herunter. Sylvia Kristel, alias Emmanuelle, der Weltstar des Softpornos. Sie setzte sich kurz zu uns und verschwand wieder. Später sind Claus und ich in ein indonesisches Restaurant essen gegangen. Hier habe ich zum ersten Mal gegartes Gemüse gegessen – nicht zu Brei gekocht wie zu Hause. Das Fleisch kurz angebraten – vor unseren Augen. Kochkunst, die aus den Kolonien kam.

Abends und die ganze Nacht dann die vier Teile der *Family* von Lodewijk de Boer. Im ausverkauften Carré Theater mit rund fünfzehnhundert Plätzen. Schauspieler, die lebten, was sie spielten. Vielleicht auch umgekehrt, denn in einem Stagione-Betrieb sucht sich der Regisseur die Schauspieler aus, die er braucht – ohne Rücksicht auf das vorhandene Ensemble nehmen zu müssen. Obwohl ich kein Holländisch konnte, war es nicht schwer, der Handlung zu folgen. Denn es passierte viel. Obdachlose Kids philosophieren nicht, sie versuchen zu überleben. Ein strenger Kritiker, der ich nicht bin, würde sagen: nichts wurde ausgelassen. Im Morgengrauen lernte ich den Autor kennen, einen großen schwarzhaarigen Kerl mit blitzenden Augen, den meine Komplimente kaum beindruckten. Er wusste, was er konnte, auch als Regisseur. Die Schauspieler sympathisch bescheiden, trotz ihrer Leistung – angenehm nach dem Triumph, den sie gerade erlebt hatten.

Die deutsche Erstaufführung ging nach Düsseldorf. Wo das Stück ebenfalls ein Erfolg wurde. Leider machte uns das Repertoiresystem einen Strich durch die Rechnung. Die Vorstellungen waren Wochen im Voraus ausverkauft und die Serie hätte en Suite gespielt werden können. Nur pochte das Ensemble auf seine Rechte, wollte nicht beschäftigungslos herumsitzen, während die Kollegen Triumphe feierten. Immerhin: Zum Abschluss gab es auch dort eine Nacht mit allen vier Folgen – bis in den frühen Sonntagmorgen. Die Zuschauer waren aus dem Häuschen; neun Stunden spannendes Theater, so etwas hatten sie noch nie erlebt. Mehr als vierzig Jahre später ist im aktualisierten *Schauspielführer der Gegenwart* zu lesen: „... perfekt wird das hingelegt wie Clownsnummern im Zirkus der Asozialen. So verniedlicht man einen Sozialbefund zur artistischen Sozialbelustigung."

Der Kritiker, der Ernst und das Lachen im deutschen Theater: Ein weiterer Sozialbefund?

59

Aufregende Zeiten. Während der Buchmesse wählten Verleger und Agenten aus aller Welt den Frankfurter Hof zu ihrem Hauptquartier. Ein Gewimmel unterschiedlichster Persönlichkeiten aus vielen Nationen. Anziehende Frauen, Champagner und Petits Fours. Frauen wie ich sie aus Köln oder Münster nicht kannte; Frauen, die einen ausgeprägten Sinn für Ruhm und Macht hatten, die kühl unterschieden zwischen dem, was ihnen beruflich nutzte oder privat wichtig war. Die ihren Charme, ohne zu zögern einsetzten, um die ausgespähte Beute spielerisch einzukreisen. Überall knisterte es und konnte schnell brennen – manchmal lichterloh. Libertäre Zeiten, von denen man dachte, sie würden nie zu Ende gehen.

Beim Schreiben bin ich heute auf eine Reportage über Alain Delon gestoßen – ein Zufall, der den Algorithmen von Google zuzuschreiben ist, also wahrscheinlich kein Zufall ist. Der alte Delon, in Jeans, zieht mit einer attraktiven Journalistin durch die Straßen von Palermo. Dreiundfünfzig Jahre ist es her, seit Visconti hier mit ihm den *Leopard* gedreht hat. Delon hakt sich bei der braungebrannten Frau ein. Weil der Kontrast so schick aussieht? Oder um dem Ansturm der eigenen Erinnerungen standzuhalten? In dem barocken Palais, wo damals die berühmte Ballszene gedreht wurde, tun beide so, als sähen sie die herrliche Pracht der Spiegelgalerie zum ersten Mal. Der Hochzeitsball dauert im Film vierzig Minuten. Ein Ritual, in dem sich ein soziales System widerspiegelt, das über Jahrhunderte gewachsen ist. Visconti zollt ihm Tribut und erzählt, wie man im Sizilien des neunzehnten Jahrhunderts feierte – schön der Reihe nach.

Als ich den Film zum ersten Mal gesehen habe, war ich hin- und hergerissen zwischen der Bewunderung für Viscontis Meisterschaft und meinen eigenen ästhetischen Ideen.

Zwischen der Tendenz zur Abstraktheit und dem wunderbar konkreten Fest der Personen und Dinge, dem ich misstraute.

Später sitzt Delon im Hof des Palais der braungebrannten Journalistin gegenüber. Wässrig-blaue Augen, leicht brüchige Stimme, ein verwittertes Gesicht. Alles Mysteriöse an ihm ist verschwunden. Sicher könnte man nachhelfen – mit Hut, Trenchcoat, dunkler Brille – und vor allem mit anderem Licht? Das interessiert die junge Reporterin aber nicht. Sie will wissen, mit wie vielen Frauen er geschlafen habe. Delon verbessert: mit wie vielen Frauen er eine Beziehung gehabt habe. Er lächelt, nennt keine Zahlen, will lieber vom Tod reden; von seiner Militärzeit in Indochina. Wo er alles gelernt habe, was für sein Leben wichtig war. Kameradschaft angesichts des drohenden Todes, Disziplin, Gehorsam, militärische Tugenden also. Ohne diese Erfahrung wäre er nie das geworden, was er ist. Sagt er.

Die Journalistin scheint unbeeindruckt, fragt nicht nach, vielleicht, weil sie überrascht ist.

Bei den Dreharbeiten zum *Leoparden* war er achtundzwanzig und in Indochina muss er um die zwanzig gewesen sein.

Warum interessiert mich das? Weil für ein italienisches Adelsgeschlecht eine Welt zu Ende geht? Oder Delon in seine eigene Vergangenheit schaut? Weil er ein Kerl ist, wie man früher sagte?

Wenn er über Helmut Berger spricht, der bei der Beerdigung Viscontis in die Kirche stürmte und der Trauergemeinde zurief: *Io sono il marito, io sono il marito*, muss Delon lachen – nicht abfällig, sondern nachsichtig. Die Journalistin verzieht keine Miene, als er erklärt, dass ihm das Alter schnuppe, der Tod egal sei. Delon versucht nicht zu erklären, wie er das meint. Vielleicht könnte er es gar nicht. Schließlich fragt die Reporterin – sie hat mit der Frage so lange wie möglich gewartet: Was ist mit Ihrem

Verhältnis zur französischen Rechten, zum Front National? Delon zögert nicht, bekennt sich zu seiner Freundschaft zum alten Le Pen. Eine Geschichte zwischen Männern, deutet er an. Wieder verzieht die Journalistin keine Miene – das ist ihre Qualität: nicht Stellung zu beziehen. Sarkozy und seine Freunde, sagt Delon, gingen ihm wegen dieser Geschichte mit Le Pen inzwischen aus dem Weg. Ohne Bitterkeit setzt er den Punkt auf das i: die Regisseure der *Nouvelle Vague*, Truffaut, Godard oder Rohmer hätten ihn links liegen lassen. Wieder keine Begründung, obwohl sie auf der Hand liegt. Er war ihnen zu altmodisch, mochte Erzählformen, die sie längst über Bord geworfen hatten. Für seine Art von Männlichkeit hatten sie nur ein müdes Lächeln übrig. Und Delon ließ sich nicht einfach ins Boot ziehen. Er beharrte auf seinen Überzeugungen und meinte – mit naivem Stolz –, dafür könne er Respekt erwarten.

60

Ohne Absicht bin ich dabei, ein Porträt von Siegfried Unseld zu entwerfen. Er war mein Chef. Mein Chef? Was den Theaterverlag anbetraf, so konnte ich schalten und walten, wie ich wollte. Bei komplizierten Fällen, vor allem, wenn es ums Geld ging, stimmte ich mich mit ihm ab. Meistens waren anstehende Fragen in wenigen Minuten geklärt. Er wusste, dass ich loyal war, im Sinne des Unternehmens dachte und er mir vertrauen konnte. Unseld hatte mich auf eine Achterbahn gesetzt, auf der ich mit Begeisterung herumkurvte. Von Zeit zu Zeit verglich er mich mit einem Äquilibristen, was mir nicht besonders gefiel.

Wenn es schwierig wurde, stand er und wankte nicht. Eine Kündigung ist ein Akt der Vernunft. Diktiert von einem übergeordneten Interesse, bleibt es eine heikle Angelegenheit, besonders für Neulinge wie mich. Mir wurde beinahe schlecht, als wir dem schon erwähnten bayerischen Dramaturgen eröffneten, dass wir uns von ihm trennen wollten. Unseld merkte das und nachdem wir wieder allein waren, goss er mir einen Cognac ein. In solchen Situationen wurde am selben Strick gezogen.

Gleichzeitig war es unmöglich, ihn nicht als den zu sehen, der er auch war. Das ging nicht von heute auf morgen, das brauchte Zeit. Ihn nicht wahrzunehmen war unmöglich, weil er unübersehbar und unüberhörbar war. Das Sich-in-den-Vordergrund-Spielen hatte etwas Zwanghaftes. Dass er Frauen verehrte oder einfach nur anmachte, kann man verstehen. Aber dass er das auch in Fällen versuchte, wo ihm die Vorsicht hätte sagen müssen: Lass die Finger davon, war erstaunlich. Als wir einen Abend zum fünfundzwanzigjährigen Todestag von Brecht vorbereiteten, stand auch die Sopranistin Anja Silja auf der Teilnehmerliste. Unseld wollte sie kennen lernen und sobald wir in sein Büro traten, war er wie verwandelt. Mitten am Tag ließ der sparsame Schwabe Champagner auffahren und kehrte den Macho heraus. Nicht um mich herabzusetzen, sondern weil er, auf Teufel komm raus, die gut gewachsene Frau mit den langen blonden Haaren erobern wollte. Dass sie mit dem Dirigenten Christoph von Dohnanyi verheiratet war, schien ihn nicht im mindesten zu stören.

Seine Frau litt unter diesen Eskapaden, das war kein Geheimnis. Ab und zu seufzte sie tief und tat, als könne sie damit leben.

Mein Mann ist mit seinem Verlag verheiratet, lächelte sie und kochte Spätzle und Maultaschen für die vielen Gäste, die ins Haus strömten. Diese gutmütterliche Attitüde ließ den Gegensatz zwischen den beiden erst recht in die Augen springen.

Ein Emporkömmling kommt schnell zu Macht und Geld. Reich war ich nicht, verfügte jedoch über beachtlichen Einfluss. Insofern war ich tatsächlich ein Emporkömmling, der unterdessen in einem kleinen Appartement unterm Dach in der Liebigstraße wohnte. Betonneubau, nur ein paar hundert Meter vom Verlag entfernt. Jetzt wurde zu Hause gefrühstückt und irgendwann kochte ich das erste Ei. Das Westend war ein beliebtes Wohnviertel. Hinter den trutzigen Sandsteinfassaden der Gründerzeitbauten verbargen sich gut geschnittene, großzügige Wohnungen. Die besetzten Villen, in denen rote Fahnen mit antikapitalistischen Parolen aus den Fenstern hingen, lockerten die Atmosphäre. Den schreienden, Pflastersteine werfenden Demonstranten auf der Bockenheimer Landstraße zeigten die Wasserwerfer, wer Herr im Lande war. All das kriegte ich nur am Rande mit, weil ich arbeitete, bis ich ins Bett fiel.

Wenn von Zeit zu Zeit mein Sohn mit dem Zug von Köln anreiste, wollte sich keine liebevolle und vertraute Stimmung einstellen. Nichts Heiteres ging von diesen Sonntagen aus. Mit der Trennung war ein Strich gezogen worden. Sie lag wie ein Schatten über uns. Man konnte den Schatten sehen, auch fühlen, aber nicht zum Verschwinden bringen. Was geschehen war, konnte nicht ungeschehen und auch nicht rückgängig gemacht werden.

Was denkt ein Junge, der keine zehn ist, wenn er in einer solchen Situation den Vater besucht? Die Mutter schickt ihn los, damit der Kontakt nicht abreißt. Auch der Vater meint, das muss so sein. Und wenn der Sohn dann ankommt, merkt der Vater, dass er keinerlei Übung mehr im Umgang mit Kindern hat. Er fragt, ob der Sohn etwas trinken möchte oder schlägt einen Spaziergang vor. Der Sohn schaut ihn an und schüttelt mit dem Kopf. Er sieht sich in der Wohnung um, bleibt vor dem Fernsehapparat stehen. Das Leben mit der Mutter ist anders. Die Mutter kennt ihn, weiß, was er will. Der Vater hat keine Ahnung von den Wünschen des Sohnes. Er sieht ihn unschlüssig durch die Wohnung streifen und denkt, ohne dass er das will, an eine Verabredung mit seinem Versicherungsmakler.

Es stimmt: Der Besuch des Sohnes passte nicht mehr richtig in mein Leben. Das klingt rücksichtslos oder übertrieben, ist es vielleicht sogar. Tatsache war jedoch, dass auch ich nicht mehr in das Leben meines Sohnes passte; das war an dem lauernden Blick zu sehen, mit dem er auf meine Vorschläge reagierte. Obwohl die Trennung erst ein paar Jahre her war, waren wir schon weit auseinander gedriftet. Am Ende des Besuchs, wenn ich ihn in den Zug setzte, bat ich den Schaffner mit größter Höflichkeit, während der Fahrt ein Auge auf ihn zu werfen. Diese Bitte vorzubringen tat weh und manchmal standen mir Tränen in den Augen. Der Zug fuhr ab und ich lief ein Stück winkend nebenher, obwohl mein Sohn hinter den spiegelnden Scheiben kaum noch zu sehen war. Ich winkte lange, bis der Zug den Bahnhof verlassen hatte und hätte vor Schmerz aufschreien mögen, doch ein Zurück war unmöglich.

Oft habe ich gedacht: Es fällt uns leicht, sich zu binden, aber wir haben überhaupt nicht gelernt, uns zu trennen. Die Natur wird durch Anziehung bestimmt und da, wo sie auseinanderfliegt, handelt es sich um Explosionen. Ich hatte jung geheiratet, weil meine Freundin ein Kind erwartete. Das war ein „Sünde", eine „Todsünde", die nach den Regeln der katholischen Kirche keine Vergebung kennt. Früher habe ich darüber gelacht.

61

Digne Meller-Marcovicz war eine „Spiegel"-Fotografin aus München. Wir haben uns auf einem Buchmessen-Empfang kennengelernt. Sie war ebenfalls geschieden mit drei Kindern aus zwei Ehen, fünf Jahre älter als ich. Irgendwie passte das, obwohl wir sehr gegensätzliche Temperamente waren.

Digne war niemand, der sich in jedem zweiten Satz über das ihr angetane Unrecht beklagte. Obwohl sie an allen familiären und beruflichen Fronten kämpfte und auf der Hut war, dass man ihr nicht die Butter vom Brot nahm. Ihre direkte und streitsüchtige Art ging mir gelegentlich auf die Nerven; trotzdem bewunderte ich, wie sie ihr Leben meisterte. Sie verstand es, Männer im Handumdrehen für sich einzunehmen. Als Unseld sie kennenlernte, schickte er ihr am nächsten Tag gleich einen großen Blumenstrauß. Sie erzählte das mit einer Mischung aus Triumph und Schadenfreude. Ich nahm das lässig, war sogar ein bisschen stolz, weil die attraktive Digne meinen Chef sofort für sich eingenommen hatte. Frau Meller-Marcovicz wollte Suhrkamp-Autoren fotografieren und jetzt hatte sie den Schlüssel dazu in den Händen.

Weil sie es verstand, sich mit den Männern zu arrangieren und Vorteile aus ihrem Charme zu ziehen, war ihre Sicht auf die maskuline Welt von einer gewissen Milde geprägt. Digne war eine Schauspielerin, die auf die Bühne trat und dem Publikum nachsah, wenn es applaudierte. Der Betrug war einkalkuliert. Tatsächlich war sie berechnend, doch störte das nicht weiter, weil es so offensichtlich war – wie bei Schauspielern eben.

Die Welt, in die sie mich einführte, war aufregend; so aufregend, dass gar keine Zeit blieb zu fragen, was an unserem Verhältnis nicht stimmte. Ich ließ mich mitreißen. Im geistigen und physischen Sinne lieferte ich mich aus und erlag ihrem Einfluss. Zwar fing ich schon bald an, mir über die Unverträglichkeit unserer beiden Charaktere Gedanken zu machen, war jedoch unfähig, hieraus Schlüsse zu ziehen. Die Angst, etwas zu verlieren, lähmte mich, obwohl ich gar nicht hätte benennen können, was ich eigentlich besaß. Genau das ist das Merkmal von Abhängigkeit.

Digne war die Tochter des Bildhauers Bontjes van Beek und einer Bankierstochter jüdischer Herkunft. Ihre Familie hatte während des Krieges in Berlin überlebt. Ihre ältere Stiefschwester Cato wurde wegen ihrer Mitgliedschaft in der Widerstandsbewegung „Rote Kapelle" von den Nazis 1943 in Plötzensee „hingerichtet". Nach einem Scheinprozess.

Diese Vergangenheit war Teil von Digne, und es gab immer wieder Gelegenheiten, bei denen sie mir vorwarf, daran nicht genauso zu leiden wie sie. Sie sagte nicht: Ihr habt meine Schwester ermordet, aber es hörte sich für mich so an. Ich verteidigte mich dann nicht: Ich habe nie ein Gewehr in der Hand gehabt.

Oder erwiderte: Die Sünden meiner Väter sind deren Sünden, sondern schwieg. Dabei war klar, dass ich die eigene Vergangenheit – die deutsche wie die familiäre – loswerden wollte. Nicht leugnen, sondern abklopfen wie Schmutz an einer Weste. Allerdings ahnte ich, dass das unmöglich war. Bis zu diesem Punkt war ich immerhin gekommen, und vielleicht war das der Grund, warum ich mich in eine Beziehung verstrickte, die mit der Zeit immer absurder wurde.

Anfänglich trafen wir uns in München in ihrer Schwabinger Wohnung. Manchmal reiste auch mein Sohn mit. Die Kinder verstanden sich untereinander. Sie müssen gespürt haben, dass wir sehr mit uns selbst beschäftigt waren und nutzten die Situation nach Strich und Faden aus. Außerdem hatten sie das antiautoritäre Denken mit der Muttermilch eingesogen. Erst wenn die Gläser vom Tisch flogen und der Joghurt an die Wände spritzte, fingen wir an, uns zu wehren. Die Kinder spielten mit unserem schlechten Gewissen. Schlechtes Gewissen? Die 68er begehrten gegen staatliche Bevormundung auf, wollten selbst über ihr Schicksal bestimmen. Sie hatten eine Art Revolution losgetreten.

Revolutionen definieren sich im Allgemeinen durch schnelle und gewaltsame Veränderungen. Wo also war hier das Gewaltsame? Denn die Barrikaden beschränkten sich auf wenige Orte, die Brandstiftungen und Morde auf die RAF und eine überschaubare Anzahl von Menschen. Ansonsten arbeitete das politische System der Bundesrepublik wie geschmiert. Die Väter der Verfassung hatten gute Arbeit geleistet. Um zu begreifen, warum es sich um eine Revolution handelte, muss man sich die Art der Veränderung vor Augen führen. Es war nämlich keine politische, sondern eine soziale Revolution. Wenn jahrhundertalte Traditionen – wie die, im Prinzip, lebenslange Ehegemeinschaft – in wenigen Jahren zu einem Auslaufmodell werden, ist das revolutionär und kann nicht ohne tiefgreifende Folgen bleiben. Nach der sexuellen Revolution, die durch die Pille ausgelöst wurde, erreichte die Revolte das Kinderzimmer.

Ich erinnere mich an Ferien in einem Haus in den bayerischen Voralpen. Nette Kinder aus drei verschiedenen Ehen, jetzt unter dem Dach einer vierten Beziehung. Wir taten so, als sei das selbstverständlich, auch den Kindern gegenüber. In Wirklichkeit war die Situation brisant. Wir waren dabei, das Verhältnis zwischen Eltern und Kindern zu revolutionieren. Ein Paradigmenwechsel, dessen Folgen uns erst Jahre später klar wurden.

Digne fotografierte unterdessen auf den Empfängen des Verlages oder bei Premieren von Stücken und fing an, ein Portfolio von Autorenporträts anzulegen, auf dessen Wert sie setzte.

Trotzdem pestete sie zuhause gegen Suhrkamp – gegen Unseld und seine Firmenpolitik. Wo blieb die Gewinnbeteiligung der Angestellten? Wo die Mitbestimmung der Lektoren? Digne war scharfsichtig, wusste genau wo es weh tat. Gleichzeitig war sie egozentrisch; persönliche Animositäten spielten eine Rolle und deshalb durfte man ihre Ratschläge nur mit Vorsicht genießen.

Natürlich bezog sie sich auf ihre Erfahrungen beim „Spiegel“. Obwohl sie selbst nicht fest angestellt war, profitierte sie von den in der Tat großzügigen Honoraren und Boni des Hamburger Magazins. Da sie einen guten Draht zu Rudolf Augstein hatte, konnte sie sicher sein, nicht zu kurz zu kommen. Die Situation der beiden Unternehmen war jedoch nicht vergleichbar. Es half nichts, wenn ich ihr das zu erklären versuchte. Sie ließ nicht locker.

62

Im deutschen Theater gibt es eine Zwei-Klassen-Gesellschaft. Einerseits die hoch subventionierten städtischen und staatlichen Bühnen und andererseits die Tournee-Theater. Die Tournee-Unternehmen werden von privaten Unternehmern geführt und wirtschaften mit dem Ziel, einen Gewinn einzufahren. Sie produzieren so kostengünstig wie möglich und bieten ihre Programme kleineren Orten an, in denen es keine festen Ensembles gibt. Dort zahlen ihnen die örtlichen Kulturämter Garantiesummen für jede Vorstellung, was das Risiko der Unternehmer mindert. Die Tourneetheater spielen in der Regel erheblich mehr Tantiemen ein als feste Bühnen mit ständig wechselndem Repertoire. Denn sie spielen ein Stück so oft wie möglich, damit die Rechnung aufgeht.

So lernte ich Bernhard Wicki kennen. Er gastierte mit Agnes Fink in Bad Homburg und interessierte sich für die *Englische Geliebte* von Marguerite Duras. Das rätselhafte Stück, in dem eine Frau ihre taubstumme Cousine umbringt, den Körper in Stücke schneidet und ihn in einen vorbeifahrenden Güterzug wirft. Als man ihr auf die Spur kommt, gesteht sie das Verbrechen, ohne ein Motiv dafür nennen zu können. Der ratlose Mann weiß nicht, was er dazu sagen soll.

An diesem Abend in Bad Homburg spielten die beiden eins der vielen Gebrauchsstücke aus dem englischen Repertoire. Stücke, die man schnell wieder vergisst, obwohl sie mit großem handwerklichem Geschick geschrieben sind. Das Publikum braucht keine dicken Programmhefte, die Personen und Handlung erklären. Englische Autoren wissen, was sie ihrem Publikum schuldig sind. Eine Frage der Tradition und des Geldes, das im Spiel ist. Man nennt die Stücke, leicht abschätzig, *well made plays*. Doch wer würde einem Schreiner vorwerfen, einen Stuhl zu bauen, auf dem man gut sitzt und der nicht wackelt?

Wenn Wicki auf die Bühne kam, schlug sich das Publikum sofort auf seine Seite. Allein dadurch, dass er da war, bestach er. Seine Stimme war melodiös und gleichzeitig kernig. Sie trug, auch wenn er leise sprach, bis in die letzte Reihe. Ein Schauspieler alter Schule. Ich hatte ihn in Antonionis *La Notte* gesehen, in dieser denkwürdigen Szene, in der das liebesmüde Paar – Jeanne Moreau und Marcello Mastroianni – den todgeweihten Freund im Krankenhaus besucht.

Nach der Vorstellung trafen wir uns in seiner Loge. Der mächtige Körper bewegte sich mit erstaunlicher Leichtigkeit. Die schöne warme Bass-Stimme klang bedächtig – tastend, eine Spur unsicher. Nachdem er sich abgeschminkt hatte, gingen wir in die Loge seiner Frau. Agnes Fink freute sich über mein Kompliment und ich hatte den Eindruck, wir kennten uns seit vielen Jahren. Sie war reservierter als er, als wollte sie sagen, so einfach kriegt ihr mich nicht. Eine gute Wahl für die Frau, die ihre Cousine umbringt, ohne sagen zu können, warum.

Beide kamen aus einer anderen Welt. Sie gingen auf Tournee, um Geld zu verdienen, nicht um politische Botschaften in die Welt zu tragen. Sie waren in einer alten Komödiantentradition verwurzelt und schlugen aus der Sympathie, die man ihnen entgegenbrachte, Kapital. Wicki hatte schon bei Gründgens in Berlin gespielt. Fink war auf einer Frankfurter Schauspielschule mangels Begabung zurückgewiesen worden und hatte gleich im Anschluss eine fulminante Karriere begonnen. Beide waren Stars, füllten die Säle und hatten trotz allem etwas Bammel, der anstrengenden Suhrkamp-Kultur nicht zu genügen.

Es ging nicht nur um das Duras-Stück. Denn Wicki wollte auch Handkes Roman „Der kurze Brief zum langen Abschied" verfilmen, für eine Münchner Produktionsfirma.

Wochen später, als die Verhandlungen für das Duras-Stück bereits auf gutem Wege waren, rief er an und fragte überraschend, ob ich nicht Lust hätte, mit ihm das Drehbuch zu Handkes *Kurzen Brief zum langen Abschied* zu schreiben. Eine Münchner Produktionsfirma wolle den Roman verfilmen. Natürlich verspürte ich Lust, obwohl der Vorschlag mich in eine verzwickte Situation brachte. Ich sprach mit Handke, der keine Einwände erhob, während Unseld sich erst beruhigte, als ich ihm versicherte, nur während der Ferien mit Wicki zu arbeiten.

Wir fuhren in seinem Jaguar von München nach Piombino. Setzten mit der Fähre über nach Portoferraio auf die Insel Elba, wo in einem weiträumigen Haus das Drehbuch entstehen sollte. Tatsächlich schafften wir es, morgens ein paar Stunden zu arbeiten. Im August war es heiß und nach dem Mittagessen eine Siesta unumgänglich. Anschließend ging es mit einem Fiat Cinquecento, in den sich Wicki, koste es, was es wolle, hineinquetschte, zum Strand. Ganz Italien machte Ferien. Warum wir nicht auch? Der Rückweg durch die Felsen war nicht ohne Tücken. An manchen Stellen musste ich aussteigen und schieben helfen, damit das Wägelchen die Anhöhe schaffte.

So würden wir nie fertig werden, doch Wicki beunruhigte das nicht. Aus Zürich kam Besuch, kurvig und strahlend, und abends schlürften wir Prosecco und freuten uns an dem milden mediterranen Sternenhimmel. Schöne Tage, weit weg von Frankfurt mit seinen strengen gesellschaftlichen Riten.

Die Arbeit machte Spaß; Wicki blieb dem Roman eng auf der Spur und ich bemühte mich, die literarische Herkunft des zukünftigen Films auch im Drehbuch deutlich zu machen. Als die Tage auf Elba vorbei waren, hatten wir etwas mehr als die Hälfte geschafft.

Wie weiter?

An den nächsten Wochenenden kommst du nach München und dann schreiben wir das Buch fertig.

Wicki lachte listig und wusste, dass ich mich arrangieren würde.

63

Noch lief alles gut in Frankfurt. Ich machte meinen Job, die Umsätze stiegen und die Verlagsleitung schien zufrieden. Leider war absehbar, dass das auf Dauer nicht so weitergehen würde. Die Zahl der Bühnen war konstant und damit die der potentiellen Kunden. Höhere Umsätze würden nur auf Kosten der Konkurrenten gehen können. Die Konkurrenz kämpfte jedoch ebenfalls, um ihre Stücke zu platzieren. Selbst wenn es gelungen wäre, ihr den einen oder anderen Autor „abzujagen“, hätte das wenig gebracht, weil Abwerbungen in der Regel mit Versprechungen erkauft werden, die später als Bumerang zurückkommen.

Im Übrigen hätte das Werk zum Suhrkamp-Programm passen müssen. Programme – auch von Theaterverlagen – haben ihren eigenen Charakter. Bei Suhrkamp suchte man keine Boulevardkomödien, da ging es um Bertolt Brecht, Peter Weiss oder Max Frisch, die Klassiker der Moderne, die die ästhetische und politische Linie vorgaben. Bernard Shaw und Sean O'Casey zählten dazu. Das war anders als bei S. Fischer oder Rowohlt. Die Autoren verfolgten mit Argusaugen unsere Entscheidungen. Jeder neue Autor wurde unter die Lupe genommen, und der enge Kontakt unter und mit den „alten“ Autoren verschärfte die „Überwachung“. Das war eine Stärke und Schwäche zugleich und rückte das Ziel, an der Spitze der literarisch-theatralischen Avantgarde mitzuspielen, weiter weg. Während der Verlag der Autoren erfolgreich versuchte, junge deutsch-sprachige Autoren für sich zu gewinnen, stand sich der Suhrkamp Verlag – auf dem Gebiet des Theaters – mit der allgegenwärtigen Präsenz der „Klassiker“ selbst im Wege. Niemand – mich eingeschlossen – interessierte sich für das Kinder- und Jugendtheater, das anfing, die Bühnen zu erobern. Keiner hatte Lust, den Rundfunk- und Fernsehanstalten Hörspiele oder Drehbücher zu verkaufen.

So gesehen war der Theaterverlag eine Spielwiese mit begrenzten Möglichkeiten. Abgesteckt und nicht beliebig erweiterbar. Weil Unseld entschlossen war, die Umsätze des Verlags in die Höhe zu treiben, war der Konflikt vorgezeichnet. Und wenn schon kein Konflikt, dann ein Bedeutungsverlust für den Theaterverlag im Rahmen des gesamten Verlags.

In den sechziger Jahren waren die Theaterrechte ein wichtiger Motor für das Suhrkamp-Unternehmen gewesen war. Die zahlreichen, oft seitenfüllenden Theaterkritiken machten nicht nur die Autoren, sondern auch den Verlag bekannt. Eine wirkungsvolle Werbung, die den Verlag nichts kostete, weil die Zeitungen und Rundfunkanstalten ihre Journalisten, ohne lange gebeten zu werden, auf den Weg schickten. Sicher, es gab jetzt Bernhard, Kroetz und Bond, die mit ihren neuen Stücken

Aufmerksamkeit auf sich zogen, aber verglichen mit den sechziger Jahren, fielen diese Erfolge – auch im Buchsektor – weniger ins Gewicht. Die Schaubühne mit ihren Produktionen dominierte das deutsche Theaterleben und kooperierte vorzugsweise mit dem Verlag der Autoren. Hier wusch eine Hand die andere.

Eines Tages rief der Chefdramaturg Jörg Wehmeier an und schlug mir vor, nach Düsseldorf ans Theater zu wechseln. Ullrich Brecht, den Düsseldorfer Intendanten, kannte ich aus Kassel. Da hatte es Schwierigkeiten mit einem Stück von Alf Poss gegeben. Die Schauspieler waren in den Streik getreten und die Theaterleitung ratlos. Ich musste an die Front, um den Autor und sein Stück zu verteidigen. Obwohl alle das Stück, ein vehementes Plädoyer gegen das Auto, gelesen hatten, bevor es auf den Spielplan gesetzt worden war, erklärten die auf der Probebühne versammelten Schauspieler, man könne es nicht aufführen. Aus den Wortmeldungen ging jedoch nicht hervor, was der Grund war. Weil man die Autofahrer nicht beleidigen wollte? Weil Tierschützer in Essen und anderswo gegen ein anderes Stück von Poss wegen des vermeintlichen Schlachtens von Hühnern auf der Bühne protestiert hatten? Oder einfach, weil das Stück kein gutes Stück war? Es war nicht herauszukriegen. Eine diffuse Stimmung hatte genügt, um den Streik auszurufen, und ein bisschen Bockigkeit, ihn fortzuführen. Das war auch der Theaterleitung klar.

Die juristische Seite zu erklären, Tantiemen und Vertragsstrafe zu reklamieren und die Folgen für den Autor darzulegen, all das blieb nicht ohne Wirkung. Allerdings reichte es nicht: Hochsubventionierte Schauspieler verlangten von der Theaterleitung, vertragsbrüchig zu werden, weil ihnen ein Haar in die Suppe gefallen war. Der Geist der 68er hatte die Provinz erobert.

Als wir uns in Düsseldorf wiedersahen, kam es schnell zu einer Einigung. Hier herrschte eine völlig andere Stimmung als im Verlag. In bequemen Ledersesseln wurde schon tagsüber Whisky getrunken. Zeit schien keine Rolle zu spielen. Keine Rede mehr von Umsätzen, sondern ausschließlich von künstlerischen Fragen und Ergebnissen. Bei einem fast doppelt so hohen Gehalt. Eine Versuchung, wie sie im Buche steht, und der erfahrene Wehmeier, die graue Eminenz des deutschen Theaters, wie Walser ihn nannte, schmunzelte. Irgendetwas schien nicht zu stimmen zwischen mir und dem Suhrkamp Verlag.

Unseld war überrascht, als ich ihm meine Pläne eröffnete. Die Rolle des enttäuschten Liebhabers stand ihm. Er wollte einfach nicht verstehen, wie jemand den Suhrkamp Verlag verlassen konnte. Diese Fixierung auf den Verlag war sein Kapital. Für Wittgenstein war die Welt alles, was der Fall war. Für Unseld war die Welt der Suhrkamp Verlag.

Mit einem Abschied hätte mein Leben einen anderen Verlauf genommen. Doch Unseld schien meine Entscheidung wirklich zu wurmen; vielleicht haben Dritte ihn beeinflusst. Jedenfalls rief er mich ein paar Wochen später zu sich und rückte mit folgendem Vorschlag heraus: Wir gründen gemeinsam eine Firma und nennen sie Suhrkamp Medienverlag. Sie werden Mitinhaber und Geschäftsführer.

Der alte Fuchs wollte mich nicht ziehen lassen, und ich begriff nicht, in welche Falle ich tappte. Ich nicht, aber auch er nicht.

Auf den ersten Blick hin hörte sich der Plan fabelhaft an. Suhrkamp verlegt nicht nur, sondern produziert auch.

Und was bitte?

Theateraufführungen, Filme, kurz, alles, was sich unter dem Begriff Medien zusammenfassen lässt. Wir rüsten uns für die Zukunft.

Das war ein Angebot, so kühn, dass ich mir die Augen rieb. Und Unseld meinte es ernst, Unseld war Unternehmer.

Brecht und Wehmeier waren enttäuscht, mussten jedoch murrend einräumen, dass Suhrkamp die besseren Karten hatte. Der Plan war einfach zu verlockend.

64

Allerdings reicht Kühnheit allein nicht für die Gründung einer Firma. Der Wille, ins Wasser zu springen, genügt nicht. Dagegen ist es klug, sich über die Wassertemperatur zu informieren und die Länge der zu durchmessenden Strecke zu kennen. Das Wichtigste ist, dass man schwimmen kann und über Ausdauer verfügt. Im Geschäftsleben wird Ausdauer durch das vorhandene Kapital oder die eingehenden Erträge gefördert. Wir kümmerten uns weder um das eine noch das andere. Wir legten einfach los.

Nein, es war einen Strich komplizierter. Denn Unseld hatte sich gleich nach meiner Kündigung um einen Nachfolger gekümmert und war auf Jürgen Becker verfallen. Nach Walser ein weiterer Autor, der mit seinem Sachverstand und seinem Ansehen die Chose retten sollte. Da Becker bereits zugesagt hatte, als Unseld mit seinem Vorschlag rausrückte, wurde entschieden, bei der Verabredung zu bleiben – nicht zuletzt deshalb, weil damit eine Arbeitserleichterung für mich verbunden war.

Was das Firmenkapital anbetraf, schlug Unseld vor, mit der Liquidität des Verlages zu arbeiten. Nach Suhrkamps Tod, als er selbst Gesellschafter der Firma wurde, hatten ihm die Schweizer Anteilseigner – durch Kredite, die sie ihm zur Verfügung stellten – einen ähnlichen Deal vorgeschlagen. Auch er hatte nicht über Kapital verfügt, das er hätte einschießen können. Er musste es sich durch Einsatz und Wagemut verdienen.

Der Nachteil des Modells lag darin, dass es sich um vorgestrecktes, also geliehenes Geld handelte. Es sollte durch Erlöse erwirtschaftet und später zurückbezahlt werden.

Was passiert, wenn wir Verluste machen, wandte ich ein.

Fehlbeträge übernimmt der Verlag. Sie haften nicht persönlich.

Eine großzügige Geste und gleichzeitig beunruhigend – für mich als Sohn aus bürgerlichem Hause – undenkbar, das Geld anderer Leute zu verwirtschaften. Der Druck, der hierdurch entstand, war enorm. Friss oder stirb, lautete die Devise. Doch anders wäre es nicht gegangen, ich hatte ja keinen Pfennig.

Als der Plan ruchbar wurde, fingen meine Kollegen an, mich mit anderen Augen anzusehen. Da sollte jemand in die Rolle des Unternehmers aufsteigen, und das auf Risiko des Verlages. Der Oberbuchhalter empörte sich in sauberem Hessisch: Der Unseld hat schon genug Geld verspielt. Wissen Sie eigentlich, mit wie vielen Büchern wir Minus machen? Schauen Sie sich mal all die Vorauszahlungen an die Autoren an, die nie wieder reinkommen. Da wäre es entschieden besser, fuhr er fort, die Gehälter zu erhöhen.

Ich hielt den Mund und verließ kopfschüttelnd das Zimmer. Schließlich sollte das neue Unternehmen ja nicht das Geld des Verlages zum Fenster rausschmeißen, sondern zusätzliches verdienen. Das sah die risikoscheue Verwaltung anders. Diese Leute würden mich erbarmungslos an den Pranger stellen, wenn irgendetwas schieflief.

Die entscheidende Frage war: Produzieren, aber was? Das Nächstliegende waren Theaterproduktionen. Suhrkamp verfügte über starke Rechte. Nur enthielt der Theater-Katalog kaum tourneegeeignete Stücke. Die meisten verlangten eine große Besetzung oder waren bereits auf Tournee gewesen. Als Faustformel galt: zehn Jahre Abstand bis zur nächsten Tournee. Außerdem sollten es Stücke sein, die sich den Kulturämtern auf dem „Lande" verkaufen ließen. Da war die Suhrkamp-Kultur nicht besonders stark. Die Quadratur des Kreises.

Eine erste Idee, nämlich das Stück von Lodewijk de Boer auf Tournee zu schicken, scheiterte, weil das Bühnenbild sich nicht transportieren ließ, von seiner Konstruktion her zu aufwendig war. Die Stadttheater nahmen auf Tourneebedingungen keinerlei Rücksicht. Das war nicht ihre Aufgabe. Das Stück neu inszenieren zu lassen wäre zu kostspielig geworden. De Boer hatte Verpflichtungen und wer weiß, wie das Resultat mit einem anderen Regisseur ausgesehen hätte. Vor allem: Vier Stücke für vier Abende hätten den örtlichen Kulturdezernenten – das waren unsere Kunden – die Möglichkeit genommen, ihr Spielzeitangebot so breit wie möglich zu fächern. So einfach ist es nicht, mit einem Ballon von der Erde abzuheben.

Thomas Bernhard hatte gerade die *Macht der Gewohnheit* beendet. Das Stück sollte bei den Salzburger Festspielen im Sommer 1974 herauskommen. Fünf Personen, eine Dekoration. Dieter Dorn, der einige Jahre vorher den *Menschenfreund* von Christopher Hampton in Hamburg sehr erfolgreich inszeniert hatte, sollte Regie führen, weil Peymann in Salzburg zur Persona non grata geworden war. Als Dorn mich in München empfing, schob er mir einen Sessel hin und bemerkte: Na, da wird der Herr Unseld schon eine Menge Geld mitbringen müssen.

Niemand hatte auf uns gewartet; im Gegenteil, überall Argwohn. Der Ruf des Suhrkamp Verlags bei den subventionierten Bühnen war ohnehin angeschlagen und bei den privaten, den etablierten Tourneeunternehmern, fürchtete man eine neue Konkurrenz. Programmangebote gab es im Übrigen genug. Trotz dieser Widrigkeiten, legte unser Schiff ab, wir stachen in See – die Augen aufs hohe Meer gerichtet.

Um den Plan voranzubringen, musste ich zu Bernhard reisen. Unsere Beziehung hatte sich wegen einer flapsigen Bemerkung verschlechtert. Auf die Frage, wie ich die *Jagdgesellschaft*, sein drittes Stück, fände, hatte ich geantwortet: Ein bisschen das Gleiche, wie das vorige.

Mozart, schleuderte er zurück, Mozart ist auch immer der Gleiche.

Gut pariert und trotzdem. Die Bernhardschen Suaden waren eine Herausforderung. Monologe tun sich im Theater immer schwer. Selbst große Schauspieler haben ihre Schwierigkeiten damit. Bernhards Tiraden sind äußerst kunstvoll geschrieben, verlangen jedoch einen meisterlichen Vortrag. Musik, die Bernhards Leidenschaft war, deren Rhythmus er beim Schreiben im Kopf hatte, wird auf Präzisionsinstrumenten gespielt. Welcher Schauspieler könnte da mithalten? Musiker spielen auf einem Instrument, Schauspieler sind das Instrument. Mit allen Unwägbarkeiten. Da die monologisierende Hauptperson in Bernhards Stücken die übrigen Figuren fast zu Statisten macht, entsteht für den Regisseur eine weitere Schwierigkeit. Denn die, die auf der Bühne nichts zu sagen (und nichts zu tun) haben, müssen ebenfalls mitspielen – stumm mitspielen. Manchmal gelingt das – dann entsteht ein schöner Spiegeleffekt. Aber oft spürt man, dass die Nebenfiguren nicht wissen, was sie tun sollen. Sie langweilen sich und damit das Publikum. Dramaturgen alter Schule hätten moniert: Die Rollen sind nicht ausgeschrieben, sie sind nur skizziert.

65

Niemand wusste damals im Verlag, dass Bernhard eine Leidenschaft für exklusive Immobilien hatte. Die Rangeleien ums Geld schienen uns normal. Und dass er Bargeld wollte, ging uns nichts an. Dass er seine Verträge nicht unterschrieb, schon eher. Als er auf einen weiteren Vorschuss drang, schmiedeten wir einen Plan: Frisches Geld gegen Unterschriften.

Seien Sie vorsichtig mit so viel Barem, mahnte die Buchhalterin. Und lassen Sie sich den Betrag unbedingt quittieren.

Ein Bahnhof ohne Bahnsteige erinnert an den Wilden Westen. Wo Helden oder Schurken aus dem Zug springen, sich den Halfter zurechtziehen und den Gegner ins Visier nehmen. Attnang-Puchheim war ein Bahnhof ohne Bahnsteige. Als der Zug abgefahren war, entdeckte ich Bernhard vor dem Bahnhofsgebäude: österreichisch elegant wie immer.

Ich sprang über die Gleise und, ehe wir uns begrüßt hatten, platzte er heraus: Haben Sie das Geld?

Der geniale Manipulator, der den Verlag mit seinen Manövern in Atem hielt, zeigte sich von seiner schwachen Seite. Warum war er derart hinter dem Geld her? Ums tägliche Brot konnte es nicht gehen. Gewiss, die Renovierung des Vierkanthof kostete eine Menge. Trotzdem ungewöhnlich, dieser Appetit auf Geld. Wir gaben uns die Hand und Bernhard zeigte in Richtung Bahnhofskneipe.

Der düstere Schankraum war leer, wir setzten uns in eine Ecke. Hinter der Theke tauchte eine Frau auf und rief, was es denn sein solle.

Ein Bier, schrie Bernhard und ich nickte.

Zwei, verbesserte er – ungehalten, dass er sich korrigieren musste.

Wo ist das Geld?

Es fiel ihm schwer, die Haltung zu bewahren.

Langsam, erwiderte ich, vorher müssen wir etwas klären.

Zeigen Sie mir zuerst das Geld.

Ich zog den Umschlag mit den Geldscheinen heraus, wedelte kurz damit über den Tisch und steckte ihn wieder weg.

Die Bedienung brachte das Bier.

Zum Wohl.

Bernhards Gesicht kriegte einen herrischen Zug. So von oben herab.

Was wollen Sie klären?

Ich habe hier ein paar Verträge.

Da gibt es nichts zu klären.

Ohne dass die Abschlüsse unterschrieben sind, kann ich Ihnen kein Geld geben.

Damit hatte er nicht gerechnet.

Ich zog die Papiere aus der Tasche, legte sie auf den Tisch; einen Kugelschreiber daneben. Vereinbarungen über drei Theaterstücke und zwei Erzählungen, die bereits erschienen waren.

Die Verträge lagen ihm seit langem vor; deshalb machte er auch keine Anstalten, sie durchzusehen. Während er unschlüssig den Kugelschreiber in die Hand nahm, holte ich den Umschlag mit den Scheinen wieder hervor; legte die Bündel mit den Banknoten auf den Tisch. Sechzig Fünfhunderter, in drei Päckchen. Mit ordentlich von der Deutschen Bank abgestempelten Banderolen und dem handschriftlichen Vermerk über die Höhe der Summe.

Bernhard kämpfte einen Moment mit sich und fing an, seine Unterschrift unter die Verträge zu hauen. Es war so still, dass man das Kratzen des Kugelschreibers hören konnte. Als er fertig war, löste ich die Banderolen und blätterte die Scheine auf den Tisch. Einen nach dem anderen.

Nicht so laut, zischte er.

Bernhard machte sich nicht die Mühe nachzuzählen und quittierte die Summe anstandslos.

Alles hatte schon zu lange gedauert. Unmöglich ein anderes Thema anzusprechen. Wir standen auf, und während ich meine Papiere einpackte, zahlte Bernhard das Bier. Draußen blendete das gleißende Licht und als wir uns die Hand gaben, schauten wir aneinander vorbei. Er zögerte einen Moment und fragte, wann ich zurückführe.

Mit dem Gegenzug in zwei Stunden.

Auf seinem Gesicht zeigte sich ein Anflug von Zufriedenheit – und weg war er.

Zurück nach Frankfurt, in die weltoffene, bankenbeseelte Stadt. Der Verlag und Unseld an erster Stelle waren erleichtert über die unterschriebenen Verträge. Natürlich hofften wir, dass sich das Verhältnis zu Bernhard wieder einpendeln würde, trotz der unangenehmen Machtprobe. Eine irrige Annahme, schon deshalb, weil sie voraussetzte, dass eine normale „geschäftliche" Beziehung zu ihm möglich sei. In Wirklichkeit gab es lediglich punktuelle Übereinstimmungen. Ab und zu eine Situation, in denen sich sein Misstrauen auflöste und er herzlich und einnehmend war. In solchen Stunden konnte er umwerfend komisch sein, ein Geistesblitz jagte den anderen. Schallend lachte er über seine eigenen Witze und man glaubte, sein bester Freund zu sein. Am nächsten Morgen war die Heiterkeitsblase geplatzt, das Misstrauen stand ihm in den Augen und seine schlechte Laune machte ihn unausstehlich.

Da jetzt zumindest der Vertrag unterschrieben war, konnten wir die Tourneepläne mit der *Macht der Gewohnheit* konkreter anpacken. Selbstverständlich baten wir Bernhard um Zustimmung. Sie kam zögerlich, was unverständlich war, weil ihm die Aufführungsserie eine hübsche Summe einbringen würde. Die Verhandlungen mit den Schauspielern und dem Regieteam waren schwierig; Bernhard Minetti der Schwierigste. Zwar war der Bühnenbauer Minks bereit, für den Zirkusdirektor Caribaldi und sein das Forellenquintett übende Truppe eine transportable Spielfläche zu konstruieren, aber Dorn hatte die Situation richtig eingeschätzt: Wenn der Suhrkamp Verlag mit uns auf Tournee gehen will, dann soll er mal schön in die Tasche greifen.

Unser finanzielles Kalkül ging daher mehr schlecht als recht auf. Auch wenn die prestigeträchtige Aufführung der Salzburger Festspiele ihre Abnehmer fand, rissen uns die Veranstalter die Produktion nicht aus den Händen. Sie kannten ihr Publikum besser als wir und ein Stück von Thomas Bernhard war nicht jedermanns Sache.

66

Selbstverständlich gab es auch andere Möglichkeiten, mit Theater Geld zu verdienen. Zum Beispiel konnte man ein Stück in Auftrag geben, es inszenieren und dann in einem Theater en Suite spielen lassen. Das hieß, sich mit Kopf und Kragen ins Risiko zu stürzen – ein Vabanquespiel.

Felix Bloch Erben war der älteste deutsche Theaterverlag und saß in Berlin. In den Büros in der Hardenbergstraße standen an den Wänden Regale, voll bis unter die Decke mit vergilbten Manuskripten; abertausende von Manuskripten, die der Verlag in den letzten hundertfünfzig Jahren als Agentur vertreten, aber nie publiziert hatte. Im Gegensatz zu Büchern, deren Inneres durch Umschläge geschützt wird, fristen Manuskripte, selbst wenn sie in einen Deckel eingebunden sind, eine eher verletzliche Existenz. In einem Büro mit lauter vergilbten Manuskripten zu arbeiten, verlangt Abhärtung gegen den Gang der Zeit. Die Vergänglichkeit ist so gegenwärtig, dass die Manuskripte auf den Schreibtischen vital und erfolgversprechend sein müssen. Kein Wunder also, wenn in den Räumen des Verlags Felix Bloch Erben eine völlig andere Atmosphäre herrschte als in der Frankfurter Lindenstraße.

Ich glaube, ich habe da was, sagte der Kollege Köhler.

Kennen Sie Wolfgang Menge, den Drehbuchautor? Die *Stahlnetz*-Krimis, die sagen Ihnen doch was. Er arbeitet jetzt an einer neuen Serie, das könnte ich mir auch als Stück vorstellen.

Menge, nach dem Kriege Auslandsreporter für das „Hamburger Abendblatt", wohnte in einer schicken Berliner Altbauwohnung und erzählte ohne viele Umstände von der brutal komischen Familie Tetzlaff. Deutsche Spießer in Reinkultur. Ein tyrannischer Ehemann hält mit verbalen Gewalttätigkeiten die Familie in Schach und eine unterwürfige Frau zahlt es ihm auf perfide Art heim. Die Tochter, eine Friseuse, und ihr Mann, ein Feinmechaniker aus der DDR, mischen die Sitcom mit 68er-Sprüchen auf. Ein Brief flattert ins Haus, der die Nachricht vom Tod eines Verwandten enthält. Na so was! Eine Erbschaft in Aussicht, die nicht nur Tetzlaff und seine Frau, sondern auch Tochter und Schwiegersohn in helle Aufregung versetzt. Zum Schluss stellt sich heraus, dass der Erblasser just hinter der Zonengrenze – pardon, der DDR-Grenze – gelebt hat. Mangelnde Geographiekenntnisse lassen Träume wie Seifenblasen platzen. Dazu ein Titel, der zu einem Volkstück passt: *Der tote Otto.*

Wolfgang Menge war das Gegenteil eines Suhrkamp-Autors. Er schrieb auf Bestellung und spürte den Wünschen des Publikums nach; freute sich an gelungenen Gags und hatte keine Hemmungen, aus einer Situation – wie zum Beispiel der

der Familie Tetzlaff – jede nur vorstellbare Komik herauszuholen. Selbst auf die Gefahr hin, dass der Beifall von der falschen Seite kam und die Leute seine Satiren für bare Münze nahmen. Alle Angehörigen seiner jüdischen Mutter wurden von den Nazis umgebracht, er selbst während des Krieges zur Wehrmacht eingezogen. Vielleicht erklärte dieser Hintergrund die Schärfe seines Blicks, seine Lust, dem deutschen Spießer auf den Leib zu rücken. Jedenfalls hatte er Courage und Witz, was sein Schreiben weit über das, was beim Fernsehens üblich war, hinaushob. Er scheute sich nicht, auf englische oder amerikanische Vorbilder zurückzugreifen und mit Geschick den deutschen Verhältnissen anzupassen.

Heinz Schubert und Helga Feddersen spielten das Ehepaar Tetzlaff. Joachim Preen, ein früherer Assistent von Peter Zadek, war der richtige Regisseur. Schubert brauchte nur den Mund aufzumachen und schon kriegte man Lust zu lachen; die hagere, naiv-listige Feddersen stand ihm in nichts nach. Beide passten zusammen wie die Faust aufs Auge, niemals um Krawall verlegen, stets bereit, aufeinander loszugehen. Tochter und Schwiegersohn lieferten die provokativen Bemerkungen, mit denen die Stimmung in Schwung blieb.

Die Uraufführung des *Toten Ottos* im Deutschen Schauspielhaus war kein Reinfall. Wir fielen nicht, sondern sanken wie ein leckes Schiff. Das Haus voller Prominenz, von Rudolf Augstein bis Loki Schmidt. Aber Menges Satire zündete nicht, nicht bei diesem Publikum, das die hauseigene hochgestochene Kost gewohnt war. Man rümpfte die Nase, war verschnupft, dass Suhrkamp sich mit solchen Plattheiten abgab.

War das vorhersehbar? Vielleicht! Um jedoch aus dem Vabanquespiel ein vertretbares Wagnis zu machen, hatten wir uns für das Deutsche Schauspielhaus entschieden. Durch Garantiehonorare sollte das Risiko gemindert werden. Außerdem hofften wir auf eine positive Presse. Ein Irrtum, denn die Presse reagierte wie das Publikum – im besten Fall lauwarm.

Wenige Tage danach sollte das Stück im Berliner Theater des Westens starten. Der finanzielle Erfolg der gesamten Produktion hing von den drei Wochen ab, die wir dort gebucht hatten. Mehr als anderthalbtausend Plätze und korrekt kalkulierte Eintrittspreise. Eynar Grabowsky, der Leiter des Theaters, das die Stadt Berlin ihm vermietet hatte, empfing mich in seinem Büro.

Wir haben anständig die Trommel gerührt, aber der Vorverkauf ist nicht gut gelaufen. Vielleicht bringt es die Abendkasse, sagte er mit dem melancholischen Charme eines Unternehmers, der sich durch Enttäuschungen nicht entmutigen lässt.

Die Gebrüder Grabowsky führten in Basel ein Tourneeunternehmen und produzierten auf Teufel komm raus. Weil sie ein finanzielles Loch mit dem nächsten stopften, war ihr finanzieller Ruf angeschlagen. Warum also sich mit ihnen einlassen? Abgesehen davon, dass ich ein Faible für den witzig-wendigen und unermüdlichen Eynar Grabowsky hatte, gab es kaum Bühnen in größeren Städten, die man hätte anmieten können. Entweder theaterungeeignete Hallen oder Stadttheater mit eigenem Ensemble. Deshalb blieb nichts anderes übrig, als mit den Grabowskys zusammenzuarbeiten. Um unseren Anteil sicherzustellen, sollte ein Anwalt aus einer Berliner Kanzlei täglich in der Pause die Tageseinnahmen abholen.

Eine Stunde vor Vorstellungsbeginn war ich im Theater. Der Zuschauerraum leer, ein riesiges schwarzes Loch. Ich ging in die Logen und begrüßte die Schauspieler; sie hielten sich wacker, obwohl ihnen die Enttäuschung in den Knochen saß. Joachim Preen war die Ruhe selbst. Wir schauten durch das Auge im Bühnenvorhang. Die ersten Besucher trudelten ein.

Keine Kulturbonzen wie in Hamburg. Neugierige Großstädter, die ins Theater gingen, um sich einen vergnügten Abend zu machen. Sie würden auf ihre Kosten kommen, davon waren wir überzeugt. Überhaupt hatte die Aufführung Qualitäten. Es handelte sich um mit Liebe zubereitete Hausmannskost. Wem will man verübeln, dass er von Zeit zu Zeit Lust auf Bratkartoffeln hat? Der Vergleich stammt von Menge, der auch Restaurantkritiker war und behauptete, irgendwo im Norden die besten Bratkartoffeln Deutschlands entdeckt zu haben.

Als der Vorhang hochging, war das Theater zu knapp einem Drittel besetzt. Ich hatte mich in eine der ersten Reihen gesetzt, um das Gefühl loszuwerden, in einem leeren Theater zu sitzen. Die Vorstellung lief gut, den Leuten schien das Stück zu gefallen. Trotzdem war das kein Grund, Champagner zu bestellen; als einzige Hoffnung blieb die Mundpropaganda.

Am nächsten Morgen, in der ersten PanAm-Maschine nach Frankfurt, saß vor mir ein Geschäftsmann, der den „Spiegel" las. Er beugte sich zu seinem Nachbarn und zeigte auf ein Foto von Digne Meller-Marcovicz mit Schubert und Feddersen. Daneben eine ausführliche Kritik über den *Toten Otto*. Der Mann merkte, dass ich ihm über die Schulter schaute, drehte sich kurz um und sagte mit einer Mischung aus Zufriedenheit und Gehässigkeit: Det scheent ja keen Erfolg zu sein.

Um in mein Verlagsbüro zu kommen, musste ich durch einen langen Flur, an den Räumen der Buchhaltung vorbei. Wie üblich, waren die Türen zu den einzelnen Zimmern geschlossen. Niemand konnte mich sehen und trotzdem leckten die Flammen aus jedem Raum. War das das Ende, der Bankrott?

Die Mitarbeiter wussten natürlich, was los war, sprachen mich jedoch mit keiner Silbe darauf an. Sie hatten die Sprache verloren. Dabei wäre für mich das Sprechen wichtiger gewesen als für sie. Am folgenden Tag brachte ich es nicht fertig, in Berlin anzurufen. Erst am übernächsten nahm ich das Telefon und rief die Vorverkaufskasse an.

Sie glauben es nicht, sagte die Kassiererin, es sieht gar nicht schlecht aus. Heute Abend sind wir halbvoll und mit etwas Glück am Samstag ausverkauft.

Das war der Balsam, den ich brauchte, das Mitgefühl der Kassiererin eine Erlösung. Bis heute hat sich mir dieser glückliche Moment eingeprägt.

67

Inzwischen war Digne von München nach Frankfurt gezogen. Wir lebten im Westend in einer großen Altbauwohnung und glaubten, in den stuckverzierten Wänden das Glück zu finden. Glück ist ein tückisches Wort. Der französische Philosoph Pascal meinte, nichts sei so gerecht verteilt wie die Intelligenz, weil jeder überzeugt sei, genug davon zu besitzen. In Anlehnung daran könnte man sagen, nichts ist so ungerecht verteilt wie das Glück, weil keiner glaubt, davon genug zu haben. Die Menschen rennen dem Glück hinterher, heißt es. In Wirklichkeit wissen sie nicht, was es ist, und werden von alltäglichen Begierden durchs Leben getrieben. So wie ich auch. Statt über die Folgen nachzudenken, hatte ich nicht locker gelassen, bis Digne in München die Koffer packte. Statt zu begreifen, dass zwei so gegensätzliche Menschen kein gutes Paar ergeben, gab ich nicht eher Ruhe, bis sie mit Kind und Kegel umgezogen war.

Digne hatte eine scharfe Zunge und wusste, wo das Messer anzusetzen war. Immer noch ist mir unklar, ob ihre Attacken mehr dem Umstand geschuldet waren, dass die Leute in der Presse- und Werbeabteilung des Verlages ihr Honorarforderungen übertrieben fanden oder ob es ihr tatsächlich um mich ging. Jedenfalls fetzten wir uns nahezu täglich. Sie arbeitete als Fotografin für die Tourneeproduktionen, und die damit verbundenen Schwierigkeiten blieben ihr natürlich nicht verborgen.

Du musst da weg, forderte sie in einem Ton, der keinen Widerspruch duldete. Auch wenn ich wusste, dass sie Recht hatte, ärgerte mich ihre Arroganz. Eine Firma – und der Medienverlag war ein eigenes Unternehmen – kann man nicht an den Nagel hängen wie einen Job.

Technisch gesehen, gingen die beiden Tourneen erfolgreich über die Bühne. Trotz der Allüren von Minetti, der jeden Tag ein anderes Transportmittel verlangte: Heute einen VW-Bus, am nächsten Tag den Zug und am übernächsten einen Rolls-Royce. Minetti war kein angenehmer Mensch. Er biederte sich an, wenn es ihm nützlich schien, und war unausstehlich, wenn er es sich erlauben konnte. In Bernhard fand er seinen Meister. Bernhard verstand es, Minettis Eitelkeit zu kitzeln. Der Gipfel war, dass er eines seiner Stücke *Minetti* nannte. Dankbarkeit in ihrer perfidesten Form.

Obwohl die beiden letzten Wochen im Theater des Westens sehr gut liefen und wir den *Toten Otto* monatelang hätten spielen können, reichten die Erträge nicht, um die investierten Kosten reinzuholen. Eine Verlängerung war nicht möglich, weil das Theater des Westens ausgebucht war. Eine spätere Wiederaufnahme auch nicht, weil die Schauspieler andere Verpflichtungen hatten. In diesem Gewerbe wird monatelang, oft Jahre im Voraus geplant. Im Übrigen sind Wiederaufnahmen eine heikle Sache, weil es schwer ist, die alte Dynamik wieder in Gang zu bringen. Ich war erschöpft und hatte die Nase gestrichen voll.

Der Abschied bei Suhrkamp war damit vorgezeichnet. Nur wohin und mit welchem Ziel? Digne rückte mit einem verblüffenden Vorschlag heraus. Der Herausgeber des Satire-Blattes „Pardon" suche einen neuen Chefredakteur. Alles war ihr recht, um mich von Suhrkamp weg zu lotsen. Und ich zu erschöpft und ohne Alternative, um mich dieser bizarren Idee zu widersetzen. Vielleicht suchte ich nur einen Anlass, um Abschied zu nehmen? Hans A. Nikel, alleiniger Besitzer der Zeitschrift, bewunderte Unseld und den Suhrkamp Verlag, und vielleicht war das der Grund, warum er dachte, mein Engagement könne zu etwas führen. Ich traf auf einen zierlichen, zögerlich argumentierenden Mann, der sich mittlerweile der transzendentalen Meditation des indischen Gurus Maharishi Mahesh Yogi verschrieben hatte. Das genaue Gegenteil des vorwärtsstürmenden Unternehmers Unseld.

Zu meiner Verwunderung wollte Nikel mich engagieren – probeweise, weil er vorsichtig war. Jetzt gab es einen Anlass, bei Suhrkamp auszusteigen. Genauer gesagt, die Leitung des Theaterverlags abzugeben und die gemeinsame Firma, den Suhrkamp Medienverlag, zu liquidieren. Unseld verzog keine Miene, erhob keine Vorwürfe; er wusste, dass ich mich nach Kräften bemüht hatte. Auch er hatte keine Idee, wie die Firma zu retten war. Film- oder Fernsehproduktionen wären noch kapitalintensiver und risikoreicher gewesen. Eine Medienagentur aufzubauen wäre möglich gewesen, nur fehlte mir jede Lust dazu. Und wie wäre das mit dem Theaterverlag zusammengegangen? Jürgen Becker hatte uns schon nach einem Jahr wieder verlassen und war inzwischen Hörspielchef des Deutschlandfunks, sodass ich auch den Theaterverlag wieder allein verantwortete. Als die Buchhaltung Bilanz zog, kam – wie erwartet – ein beachtliches Minus zutage. Ein Schlussstrich war unvermeidlich und man verabschiedete mich wie einen Politiker, dem keine Fortune beschieden war.

68

Wenn einen das Glück verlässt, verlässt es einen ganz. Als Nikel mich nach einem Monat zu sich bat, ahnte ich, was los war.

Es tut mir leid, fing er an, es fällt mir wirklich schwer, Ihnen sagen zu müssen –

Ich verstehe, raffte ich mich auf, das Interview mit Leni Riefenstahl hat Ihnen nicht gefallen.

Wissen Sie, „gefallen" ist nicht das richtige Wort. „Pardon" ist eine satirische Zeitschrift. In dem Gespräch, das Sie mit Frau Riefenstahl geführt haben, spüre ich davon nichts. Keinen Spott, keine Ironie. Entschuldigen Sie, alles ist bierernst.

Herr Nikel, das ist es ja grade.

Die Augen des Herausgebers funkelten; er richtete sich hinter dem Schreibtisch auf.

Wie bitte?

Frau Riefenstahl will sich für Politik nicht interessiert haben. Offenbar hat sie ihre Filme im leeren Raum gedreht. KZs, Judenvernichtung, nie gehört. Oder erst nach dem Krieg. Wie alle anderen. Wirklich furchtbar, sagt sie, aber mit ihrer Film-Arbeit habe das nichts zu tun gehabt. Die Frage ist: Kann man sich über jemanden lustig machen, der seine Arbeit für den Führer des Großdeutschen Reichs ohne Wenn und Aber verteidigt? Diese Frau ist Realsatire, die braucht keine weiteren Zutaten – so war es gemeint.

Nikel beugte sich vor und um nicht auf den Schreibtisch zu fallen, hielt er sich mit den Händen an den Armlehnen seines Sessels fest.

Entschuldigen Sie, ich verstehe nicht ganz, was Sie damit meinen.

Ich meine, dass die Realität selbst Satire ist.

Der Herausgeber räusperte sich, trank einen Schluck Wasser. Es wurde Zeit, Tacheles zu reden.

Mir dämmert, sagte ich, dass Sie mit meiner Arbeit nicht zufrieden sind.

Nikel stellte das Wasserglas hin – ein bisschen hastig.

Schön, dass Sie das einsehen. Wissen Sie, solche Gespräche sind nicht angenehm – ich habe extra eine Magentablette genommen.

Machen Sie sich keine Sorgen. Wollen Sie, dass ich …

Er strich sich mit der Hand über den Brustkasten; vielleicht tat ihm wirklich etwas weh.

Nein, das hätte doch keinen Sinn. Ich habe die Buchhaltung heute Morgen gebeten, den Scheck vorzubereiten. So war es doch vereinbart.

Damit war die Zeit bei „Pardon" zu Ende. Ich war arbeitslos und erleichtert. Fühlte kein Bedauern, keinen Schmerz und wollte raus an die frische Luft. Mit einem ordentlichen Scheck in der Tasche. In solchen Augenblicken ist es am besten, zu Fuß zu gehen. An einem kühlen regnerischen Frankfurter Wintertag. Ende 76. Der Vorhang fällt, der Held tritt ab, und das Publikum wartet, wie es weitergeht. Sechs Jahre auf hohem Seil. Durchatmen, ausruhen, nachdenken. Alle wissen, dass die Vorstellung noch nicht zu Ende ist.

69

Wie war das eigentlich? War Digne schon ausgezogen? Oder hat sie erst kurz nach meinem Rausschmiss die Wohnung verlassen? In meiner Erinnerung sind die Ereignisse eng miteinander verknüpft. Nicht der Auszug war im Übrigen entscheidend, sondern der Entschluss dazu. Und den muss sie vorher gefasst haben. Schon während sie die Geschichte mit „Pardon" anzettelte.

Vor kurzem hätte ich mich bei der Filmemacherin Hana S. Klar erkundigen können, die bei einer Lesung in Frankfurt überraschend vor mir stand – nach all den Jahren. Leicht wiederzuerkennen; nur eleganter, nicht mehr so struppig, stand ihr gut. Hana machte Filme wie Digne; beide kannten sich, und es kann sein, dass sie es war, die mich mit Einar Schleef zusammengebracht hat.

Moment, im Augenblick lecken wir noch die Wunden. Wenn die Wunden verheilt sind, bleiben die Narben. Digne bestand fast nur aus Narben. Eines Tages setzte sie sich falsch herum auf einen Stuhl und verschränkte die Arme auf der Rückenlehne.

Sie habe beschlossen, sagte sie traurig und bestimmt, ein Haus anzumieten, sozusagen um die Ecke. Es fehle ihr an Platz für sich und die Kinder. Ansonsten … sie benutzte ein Wort, das ich nicht mag … ansonsten.

Fast war es mir egal, ob sie einen neuen Lover hatte oder nicht. Das Leben mit den drei Kindern, die Streitereien über die richtige Erziehung, die politischen Diskussionen über den gestürzten Brandt oder den militärisch strengen Schmidt, die Luft war elektrisch geladen. Erstaunlich, dass die Glühlampen Strom benötigten.

Dignes zweiter Mann, ein Chirurg mit dem sie zwei Kinder hatte, wohnte auf der anderen Seite des Mains. Er war nach der Niederschlagung des ungarischen Aufstands in die Bundesrepublik gekommen und kochte gerne; nicht wie Männer, die sich mit Kochbüchern und Küchenwaagen ausstatten und Zutaten Gramm für Gramm abwiegen. Die ein Thermometer in alles reinstecken und sklavisch den Anweisungen ihrer Lehrmeister folgen. Nein, er kochte wie er operierte – intuitiv. Er warf die Lammkoteletts in die Pfanne, Knoblauch und Pfefferminzblätter ins Olivenöl, salzte und pfefferte, wie es ihm in den Sinn kam. Wenn wir bei ihm zu Gast waren, ließ die Spannung nach, die dauernde Gereiztheit. Aber selbst in solchen Momenten warf Digne sich nicht mit Lust übers Essen.

Eine Lady schlägt sich nicht den Magen voll, nur Dummheit frisst, wies sie uns streng zurecht.

Doch wen kümmerte das? Wir aßen und tranken nach Fleischeslust.

Politische Meinungsverschiedenheiten sind kein Scheidungsgrund. Ein Mangel an Toleranz schon eher. Der aalglatte CDU-Politiker Barzel war unsympathisch und Willy Brandts Politik die richtige. Da waren wir uns einig. Die Wirtschaftspolitik war ein heikles Terrain, da wurde das Eis dünn. Wie viele, die nie ein Unternehmen geführt haben, verstand Digne wenig von ökonomischen Zusammenhängen und schimpfte wie ein Rohrspatz auf die Bosse. Leider ist die Produktion von Mehrwert kein Verwaltungsakt. Das eigene Portemonnaie war ihr nah, und wenn es darauf ankam, konnte sie wie eine Löwin kämpfen.

Als Kiste nach Kiste aus der Wohnung geschleppt wurde, wäre es besser gewesen, sich in ein Café zu setzen und einen Cappuccino zu trinken. Stattdessen ermunterte ich die Packer, bloß nichts zu vergessen.

Auch den Fernseher?

Vor allem den Fernseher. Den Plattenspieler rühren Sie nicht an und das Bett bleibt ebenfalls hier.

Zuerst sah es wie ein Ausdünnen aus; dann verrieten die staubigen Umrisse, wo ein Schrank oder ein Sofa gestanden hatte. Am Ende des Tages war die Wohnung riesig und leer. An eine neue Einrichtung nicht zu denken. Wer kauft Möbel, ohne eine Vorstellung davon zu haben, wie die Zukunft aussieht? Dafür gab es jetzt viel Raum zum Nachdenken.

70

Es ist noch nicht lange, dass der Suhrkamp Verlag verschiedene Gerichtsberichte von Uwe Nettelbeck veröffentlicht hat. Als ich die Ausgabe in der Kölner Buchhandlung Bittner entdeckte, habe ich einen Schrei ausgestoßen. Vierzig Jahre war es her, dass ich dem Verlag ein anderes Manuskript Nettelbecks vorgeschlagen hatte. Elisabeth Borchers, die damalige Cheflektorin, setzte ein müdes Lächeln auf und seufzte. Sie zeigte mir ihr schönes Dichterinnen-Profil, schaute nach draußen, wo die Sonne schien, und entschied mit sanfter, leicht verzweifelter Stimme, das sei doch keine Literatur. Ich fühlte mich düpiert und konnte meinen Irrtum nicht einsehen.

Nettelbecks Reportagen aus deutschen Gerichtssälen Ende der sechziger Jahre verlieren sich nicht in Staatsgläubigkeit. Im Gegenteil, sie setzen ihr heftig zu, weil der Berichterstatter ein feines Auge und offene Ohren für die Schwächen des Polizei- und Justizapparats hat. Sein Blick ist parteiisch und kann nicht anders als parteiisch sein.

Anlässlich der Osterdemonstrationen 1968, nach dem Attentat auf Rudi Dutschke und der staatsfreundlichen Berichterstattung durch die Zeitungen des Springerkonzerns, wurde der Theologiestudent Christian Boblenz in Frankfurt unter anderem wegen Landfriedensbruch verurteilt. Boblenz hatte sich mit einem Baubrett gegen einen anstürmenden berittenen Polizisten verteidigt und in dem anschließenden Getümmel zu einer Holzlatte gegriffen, um sich gegen die Ordnungskräfte zu wehren. Wie Boblenz nahm auch Nettelbeck Partei. Er machte scharfsichtig Front gegen den immer mehr oder immer noch auftrumpfenden Justizapparat. Nettelbeck ergriff die Partei der Täter, weil er in den Vertretern der staatlichen Gewalt – also der Polizei und Justiz – die eigentlichen Täter sah.

Aber es ging ja bei dem abgelehnten Manuskript um etwas anderes. Nettelbeck hatte dem Journalismus Ade gesagt und war Produzent einer Krautrock-Band geworden. Gleichzeitig hatte er seine gesellschaftlichen Beobachtungen fortgesetzt. Schon der Titel des Manuskripts, *Mainz, wie es singt und lacht*, deutete an, dass er hier noch radikaler zu Werk gegangen war als in den Gerichtsreportagen; er hatte Artikel aus Zeitungen, Kommentare aus Radio und Fernsehen, kurz, Texte verschiedenster Autoren aufgespürt. Isoliert und außerhalb des Kontextes, las man sie wie durch ein Vergrößerungsglas, eine Art literarischer Fotorealismus. Die Texte waren tödlich, weil Lächerlichkeit tötet. Trotzdem verlangten sie vom Leser Mitarbeit: nämlich hinter die Sätze zu schauen, zu begreifen, was da besungen wurde – siehe Titel. Zugegeben: Auch andere Verlage haben das Manuskript abgelehnt; dafür räumte es zu sehr mit dem traditionellen Literaturbegriff auf. Aber ästhetische Kategorien können fatale Folgen haben, darin gleichen sie staatlichen Gesetzen. Glücklicherweise wurde *Mainz, wie es singt und lacht* im Verlag Petra Nettelbeck publiziert und von Zweitausendeins vertrieben.

Als wir uns nach meinem unrühmlichen Ende bei „Pardon" zufällig auf der Straße in Frankfurt wiedertrafen, hatte Nettelbeck seine Produzentenrolle für die Rockband „Faust" aufgegeben und suchte einen Verlag für eine Zeitschrift, die er herausgeben wollte. Seine Unbeirrbarkeit war beeindruckend; er wusste genau, wo er hinwollte. In meinem Kopf spukte zwar die Idee, es mit einem eigenen Verlag zu versuchen; holländische Freunde hatten es geschafft, warum nicht auch ich? Nur zeigten alle Berechnungen, wie schwierig das war. Um einen Verlag „auf der grünen Wiese" zu gründen, also aus dem Nichts heraus, braucht man entweder eine Stange Geld oder wenigstens einen Autor, dessen Bücher so gut gehen, dass sie den „Rest" bezahlen.

Der rigorose Analytiker Nettelbeck hatte ein Faible fürs Essen und Trinken. Während der Verhandlungen mit Suhrkamp hatte er mich mit einem japanischen Restaurant bekannt gemacht. Eine Neuigkeit in Frankfurt. Japaner, die mit ihrer raffinierten Küche glaubten, auf florierendem Boden ihr Geschäft machen zu können, und sich furchtbar täuschten. Das Restaurant war nach kurzer Zeit wieder zu, weil die Deutschen nicht daran dachten, so viel Geld für die winzigen Portionen auszugeben.

Nettelbeck war mit Hans-Peter Ladiges befreundet, der für die „Filmkritik“ schrieb. Der, sagte Nettelbeck, könne Spaghetti kochen, wie sonst niemand. Als er meinen skeptischen Blick sah, erklärte er, dass Spaghetti mit gesalzener Butter, gestoßenem schwarzem Pfeffer und geraspeltem Parmesankäse eine Delikatesse seien. Vier Zutaten, eine Viertelstunde Vorbereitungszeit, glauben Sie mir.

Natürlich nahm ich die Einladung an. Ladiges und Nettelbeck waren distinguierte Herren. Ihre hedonistische Eleganz stand in krassem Gegensatz zur puritanisch-strengen Suhrkamp Kultur. Beide machten keinen Hehl aus ihrer Suche nach verfeinertem Genuss – zumindest im kleineren Kreis. Die Spaghetti schmeckten fabelhaft. Zum ersten Mal fiel der Ausdruck *al dente.* Selbstverständlich wurde ein Glas Wein dazu getrunken.

Es ist nicht übertrieben: Dieses Mittagessen hat mir die Augen für raffinierte Einfachheit geöffnet. Frühchristliche Basiliken, romanische Kirchen und Spaghetti *al dente* gehörten von jetzt an zusammen. Alles andere war eine Frage der Proportionen und der Zutaten. Genüsse, die man selbst herstellen konnte und die in einem Restaurant kaum, wenn überhaupt, zu finden waren.

71

Distinguierte Herren (oder Damen) waren im damaligen Frankfurter Westend die Ausnahme. Marie-Luise Kaschnitz, ja, der Pfeife rauchende Walter Boehlich vielleicht, obwohl Boehlichs kategorische Imperative jede Diskussion im Keim erstickten. Boehlichs Streitwut war legendär – er wusste wirklich alles besser.

Die Regel waren die ordentlichen Linken, die wenig Wert auf Kleidung und Essen legten. Die glaubten, ihnen gehöre die Welt, weil sie den eigenen Nabel kannten. Die ihre Sicherheit aus der Unsicherheit der anderen bezogen und umso lauter auftrumpften, je nachdenklicher ihr Gegenüber wurde. Das war die Atmosphäre, in der ich Einar Schleef kennenlernte.

Schleef trug eine blaue Drillichhose und ein weites dunkelblaues Hemd, das über die Hose hing, um den Bauchansatz zu kaschieren. Der Drillichstoff deutete an, wo er herkam: aus dem Arbeiter- und Bauernstaat. Die Hose saß nicht eng wie eine Jeans, sie schlotterte wie eine Arbeitshose. Ich bin kein Westler, sollte das heißen. Wie viele, die damals aus der DDR kamen, legte er Wert auf Klassenunterschiede. Die DDR verkörperte das „bessere Deutschland", den antifaschistischen Widerstand, wurde behauptet.

Schleef hielt sich in diesem Punkt zurück, vielleicht weil er sich mit Schuldgefühlen herumschlug. Bei Verhandlungen mit dem Burgtheater hatte er sich entschlossen, im „Westen" zu bleiben – nach einer Inszenierung von Strindbergs *Fräulein Julie*, zusammen mit B. K. Tragelehn am Berliner Ensemble, die ihn bekannt gemacht hatte. Die Aufführung wurde legendär, weil sie bei den Parteifunktionären Anstoß erregte. Schleefs Freundin, die nachkommen wollte, war bei ihrem Fluchtversuch verhaftet worden und saß in der DDR fest.

Jetzt probte er in Düsseldorf den *Totentanz* und bis zur Wiederaufnahme der Proben suchte er eine Bleibe. Irgendjemand musste ihm gesteckt haben, dass ich über eine leere Wohnung verfügte.

Das macht doch nichts, stotterte er lachend, ich bringe eine Matratze mit, das reicht.

Also gut, für die paar Wochen, willigte ich ein.

Tags darauf klingelte es und Schleef stand vor der Tür – mit einer Matratze unter dem Arm.

Niemand lässt sich freiwillig von einer Schlange beißen. Deshalb verbergen sie sich im hohen Gras oder sonstigen Unterschlüpfen und greifen an, wenn man nicht damit rechnet. Schleef verbarg sich nicht, sondern fläzte sich auf seiner Matratze; hörte von morgens bis abends italienische Opern, Verdi, Rossini, Donizetti, und konnte nicht genug davon kriegen. Nicht irgendwelche Einspielungen, sondern die mit der Callas und den italienischen Orchestern der Nachkriegsjahre. Mir ging das auf die Nerven; Opern waren nicht mein Fall.

Genauso wie der dösende Mann in der blauen Drillichhose, der auf dem mit Intarsien verzierten Eichenparkett lag und eine Platte nach der anderen auflegte. Etwas passte hier nicht zusammen, aber Schleef schien das nicht zu stören, im Gegenteil, meine Omeletts schmeckten ihm.

Er könne den *Totentanz* nicht inszenieren, gestand er nach einer Woche, jedenfalls nicht so, wie das Stück von Strindberg geschrieben sei.

Und wie sollte es geschrieben sein?

Das müssen wir sehn.

Er lachte wie befreit und sprang von der Matratze auf.

Von da an saßen wir zusammen an einem kleinen Küchentisch und schrieben Strindberg um. Das Stück kriegte einen anderen Titel und spielte unter Werbefachleuten in einem Nobel-Vorort von Düsseldorf. Es half nichts, dass ich ihn warnte.

Wenn Sie mit diesen Änderungen auf die Proben kommen, wird es Ärger geben. Glauben Sie, die Direktion und die Schauspieler werden das schlucken?

Lassen Sie mal, das ist meine Sorge, stotterte er uneinsichtig.

Ich habe Hemmungen, Stotterern zu widersprechen – das Gefühl der Überlegenheit auszuspielen. Ein merkwürdiger Reflex, weil das Stottern, jedenfalls Schleefs Stottern, einschüchterte – sein Gesicht verzog sich zu einer Grimasse, der Körper bäumte sich auf, er kriegte etwas Bedrohliches. Später habe ich erlebt, dass Schleef, wenn er auf der Bühne stand, das Stottern verlor. Vielleicht weil das Publikum – per Konvention – nicht widersprechen durfte und er sich deshalb sicher war, dass er sagen konnte, was er wollte. Die Buhrufe kamen ja erst zum Schluss.

Jedenfalls sollte ich Recht behalten. Als Schleef am Ende der Spielzeitferien nach Düsseldorf reiste und dort den neuen Text vorlegte, gab es einen Aufstand. Der Intendant Beelitz, der inzwischen Ulli Brecht abgewechselt hatte, rief seinen Beraterstab zusammen und dessen Urteil war einstimmig – vernichtend. Die Parteien kamen überein, den Vertrag über fünf Inszenierungen und, nebenbei gesagt, eine Menge Geld, aufzulösen.

Ein paar Tage später stand der Mann in der blauen Drillichhose wieder vor der Tür – genau das, was ich befürchtet hatte. Ich brachte es nicht übers Herz, ihn abzuweisen. Als sei nichts passiert, geradezu bester Laune, legte er sich auf die Matratze und hörte die Callas singen. Während ich meine Korrespondenz erledigte, drangen die Stimmen der italienischen Opernhelden durch die Wohnung, und zu meinem Erstaunen fing ich an, mich ebenfalls in diese Musik zu verlieben. Die stählernen Tenöre, die einschmeichelnden Sopran- und Altstimmen, die Orchester, die sie durch alle Leidenschaften begleiteten, eroberten sich in diesen Wochen in meinem Kopf (und meiner Seele) einen festen Platz. Und Schleef stand Pate; Dank sei ihm.

Gleichzeitig belauerten wir uns wie Straßenköter und die leere Wohnung machte die Situation noch grotesker. Schleef beherrschte den größeren Teil, drei Zimmer zur Straße, die durch hohe, nicht mehr richtig schließende Doppeltüren miteinander verbunden waren. Mir blieb das Schlafzimmer und die Küche. Er ging und kam, wann er wollte, immer mit einem grauen Stoffbeutel über der Schulter, in dem er seine Habseligkeiten mitschleppte. Dass er ein Tagebuch führte und mich und die Reste meines Familienlebens in vorteilhaftestem Licht zeichnete, verheimlichte er.

Vielleicht schlief ich deswegen immer schlechter. Die Frage war, wie Schleef aus der Wohnung herausbefördern? Andeutungen halfen nichts. Er zuckte mit den Schultern und tat so, als gingen ihn meine immer dringlicheren Aufforderungen nichts an – und ließ es darauf ankommen. Viel hatte er nicht zu verlieren. Im Gegenteil, er legte es darauf an, mich in die Ecke zu drängen. Ich hätte ersticken können, und es wäre ihm egal gewesen.

Es war eine Machtprobe. Als ich von einer kurzen Reise nach Zürich zurückkam, lief mir auf der Straße eine Bekannte über den Weg.

Mensch, sagte sie begeistert, das war ja eine Party bei Ihnen.

Als sie mein verblüfftes Gesicht sah, setzte sie hinzu: Wo waren Sie eigentlich, ich habe Sie ja gar nicht gesehen?

Schleef hatte eingeladen und halb Frankfurt war zusammengeströmt. Die Wohnung stank nach Rauch und Bier, an den Wänden Schleifspuren von Handtaschen und Kleidungsstücken; überall Kippen und Aschereste.

Ich war außer mir.

Wenn Sie in zwei Wochen nicht ausgezogen sind, schmeiße ich Sie raus.

Wieder zuckte er mit den Schultern. Solche Drohungen steckte er weg. Acht Tage später warnte ich ihn erneut und nach vierzehn Tagen, packte ich die Matratze und warf sie vor die Tür. Es kam zu einem Handgemenge, doch jetzt war er draußen. Egal, wem und wie er seine Leidensgeschichte auftischen würde.

Der Streit mit Schleef war ein Kulturkampf. Menschlich und ästhetisch waren Antipoden aufeinandergetroffen. Jeder lebte in seiner Welt, verfolgte unterschiedliche Ziele. Schleef war im Vorteil, weil er schon eine Welt hinter sich gelassen hatte – die DDR. Alles, was ihm widerfuhr, maß er an der früheren Heimat. Alles, was er unternahm, war der Versuch, seine Heimatlosigkeit zu überwinden. Wenn man eine vertraute Welt verlässt, begreift man, was man an ihr hatte. Je größer der Verlust, desto schärfer die Kritik am Neuen, desto stärker die Unlust, sich anzupassen. Dabei gab es auffallende Gemeinsamkeiten. Die Neugier, die Bereitschaft zum Risiko – der Wille, Grenzen auszuloten.

Zwanzig Jahre nach unserer ersten Begegnung tauchte er überraschend in Paris auf. Ohne sich anzumelden. Ich bin von meinem Schreibtisch aufgesprungen und mit ihm in den Jardin du Luxembourg spaziert. Es war ein lauer Sommernachmittag und wir setzten uns auf die geschwungenen Eisenstühle und schauten den Bötchen hinterher, die die Kinder durch das Becken der Fontaine Médicis flitzen ließen.

Schleef immer noch in einer blauen Arbeitshose, über der ein weites weißes Hemd flatterte. Seine Erfolge hatten ihn nicht verändert.

Auf keinen Fall mehr als fünfzehn Mark für eine Klamotte, da sei C&A vor, stotterte er, und wir lachten. Glücklicherweise konnte uns ja niemand verstehen, und wenn, hätte es trotzdem niemand verstanden. Kein Wort über Kunst. Da waren die Unvereinbarkeiten – zumindest, was das Theater anbetrifft – noch krasser geworden, seit unserer ungestümen Begegnung im Westend.

72

Nicht, dass ich mich gelangweilt hätte. Ich habe immer gerne Briefe geschrieben und wenn ich heute in die Korrespondenz von damals schaue, ist erstaunlich, wie viel ich geschrieben habe – auf einer mechanischen Schreibmaschine. Selbstverständlich suchte ich eine neue Stelle, denn eines Tages würde das angesparte Geld zu Ende sein. Nur was und wo? Am liebsten hätte ich einen eigenen Verlag gegründet, das Thema taucht immer wieder auf, aber das war ein Wunschbild und selbst wenn mir jemand das notwendige Geld vorgestreckt hätte, wahrscheinlich hätte ich nicht den Mut (oder die Entschiedenheit) dazu aufgebracht. Verleger zu werden war nur eine von mehreren Möglichkeiten. Und bei Weitem die schwierigste.

Während Schleef und ich über Strindbergs *Totentanz* brüteten, rief Ulli Brecht an – er war inzwischen zum Generalintendanten der Essener Bühnen gewählt worden.

Hast du Lust, mein Stellvertreter zu werden, fragte er mit seiner rauchigen Stimme. Ulli Brecht qualmte viel und trank gerne, Unseld ging Punkt zwölf ins Bett und war morgens um sieben im Schwimmbad.

Essen, damals die fünftgrößte Stadt der Bundesrepublik, lud nicht zum Träumen ein. Das Theater bekannt für korrekte Langeweile, der vorherige Intendant für seinen freundlichen Führungsstil. Schleef zog eine Grimasse, als er den Namen der Stadt hörte, aber war das ein Grund, das Angebot auszuschlagen? Es sollte ja etwas Neues beginnen. Essen war ein Drei-Sparten-Theater, Schauspiel, Oper und Ballett. Das war eine Herausforderung.

Ich rief den Frankfurter Verwaltungsdirektor an, der mir kollegial seinen abendlichen Dienstplatz zur Verfügung stellte. Von da an saß ich jeden Abend in der Oper – um das Repertoire kennenzulernen, die Musikszene besser zu verstehen. Das war die angenehmste Arbeit, die man sich vorstellen kann. Zumal Frankfurt ein großartiges Musiktheater bot. Nach dem Generalmusikdirektor Christoph von Dohnànyi, sorgte der Dirigent Michael Gielen für das künstlerische Niveau und die Gast-Regisseure für spannende szenische Umsetzungen. Von Ruth Berghaus über Volker Schlöndorff bis Hans Neuenfels, jeden Abend eine andere Inszenierung mit exzellenten Sängern und Sängerinnen.

Essen, die Kruppstadt, die Kanonen- und Panzerschmiede. Wo in den sechziger und siebziger Jahren eine Zeche nach der anderen geschlossen wurde, weil Kohle und Stahl inzwischen billiger aus anderen Ländern importiert wurden. Da fuhr eine Straßenbahn nach Bochum, eine andere nach Mühlheim, das ganze Ruhrgebiet war zum Greifen nah. Ein Auto musste trotzdem her, um nach den Proben und Vorstellungen schnell nach Hause zu kommen. Mit der Wohnung hatte ich Glück: Zwei obere Stockwerke in der von Bäumen gesäumten Hans-Luther-Allee. Da ließ es sich leben.

Bevor es wirklich losging, hing plötzlich alles an einem seidenen Faden. Brecht erkrankte an einem Lungentumor; niemand von uns hatte einen unterschriebenen Vertrag, nicht einmal er selbst. Als er sich erholt hatte, war seine Stimme noch eine Spur rauer und das Sprechen strengte ihn an.

Der Betrieb eines Drei-Sparten-Theaters ist schwerfällig. Entscheidungen müssen lange im Voraus getroffen werden und am besten hält man sich an das Übliche. Dann braucht sich niemand anzustrengen. In jedem Betrieb ist das so. Ein Theater ist jedoch ein sehr besonderer Betrieb. Auf Dauer ist es unmöglich, dem Publikum immer dieselben Späße aufzutischen. Zwangsläufig kommt es zu Konflikten, denn unter den Theaterleuten gibt es immer jemanden, der etwas Neues machen möchte, wohl wissend, dass die Speisekarte von Zeit zu Zeit erneuert werden muss. Das fängt mit dem Spielplan an, geht über die Schauspieler bis zu den Regisseuren und Bühnenbildnern. Routine sitzt überall, in jeder Loge, im Fundus, bei den Technikern; von der Verwaltung gar nicht zu reden. Das haben wir noch nie so gemacht, heißt die magische Formel, mit der neue Vorschläge abgeschmettert werden.

Glücklicherweise gab es Leon Schoenmakers. Er war für die Oper zuständig, nie um eine Idee verlegen und rackerte von morgens bis abends. Mit ihm etwas Neues auszuhecken machte Spaß. Als ich Schleef als Regisseur für *Boris Godunow* vorschlug, war er Feuer und Flamme. Wir trafen uns in Essen, doch landeten die Gespräche mit dem Generalmusikdirektor bald in einer Sackgasse. Schleef roch den Muff unter den Fräcken und sparte seine Kräfte für Wichtigeres.

Der Ballettdirektor trug den schönen Namen Boris Pilato. Ein kleiner älterer Mann mit gefärbten Haaren und angenehmen Manieren. Wenn er mit seinen listigen Augen in ein Büro schaute, brauchte niemand etwas zu befürchten. Er nannte sich Choreograf und galt als Garant für die Unvergänglichkeit des klassischen Balletts. Pilatos Ästhetik war der neuen Leitung, die sich an den immer gleichen Choreografien, den immer gleichen Kostümen satt gesehen hatte, ein Dorn im Auge. Neidisch schauten wir nach Wuppertal, wo eine junge Choreografin mit ihren ersten Arbeiten für Aufsehen sorgte: Pina Bausch.

Gleichzeitig wussten wir, dass das dortige Publikum höchst unzufrieden war und der Intendant Wüstenhöfer sich heftiger Anfeindungen erwehren musste. So entstand die Idee einer Zusammenarbeit: Pilato hilft in Wuppertal mit seinem Tutu-Ballett bei Opern und Operetten aus und Pina Bausch zeigt ihre Werke von Zeit zu Zeit in Essen.

Das war im Frühjahr 1978. Die nächste Premiere des Tanztheaters sollte in Bochum stattfinden, eine *Macbeth*-Adaptation. Peter Zadek war dort Intendant. Wir kannten uns, seit er Falladas *Kleiner Mann – was nun?* inszeniert hatte, eine brillante Aufführung, die ich gerne auf Tournee geschickt hätte, was leider scheiterte, weil auch hier der Aufwand zu groß gewesen wäre.

Zadek hatte das Theaterhandwerk in England gelernt. Schauspieler und Stück standen für ihn im Vordergrund. Bei ihm gab es auf der Bühne keine kühlen Demonstrationen. Der arbeitslose Pinneberg und sein Lämmchen, die Helden aus Falladas Roman, litten wie Millionen andere am Ende der Weimarer Republik. Die Zuschauer tauchten in das Elend der Zeit ein; es wurde ihnen nicht nur vorgeführt, sie spürten es, nahmen daran teil. Darin unterschied sich Zadek von den meisten seiner Kollegen. Weil er sich auf Unterhaltung verstand, brauchte er nicht darauf zu verzichten.

Das neue Stück von Pina Bausch wurde im Rahmen eines von der Universität Bochum veranstalteten Anglisten-Kongresses vorgestellt. „Er nahm sie bei der Hand – und führte sie ins Schloss, die andren folgen" eine Szenenanweisung aus *Macbeth* diente als Titel. Die Professoren sollten erfahren, wie lebendig Shakespeare immer noch war.

Im Publikum lauter Herren in schwarzen Anzügen; einige mit hellen Streifen und alle in weißen Hemden mit dezenten

Krawatten. Darunter eine Reihe von Engländern, was man merkte, als die Vorstellung begonnen hatte. Engländer haben ein besonderes Talent, ihr Missfallen durch Räuspern zu bekunden. Ein feines Mittel, mit geringstem Aufwand, und ohne sich zu exponieren, Kritik zu äußern. Der Erste hielt sich noch zurück, er testete die Stimmung. Kaum fühlte er sich auf sicherem Boden, legte er nach, und dann schaukelte sich die Sache von alleine hoch. Die Unzufriedenheit steckte den ganzen Saal an und schon nach einer Viertelstunde war das Theater eine Mördergrube. Wie in einem Tollhaus schrie alles durcheinander, sprang auf und klatschte höhnisch in die Hände. Obwohl auf der Bühne herrliche, nie gesehene Dinge stattfanden: Menschen sprangen zu flotten Schlagern im Boogie-Woogie-Stil über Stühle und Sofas, ließen sich in breite Sessel fallen, kippten kühn hintenüber, steckten sich dicke Zigarren an oder rasten wie von Sinnen quer über die Bühne. Eine Bande von Anarchisten, hätte man denken können. Tatsächlich war das Durcheinander raffiniert komponiert; die Tänzer und Tänzerinnen waren Menschen aus Fleisch und Blut, beherrschten ihren Körper perfekt und spielten Theater, so leicht und spannend, so komisch und elegant, wie ich es noch nie gesehen und mir schon immer gewünscht hatte – ohne es zu wissen. Pina Bausch hatte das Tanztheater erfunden.

In der Pause wandte ich mich an einen bekannten Ballett-Kritiker, um mit ihm meine Begeisterung zu teilen. Hochnäsig winkte er ab: Fahren Sie mal nach Wuppertal. Frau Bausch macht immer dasselbe.

Dabei war Frau Bausch so originell, ihre Art, Theater zu tanzen, revolutionär. Eine längst fällige Revolution, weil sie so evident war. Man lässt statt Puppen Menschen tanzen, macht aus Tanzsoldaten Individuen und spielt Musik von heute. Endlich, endlich und noch einmal endlich. Pina Bausch war wunderbar.

73

Im Kulturdezernat des neuen Essener Rathauses haben wir uns zum ersten Mal die Hand gegeben. Eine sympathische junge Frau, die sich bescheiden gab, mit langen Haaren und einer vollen Aktentasche. Sie redete nicht viel, hörte aufmerksam zu und machte sich Notizen. Die Idee einer Zusammenarbeit sagte ihr zu, weil sie sich größere Freiheit für ihre Arbeit versprach. Die Stadt war ihr vertraut, sie hatte an der Folkwangschule bei Kurt Jooss studiert und unterrichtete dort. Als der Name Jan Minarik fiel, einer ihrer auffallendsten Tänzer, lachte sie verschmitzt: So einen wie den müssen Sie erst einmal finden.

Ich hatte inzwischen andere Stücke von ihr gesehen – *Café Müller*, *Sacre du printemps*, *Renate wandert aus* – und saß jetzt der Person gegenüber, die diese Meisterwerke geschaffen hatte. Die Begeisterung für das Werk und ihre Schöpferin verschmolzen miteinander. Jemand, der Pina Bausch damals nicht gekannt hat, hat Mühe, sie sich als Schönheit vorzustellen. Dabei war sie sehr anziehend. Die Fotos von Walter Vogel – erst mehr als zwanzig Jahre später publiziert – belegen, dass Pina Bausch in ihrer Jugend etwas von einem amerikanischen Covergirl hatte, obwohl sie sich, als wir uns kennenlernten, schon ganz anders ausrüstete: schwere Männerstiefel (Schuhgröße zweiundvierzig), weite Hosen und Blusen. Die Verführung fand woanders statt; ihre Tänzerinnen waren sexy, mit langen Haaren, eng sitzenden Kleidern und hohen Pumps, auf denen sie über die Bühne schwebten oder stampften, liefen oder tanzten. Als wir über Zahlen und Gehälter redeten, war ich erstaunt, wie moderat sie und ihre Tänzer bezahlt wurden. Das würde das Essener Theater stemmen können.

Wenn es nicht Boris Pilato gegeben hätte. Der schlug die Hände über dem Kopf zusammen, als er den Namen Pina Bausch hörte: Diese Frau macht doch kein Ballett, erklärte der drahtige Mann in weißem Hemd und scharf gebügelten Hosen. Die weiß doch überhaupt nicht, was Tanz ist. Dabei lachte er schelmisch, als müsse jeder, der halbwegs bei Sinnen sei, dieser Hinrichtung ohne Widerspruch zustimmen.

In der Tat: Wir hatten die Rechnung ohne den Essener Tanzwirt gemacht. Denn der stieß, nachdem er seine Tänzer hinter sich gebracht hatte, eine Bürgerinitiative an. Prompt machte die Theaterleitung den zweiten Fehler und nahm den Gegner auf die leichte Schulter. Bald zirkulierten Flugblätter, die den Untergang des Essener Balletts ankündigten. Der Protest beschränkte sich nicht nur auf das Theater, sondern erfasste die ganze Stadt, jedenfalls die interessierten Kreise. Unsere Pläne wurden grotesk verzerrt und die Arbeit Pina Bauschs mit hämischen Kommentaren bedacht. Pilato hatte einfaches Spiel: Er brauchte nur aus den Wuppertaler Zeitungen zu zitieren, wo die Ablehnung des Tanztheaters vehement war. Es dauerte nicht lange, bis der Essener Kulturdezernent, ein Parteimann und Familienvater, die Notbremse zog. Mit einem offiziellen Schreiben an die Generalintendanz ordnete er an, die Pläne fallen zu lassen. Da er sicher nicht mehr lebt, muss er sich im Grabe umdrehen. Denn ohne diese Anordnung könnte sich die Stadt Essen, ähnlich wie Wuppertal, heute im Weltruhm des Tanztheaters sonnen.

Ich war enttäuscht und aufgebracht und Ullrich Brecht ging es ähnlich; er wischte jedoch den Gedanken zurückzutreten mit einer Handbewegung vom Tisch. Begründete das mit familiären Verpflichtungen; außerdem stand ihm die überstandene Krankheit im Gesicht. Ganz unabhängig davon, galt es abzuwägen, ob die Zusammenarbeit mit Wuppertal es wert war, nicht nur das eigene Team, sondern auch Gastregisseure, Solisten usw. im Stich zu lassen und zwangsläufig in Schwierigkeiten zu bringen. Es war nicht das erste Mal, dass ich in eine politisch widersprüchliche Situation verstrickt war. Aber hier saß das Korsett spürbar stramm, was mit der finanziellen Abhängigkeit und der Größe des Apparates zu tun hatte, den wir bedienten. Mit anderen Worten: Unsere persönliche Freiheit zu agieren war umgekehrt proportional zu der Masse an Menschen und Geldern, die wir bewegten.

Sich damit abzufinden fiel nicht leicht. Der Eingriff in die künstlerische Entscheidungsbefugnis war hart und warf erneut die Frage auf: Wohin und mit welchem Ziel? Abends zuhause habe ich in meinen Anstellungsvertrag geschaut. Er lief über fünf Jahre mit einer ersten Kündigungsmöglichkeit meinerseits nach drei Jahren. *Pacta sunt servanda* – diese Maxime war mir in Fleisch und Blut übergegangen. Und dann gab es den unermüdlich einfallsreichen Leon Schoenmakers, der sich durch Rückschläge nicht einschüchtern ließ, sondern die nächste Idee auftischte: ein Opernprojekt mit Rainer Werner Fassbinder. Zu einem Originallibretto Fassbinders sollte Peer Raben die Musik komponieren. Der Inhalt: nein, keine Geschichte, sondern die Schilderung einer Frau, die Krebs hat und daran stirbt.

74

Ich war Fassbinder zum ersten Mal bei seiner Inszenierung von Marieluise Fleißers *Pioniere in Ingolstadt* begegnet. In Bremen, 1971. Ein finsterer, vor sich hin schweigender Mann, mit dem ich nicht viel anfangen konnte. Die knappen Bilder aus der verfremdeten Provinz lagen ihm. Marieluise Fleißer suchte ihre Szenen außerhalb ihrer vier Wände, zum Beispiel in den Donauauen oder auf dem Exerzierplatz; sie hatte einen filmischen Blick, verfremdete wie Brecht und machte mit

Gefühlen wenig Federlesens. Fassbinder (wie auch Kroetz) fühlten sich ihr verwandt.

Als Fassbinder in der Saison 74/75 in Frankfurt das Theater am Turm übernahm, gab es Inszenierungen aus dem Druckkessel. Schnell, wuchtig, die Stücke wurden in einprägsamen Bildern auf die Bühne gehauen. Eine Art Kokain-Theater. Den Zuschauern blieb die Lust an einer zurechtgestutzten Sinnlichkeit; sie hatten sich mit Holzschnitten ohne seelisches Relief zu begnügen. Das Konzept war wichtiger als die ausgespielte Szene. Mich ließ das ziemlich kalt. Nur einen Film Fassbinders fand ich großartig: den *Händler der Vierjahreszeiten*. Die Wahrnehmung eines Kunstwerks bleibt ein subjektiver Akt.

Dann erschien in der Edition Suhrkamp das Stück *Der Müll, die Stadt und der Tod*. Günther Busch, der die Edition betreute, hatte die Entscheidung ohne Abstimmung im Hause getroffen. Ahnte er, dass es sonst zu Diskussionen gekommen wäre? Wollte er diesen Text auf Teufel komm raus veröffentlichen? Oder war er so naiv, anzunehmen, dass die Figur des jüdischen Immobilienhais ohne Aufregung über die Bühne gehen würde? Joachim Fest, einer der Herausgeber der „FAZ", zündete mit einem Kommentar die Lunte, und umgehend brannte es lichterloh.

Einem einzelnen Juden negative Eigenschaften zuzuschreiben, ist kein Verbrechen, nicht einmal ein Beleg für Antisemitismus. Antisemitismus ist die kollektive Verteufelung des jüdischen Volkes, der jüdischen Religion. Die Kritik einer Person (berechtigt oder unberechtigt) muss möglich sein. Selbst dann, wenn das „Jude-Sein", also das kollektive Moment, etwas mit dem individuellen Verhalten zu tun hat. Konkret: Wenn in Fassbinders Stück die problematische Figur des Frankfurter Immobilienspekulanten ein reicher Jude ist. Das war die Auffassung Buschs und all derer, die das Stück und seine Publikation rechtfertigten. Obwohl das Argument als solches stichhaltig war, musste man sich fragen, ob man dieses Stück Fassbinders unabhängig vom historischen Kontext in die Debatte werfen konnte. Sprich: in Deutschland, in Frankfurt, drei Jahrzehnte nach dem Holocaust.

Unseld entschied, das Buch einzustampfen; meiner Ansicht nach zu Recht. Doch trug diese Entscheidung kaum zum Abbau der Spannungen bei, im Gegenteil. Im linken Milieu der Stadt und auch im Verlag gab es nicht wenige, die wie Busch dachten. Fassbinder selbst und Karlheinz Braun, der ihn vertrat, liefen Sturm. Eine Putzfrau, die nach Büroschluss mein Zimmer saubermachte, fragte: Ist es schon wieder soweit? Damit zielte sie auf den Einfluss der jüdischen Gemeinde. Bei einer Diskussion im Bochumer Theater verteidigte Fassbinder vehement sein Stück, was Peter Zadek in seinen Erinnerungen als brutalen Antisemitismus charakterisierte. (Und nichts daran änderte, dass er ihn als Künstler sehr schätzte.)

Fassbinder kam nach Essen und ich traf einen aufgeräumten, gesprächigen Mann. Erstaunlich, wie sehr sich die Person von dem Bild unterschied, das ich von ihm hatte. Inzwischen drehte er einen Film nach dem anderen, flog in drei Stunden mit der Concorde von Paris nach New York und verbrauchte eine Menge Geld. Also fingen wir mit dem Honorar an. Er rechnete mir vor, wie viel Steuern er darauf zahlen müsse, und bald musste ich einsehen, dass wir zu schlecht bei Kasse waren, um ihn bezahlen zu können. Nach zwei luziden und angenehmen Stunden trennten wir uns. Ich hatte mit einem Genie verhandelt, ohne dass mir das bewusst gewesen wäre.

Essen war eine Mischung aus Spießertum und Rock 'n' Roll. In der Gruga-Halle fanden gewaltige Rockkonzerte statt und das Theater dümpelte so vor sich hin. Während der Suhrkamp-Zeit hatte ich in London die *Rocky Horror Show* gesehen. Leider wollte der Agent des Autors und Komponisten Richard O'Brien die deutschsprachigen Rechte nicht freigeben, weil die Londoner Produktion auf Europa-Tournee gehen sollte. Den Goldfisch, den er an der Angel hatte, wollte er selbst, so gut es ging, vermarkten. Mit der Erklärung, dass das deutsche Theatersystem anders gestrickt sei, konnte er nichts anfangen.

In Essen habe ich dann einen neuen Anlauf genommen. Der Agent hatte inzwischen begriffen, dass eine Tournee mit der englischen Aufführung so gut wie unmöglich war; außerdem konnte ich ihm eine Produktion zusichern. Trotzdem waren es die schwierigsten Verhandlungen, die ich je geführt habe. O'Brien wusste, dass er nie wieder einen solchen Hit landen würde, und wollte sich nichts verbauen. Nach endlosen Gesprächen gelang es, den Agenten und ihn zu überzeugen oder besser zu überreden. Meine Sekretärin tippelte auf hohen Absätzen aus dem Nebenzimmer herein.

Als ob Sie um ihr Leben gekämpft hätten, kommentierte die platinblonde Frau, die bestens in die *Rocky Horror Show* gepasst hätte – in einer Mischung aus Unverständnis und Bewunderung.

Nein, nicht um mein Leben, sondern um den Muff aus diesen Räumen zu vertreiben.

75

Wer inszeniert uns das? Das war die nächste Frage.

Auf keinen Fall jemand aus dem Hause, protestierte Leon Schoenmakers. Da muss jemand dran, der den Pep für so was hat. Wally Bockmayer, der könnte das.

Also auf in die „Filmdose“. So hieß die Kölner Kneipe, mit dem Bockmayer und sein Freund Rolf Bührmann ihren Lebensunterhalt verdienten. Bockmayer hatte gerade mit dem Film *Flammende Herzen* Aufsehen erregt. Da zieht ein Paar mit einer Kuh durch New York, die es gerade auf einer lokalen Oktoberfest-Imitation gewonnen hat. Schrill, ausgesprochen schrill.

Bockmayer war füllig und watschelte wie eine Ente durch die verrauchte Bar. Die Nonchalance machte ihn sympathisch. Er stammte aus einem Kaff bei Pirmasens, wusste, was er wollte, und weil er ahnte, dass das vielen nicht gefallen würde, hatte er sich finanziell unabhängig gemacht. Das verlieh ihm Sicherheit. Er hatte überhaupt nichts Klebriges und war hellwach.

Im Prinzip, sagte er mit nöliger Stimme, interessiert mich das Angebot. Nur: Wie sieht die Besetzung aus?

Das war der wunde Punkt. Denn das Essener Ensemble musste berücksichtigt werden. Wir versprachen ihm, dass er einige Rollen mit Gästen besetzen könne, und er willigte ohne großen Enthusiasmus ein. Er roch den Braten und blieb vorsichtig. Wir einigten uns über ein Honorar; der Vertrag hatte keine Eile. Weil er sich als der Schwächere fühlte, zeigte er seine Muskeln.

Schoenmakers behielt Recht: Die *Rocky Horror Show* und Bockmayer passten zusammen. Nicht hundertprozentig, dafür war seine Fantasie zu unbändig.

Wir haben eine Bombe im Kofferraum, sagte ich, als wir nachts mit dem Auto zurückfuhren.

Was soll's, das geschieht den Essener Spießern recht.

Hinter der Freundlichkeit des Holländers verbarg sich eine angestaute Wut, vielleicht sogar eine Portion Revanchismus. Bewundernswert, wie er im Tagesbetrieb verstand, diese Gefühle zu kaschieren.

Jetzt musste das Nitroglyzerin nur noch, ohne vorher in die Luft zu gehen, in ein Stadttheater transportiert werden.

Matthias Schmiegelt, der sich in Wuppertal um die Belange des Tanztheaters kümmerte und von unseren Plänen gehört hatte, prophezeite: Mit Bockmayer bringt ihr das nie heraus. Ich wette drei Flaschen Champagner.

Echten Champagner?

Ja, richtigen Champagner!

Angenommen.

Bockmayer wollte nicht in ein Hotel; zu ungemütlich. Und jeden Tag zurück nach Köln wollte er auch nicht.

Du hast eine große Wohnung, grinste Leon Schoenmakers, vermiete ihm für ein paar Wochen ein Zimmer.

Meine Begeisterung hielt sich in Grenzen. Für ein paar Wochen – und natürlich ohne Miete.

76

Wie Fassbinder zog Bockmayer einen Tross von Leuten hinter sich her. Nicht nur seinen Freund Bührmann; ephebische Assistenten, flotte Kostümbildnerinnen, bunte Vögel aus aller Welt tauchten auf. Spätabends, nach den Proben fing das Leben an: Es wurde gekocht, gegessen und getrunken, Musik gehört, schrill, so schrill wie möglich, ferngesehen, alles zur gleichen Zeit. Es wurden Drogen genommen, vor allem Kokain. Bockmayer erklärte im Brustton der Überzeugung, dass Kokain eine Arbeitsdroge sei. Nur bei mir funktionierte das nicht richtig. Nachts las ich die Zeitung von A bis Z, staunte über meine ungewöhnliche Wachheit und stellte am nächsten Morgen fest, dass die Zeitung schon vier Tage alt war. Nein, ich war allergisch gegen jede Form von Abhängigkeit – Wein ausgenommen.

Ab und zu rutschten die bekifften Gäste beim Abschied die hölzerne Treppe hinab; der Höllenlärm riss den Vermieter aus dem Schlaf und vor allem seine Gemahlin, die das lose Treiben in den oberen Etagen in ihren Träumen verfolgte. Wenn ich ihr am nächsten Morgen begegnete, sah sie mich an, als hätte ich ihr einen unsittlichen Antrag gemacht. In ein paar Wochen ist der Spuk vorbei, versicherte ich der besorgten Frau. Da mein Name öfter in der Zeitung stand, sah sie von weiteren Schritten ab.

Die Proben verliefen reibungslos. Aus dem Ensemble spielten nur die mit, die Lust dazu hatten und Bockmayer verstand es, die Truppe zusammenzuhalten. Er hatte darauf bestanden, die Rolle des Dr. Frank(n)furter mit einem Schwarzen zu besetzen, den er aus New York kannte. Eine überflüssige Freiheit, die er sich dem Text gegenüber herausnahm und den Autor gegen uns aufbrachte. Immerhin peppte der Schwarze die Show auf, sang nicht schlecht und überhaupt: auf der Bühne sah es aus, als ob man ein Damenkränzchen mit Feuerwerkskörpern aufgescheucht hätte. Bockmayer amüsierte sich und das Ensemble, so gut er konnte – es fehlte ihm nicht der Sinn für das Detail, sondern der fürs Ganze.

Dann war es soweit: Premiere zum vorgesehenen Datum. Ausverkauft, selbst die weiteren Vorstellungen, ohne einen einzigen Abonnenten – das Kassenpersonal war baff. Im Foyer wimmelte es wie in einem Bienenstock. Geschminkte oder maskierte Zuschauer, die Songs aus dem Stück waren – ohne, dass wir das mitbekommen hätten – zu internationalen Hits geworden. Als der Vorhang hochging, passierte etwas, was ich noch nie erlebt hatte: Die Zuschauer sprangen auf, sangen mit, zündeten Kerzen an oder warfen Feuerwerkskörper durch den Raum. Es blitzte und krachte, Rauchwolken stiegen auf. Mehl stäubte durch den Reihen. Ein grandioses Tohuwabohu. Die

Bühne war nur noch zu ahnen und das offene Feuer, die brennenden Kerzen, konnten einem Angst und Bange machen. Prompt erhob sich der Feuerwehrmann von seinem Dienstplatz und verließ den Zuschauerraum.

Gleich geht der eiserne Vorhang runter, fürchtete ich, aber die Vorstellung lief weiter und das Publikum ging mit, johlend und ausgelassen, wie bei einem Karnevalsfest. Die Schauspieler, jetzt ihres Erfolges sicher, drehten richtig auf. Der Saal tobte und als die Show zu Ende war, schickte Bockmayer die Sänger zu einer Zugabe auf die Bühne. Eine so ausgelassene, unbeschwerte Stimmung habe ich nie wieder in einem Theater erlebt.

77

Als ich am nächsten Morgen ins Büro kam, sah mich meine Sekretärin besorgt an.

Sie haben Besuch, tuschelte sie. Die Leute warten seit einer Stunde.

Habe ich was vergessen?

Nein, das Ordnungsamt.

Neue Vorschriften?

Von wegen, die wollen die Vorstellung verbieten.

In meinem Zimmer saßen ein Mann und eine Frau, unauffällig gekleidet, standen auf und stellten sich vor.

Was kann ich für Sie tun?

Wir müssen Ihnen mitteilen – der Mann räusperte sich –, das Amt für öffentliche Ordnung hat entschieden, dass weitere Aufführungen des Stücks, das gestern Premiere hatte, zu unterlassen sind. Die Gefahr ist zu groß.

Für wen?

Für Leib und Leben der Besucher. Abgesehen von den möglichen Sachschäden. Die Feuerwehr hat einen Bericht vorgelegt, der an Deutlichkeit nichts zu wünschen übrig lässt. Sie lehnt jede weitere Verantwortung ab. Und Sie riskieren einen Prozess.

Prozess? Gegen mich?

Sie sind der Verantwortliche.

Ich stand auf ging ans Fenster, machte ein paar Schritte und ließ mich in den Sessel fallen. Die Besucher schwiegen.

Wir können die Vorstellung nicht absetzen. Auf Wochen ausverkauft, machen Sie sich die Konsequenzen klar.

Wir haben gehört, dass das Stück, wie heißt es, ach ja, die *Rocky Horror Show*, ein großer Erfolg ist. Das ist gut für das Theater. Aber Brände sind verheerend, das brauchen wir Ihnen nicht zu erklären.

Niemand hat die Absicht, das Theater anzuzünden.

Das sagen Sie so. Stellen Sie sich vor: Einem fällt eine Kerze aus der Hand, jemand fängt Feuer. Bei so viel Menschen können Sie das nicht kontrollieren; die Feuerwehr lehnt die Verantwortung ab und wir, als vorgesetzte Behörde, müssen da einschreiten.

Der Mann räusperte sich wieder und stand auf – auch die Frau erhob sich.

Bevor Sie gehen, noch eine Frage. Wenn das offene Feuer der Grund für das Verbot ist, ließe sich vielleicht ein Kompromiss finden, wenn es kein offenes Feuer mehr gibt?

Das können wir nicht beurteilen, das muss die Feuerwehr entscheiden.

Kaum waren die beiden draußen, rief ich Brecht an.

Du musst jeden Abend auf die Bühne und die Zuschauer bitten, dass sie nicht mit dem Feuer spielen, schlug der alte Fuchs vor.

Gut, ich organisiere eine neue Runde mit der Feuerwehr und dem Ordnungsamt.

Viel Glück.

Am Morgen danach saßen wir wieder zusammen, diesmal im Beisein der Feuerwehr. Erneut machte ich deutlich, welcher Schaden für das Theater entstünde, wenn wir die Aufführungsserie absagen müssten, und unterbreitete unseren Vorschlag.

Vielleicht, sagte der Direktor der Feuerwehr, aber wer garantiert, dass die Zuschauer nicht trotzdem mit offenem Licht hantieren. Die machen heutzutage, was sie wollen. Das haben Sie ja gesehen.

Damit hatte er nicht Unrecht, und nach kurzem Nachdenken erwiderte ich: Indem ich dem Publikum erkläre, dass dann der eiserne Vorhang fällt.

Und ich befehle meinen Leuten, den Eisernen runterzulassen, falls auch nur ein Streichholz angeht. Verlassen Sie sich darauf.

Abends die nächste Vorstellung. Anstelle eines, kreuzten zwei Feuerwehrmänner auf. Als ich auf die Bühne trat, ein riesiges Pfeifkonzert. Die Leute wollten ihr Fest. Wunderkerzen, flackernde Feuerzeuge, eine Bombenstimmung. Irgendwann wurde es ruhiger und ich konnte meinen Spruch sagen. Mit Erfolg, denn die offenen Lichter gingen aus und die Aufführung konnte beginnen. Das Publikum sang ausgelassen mit, schleuderte immer wieder Mehl und Konfetti durch den Raum – doch ohne offenes Feuer. Von jetzt an stand ich jeden Abend, wenn die *Rocky Horror Show* gespielt wurde, auf der Bühne. Mich erinnerte das an die Vorlesung mit den rebellierenden Studenten in der Kölner Universität. Aber es ging gut, wir spielten die ganze Serie ohne Zwischenfall. Die Putzfrauen, die sich beschwerten, weil sie nach den Vorstellungen das Mehl aus den Polstern bürsten mussten, kriegten die Überstunden bezahlt.

78

Erfolg verlangt eine glückliche Hand. Das Gefühl für Proportionen, die Raum und Zeit einfordern. Auch wenn es an Ideen nicht mangelte: Die Frage der Mittel, also wie die eine oder andere Idee umzusetzen sei, blieb aktuell. Um Anregungen zu finden, reisten wir nach London. Jakob Schmid, den ich aus Kölner Universitäts-Zeiten kannte, war inzwischen unser Dramaturg und begleitete mich. In einem Fringe Theatre in Soho hatte Mike Leigh *Abigail's Party* inszeniert. Leighs präzise Personenstudien faszinierten uns. Hier wurde völlig anders gearbeitet als in deutschen Theatern. Leigh bediente keinen komplexen Apparat, sondern produzierte mit dem, was er hatte. Ausgesuchte Schauspieler auf einer überschaubaren Bühne mit direktem Kontakt zum Publikum – ohne das Gewicht von Technik und Verwaltung.

Ausgehend von der Idee einer Party, zu der Abigail ihre Freunde einlädt, feilte er sein Stück während der Proben, bis es den Darstellern auf den Leib und in die Seele passte. Leigh war ein Maßschneider; Autor und Regisseur in einem – ähnlich wie Pina Bausch. Nur mit dem Unterschied, dass er sich auf das konzentrierte, was für das Schauspiel-Theater wesentlich ist: Dialoge und Szenen. Die Schwierigkeit, diesen Arbeitsstil in eine andere Sprache zu übertragen, lag auf der Hand. Weil Leigh kein Deutsch konnte, mussten wir einen anderen Regisseur finden.

London strahlte nicht wie heute. Überall Schilder: „To Let" oder „For Sale". Die Häuser verrußt, schlecht geheizt. Kaum ein Fenster, das ordentlich schloss. Die Underground donnerte wie eh und je durch die dunklen Röhren, doch Erneuerungsbedarf, wohin man schaute. Mit dem Ende des Britischen Kolonialreiches waren wichtige Ressourcen versiegt, der Krieg hatte viel

Geld verschlungen. Das Land zerrissen zwischen der Upperclass und den Arbeiterschichten. Dennoch fühlte es sich auf der richtigen Seite – mutig und opferbereit hatte es sich den Nazis widersetzt.

Vielleicht kamen deshalb die Beatles aus Liverpool und wurde Edward Bonds *Gerettet* im Royal Court Theatre am Sloan Square uraufgeführt. Die britische Hauptstadt war kulturell quicklebendig, inzwischen lebendiger als Paris. Die Stücke der zeitgenössischen Dramatiker-Generation um Osborne und Pinter wurden in der ganzen Welt gespielt und verstanden, nicht nur weil Englisch eine weitverbreitete Sprache war. Die Rockmusik und die Theaterstücke sind – nach dem Zweiten Weltkrieg – Englands Beitrag zur Weltkultur.

Meistens schlief ich in einem Hotel in Kensington, das von außen gar nicht zu erkennen war. Es hieß so wie seine Adresse: 11 Cadogan Gardens. Für mich das kultivierteste und schickste Hotel, in dem ich je gewohnt habe. Ein ehemaliges Privathaus, eingerichtet wie ein Salon aus dem neunzehnten Jahrhundert. Diskrete Butler, die sich beinahe lautlos auf dicken Teppichen zwischen alten Möbeln und ordentlich gemalten Bildern und Stichen bewegten. Zum opulenten Frühstück gab es fünf, ja, fünf druckfrische Zeitungen in vier verschiedenen Sprachen. Sogar eine in Deutsch. Doch Deutsches interessierte mich nicht; es gab so viel anderes zu entdecken.

Ein paar Schritte weiter in Knightsbrigde hatte die Agentin Rosica Colin ihr Büro – winzige Zimmer in einem umgebauten Pferdestall. Sie stammte aus Ungarn und vertrat Autoren wie Beckett, Genet oder Simone de Beauvoir im Vereinigten Königreich. Eine Meisterin ihres Fachs, einfühlsam und verhandlungsstark. Wie Margaret Ramsay, die in Soho aus einem kleinen Hinterhofbüro heraus die Theaterwelt steuerte. Das waren Frauen mit feinem Gespür für literarische Talente; entscheidend jedoch war, dass sie gleichzeitig Geschäftssinn hatten. Wenn die Dinge nicht so liefen, wie sie sich das vorstellten, konnten sie zu Kratzbürsten werden. Die Autoren blieben ihnen treu, weil sie sich verstanden fühlten.

Edward Bond zum Beispiel. Er wohnte auf dem Lande in der Nähe von Cambridge, wo er und seine Frau Elisabeth sich ein Haus mit Garten gekauft hatten. Als er mich – Anfang der Siebziger – zum ersten Mal am Bahnhof abholte, kam ich aus dem Staunen kaum heraus. Der Arbeitersohn und Marxist, der dem britischen Establishment in seinen Stücken die Hosen runterzog, fuhr in einem silbernen Aston Martin Cabriolet vor. Nach dem Welterfolg von Antonionis Film *Blow up*, für den er das Drehbuch geschrieben hatte, kamen Aufträge aus Hollywood. Das brachte Geld, ohne dass die Drehbücher je verfilmt worden wären. Bond blieb sich treu und hatte ähnliche Schwierigkeiten im Umgang mit Hollywood wie Brecht.

In der Suhrkamp-Kultur waren sichtbare Zeichen von Luxus verpönt. In dieser Welt entsprach vestimentäre Einfachheit politischer Gläubigkeit. Da erwiderte mir Unseld auf meine beiläufige Bemerkung über die Eleganz eines Jaguars: Nein, ein so teures Auto käme für ihn nie infrage. Ein paar Jahre später besaß er nicht nur selbst einen, sondern ließ sich obendrein von einem Chauffeur durch die Gegend kutschieren.

Bonds Entwicklung verlief genau umgekehrt. Er verkaufte das schnittige Cabriolet und seine Stücke wurden politischer, ideologischer: Die Ausbeutung des Menschen durch andere Menschen sein zentrales Thema. Wir trafen uns mit ihm in London, um über ein neues Manuskript zu sprechen. Wie der Titel *The Worlds* schon andeutete, handelte es sich um eine

Welterklärung – hie Kapitalismus, da Sozialismus. Theoretische Auslassungen des Autors auf Kosten einer glaubwürdigen Geschichte. Pädagogik statt Theater – das Gegenteil dessen, was er bisher gemacht hatte.

Warum?

Bond reagierte ärgerlich; wehrte unsere Argumente ab. Er konnte nicht anders, weil er viel gelesen und eifrig studiert hatte, um die gesellschaftspolitischen Unterschiede herauszuarbeiten. Nur wollten wir den Zuschauern keinen Volkshochschulkurs anbieten, sondern Menschen aus Fleisch und Blut.

79

Apropos. In Schillers *Räubern* gibt es erstaunliche Parallelen zwischen dem dort agierenden Personal und den Mitgliedern der RAF. Söhne aus besserem Hause revoltieren gegen das Establishment; werden kriminell und gehen in den Untergrund, weil sie kriminell geworden sind. Alles kann nur dramatisch enden, weil keine der entscheidenden Personen ein Interesse an einem geruhsamen Leben hat. Was für ein Stoff – auch für unsere Zeit.

Schiller ist der bedeutendste deutschsprachige Dramatiker. Seine bilderreiche Sprache, seine leidenschaftlichen Charaktere, seine politisch treffenden Geschichten sind einzigartig. Hätte es damals Hollywood gegeben, die Produzenten wären mit den schnellsten Kaleschen nach Weimar geeilt, um ihm die gerade beschriebenen Blätter aus den Händen zu reißen. Selbst Bertolt Brecht, der an allem zu nörgeln hatte, war von ihm beeindruckt. Nur: Schiller schrieb für ein Publikum des achtzehnten Jahrhunderts. Mit Wendungen und Metaphern, die heute schwer verständlich sind, schon bei der Lektüre und erst recht auf der

Bühne. Der Leser hat die Möglichkeit, einen Satz nachzulesen, zur Not zu einem Lexikon greifen, der Zuschauer ist ganz auf die Vermittlungskunst des Schauspielers angewiesen.

Wer weiß heute schon, was das „tintenklecksende Säkulum" ist, das Karl Moor so ekelt, wenn er seinen Plutarch liest? Wofür stehen die Ratten auf der Keule des Herakles und was hat er sich in seinen Hoden eingeführt? Was hat es mit dem verprassten Blut auf sich, das ein Nürnberger Krämer um seine Lebkuchen wickelt? Warum schreit Spiegelberg wiederholt: „Lies den Josephus"? Und so weiter, das ganze Stück hindurch.

Die ständigen Bezüge auf historische Vorgänge und die zeitgenössischen Anspielungen verleihen den *Räubern* eine erstaunliche politische Tiefe; alle Personen haben Farbe und Charakter. Die schnelle Aufeinanderfolge von Ideen und Perspektiven garantiert Unterhaltung und Dynamik; vorausgesetzt, man versteht sie. Selbst die reich kommentierte Ausgabe des Deutschen Klassiker Verlages hält nicht immer befriedigende Antworten parat. Oder serviert ellenlange Erklärungen, die nur bestätigen, dass der Text in seiner originalen Form auf der Bühne heute nur zum Teil verständlich wird. Als Schiller das Stück anonym als Zweiundzwanzigjähriger drucken ließ, war der Einsatz hoch, ja lebensentscheidend. Das wusste er natürlich und gab seinen Personen so viel Pulver wie möglich mit auf den Weg.

Obwohl wir im Theater diesbezüglich einer Meinung waren, kann ich uns eine gewisse Naivität nicht absprechen. Wir überblickten die Situation nicht. Möglich, dass das Adjektiv „größenwahnsinnig" angemessen gewesen wäre. Richtig ist jedoch auch, die radikale Veränderungsenergie zu erwähnen, von der wir besessen waren. Egal zu welchem Preis, es musste etwas Neues sein. Auch wenn es plausible Gründe dafür gab (siehe oben). Wenn man jung ist, fragt man nicht, ob die Gründe zwingend sind. Ob das Vorhaben nicht doch ein bisschen kurz gedacht ist. Es erscheint einem selbstverständlich, und selbstverständlich müssen auch alle anderen bereit sein, dabei mitzuwirken. In dieser Stimmung beschlossen Jakob Schmid und ich, die *Räuber* umzuschreiben. Besser gesagt, verständlicher zu machen und damit den Zeitgenossen näher zu bringen. So wurden aus fünf schwer verständlichen Sätzen ein Satz, der zwar leicht zu verstehen war und auch den Inhalt der originalen *Räuber* transportierte, aber dem Stück viel von seiner poetischen Verve nahm. Wir hatten es gerupft wie ein Gans, aber es sollte ja nicht in den Backofen.

Trotzdem gelangen Szenen und Stimmungen, die einfach und überzeugend den Geist des Originals widerspiegelten. Das Verhältnis zwischen dem alten Moor und seinem Sohn Franz zum Beispiel, das bei Schiller etwas konstruiert wirkt, wurde durch die Änderungen überzeugender, der Start der Intrige geriet glaubwürdiger.

Obwohl es selbstverständlich war, das „neue Stück" nicht unter Schillers, sondern unseren eigenen Namen vorzustellen, kochte die Gerüchteküche. Allein die Idee, Schiller umzuschreiben, sorgte für Unruhe, schien ein Sakrileg zu sein. Eine merkwürdige Vereinigung, die sich die Verteidigung des nationalen Erbes und damit Schillers Andenken auf den Schild geschrieben hatte, kündigte auf Flugblättern an, die Vorstellungen verhindern zu wollen. Die Leute seien von der CIA finanziert, wurde gemunkelt. Über den Proben hingen dräuende Wolken; die Schauspieler trauten dem Unternehmen nicht. Man kann das verstehen: Sie riskierten ihre Haut an vorderster Front. Auf der Bühne ist man den Reaktionen des Publikums schutzlos ausgesetzt. Nichts natürlicher, als nach Texten zu verlangen, die erprobt sind und Halt geben. Wenn die Schauspieler ins Feuer geschickt werden, wollen sie davon überzeugt sein, dass sich der Einsatz lohnt. Und sie fühlten sich von uns ins Feuer geschickt.

Am Tag der Premiere stieg die Spannung. Eine Demonstration vor dem Theater war angekündigt. Die Schauspieler gereizt, Jakob Schmid und ich nervös. Glücklicherweise war der aus London stammende Regisseur Tim Albery, der bereits *Abigail's Party* erfolgreich für uns inszeniert hatte, nicht aus der Ruhe zu bringen. Er hatte die Proben souverän zu Ende gebracht und strahlte Entschlossenheit aus. Während wir hinter der Bühne auf den Vorstellungsbeginn warteten, hieß es plötzlich, dass eine Gruppe von Leuten im Foyer lautstark protestierte. Damit stand der Abend auf Spitz und Knopf. Würden die Schauspieler sich weigern, auf die Bühne zu gehen? Die vor Vorstellungsbeginn übliche Konzentration ging in Unruhe über. Überall wurde getuschelt.

Wir spielen, sagte Tim Albery mit erlösender Bestimmtheit. Dann war es soweit. Durch den Lautsprecher kamen die ersten Repliken; doch gleichzeitig auch Zwischenrufe und Geräusche, die nichts mit der Vorstellung zu tun haben konnten. Nach der ersten Szene wankte der Schauspieler, der den Franz spielte, mit verschmiertem Gesicht von der Bühne. Er hatte ein Ei abgekriegt.

Draußen ist die Hölle los, beschwerte er sich bei der Maskenbildnerin und ließ sich nachschminken.

Die Schlacht war in vollem Gange und alle wollten sie gewinnen: auch die Schauspieler. Deshalb wurde gespielt. Die Zwischenrufe hörten nicht auf, die Krawallmacher hatten das Heft in der Hand. Jakob Schmid und ich marschierten nach Canossa, und der Weg wurde verdammt lang.

Als der Vorhang fiel, zogen wir mit auf die Bühne. Stellten uns vor die Schauspieler in den Eier- und Tomatenhagel; es wurde gebuht und gebrüllt. Schilder hochgehalten. Ein paar Leute applaudierten – es fehlte nicht viel, und es wäre zu Handgreiflichkeiten gekommen. Wie begossene Pudel verließen wir die Bühne, wischten den Eierschleim und die Tomaten ab, wuschen uns notdürftig. Der eine oder andere lachte – aus Erleichterung oder Enttäuschung. Langsam kamen wir wieder zu uns und es war höchste Zeit, einen Schluck zu trinken. In den folgenden Vorstellungen ging es im Übrigen weitaus ruhiger zu, obwohl die massiven Störungen während der Premiere Spuren hinterließen.

80

Zum Jahreswechsel schickte Schleef überraschend eine Aquarellzeichnung – doppelt so groß wie eine Postkarte.

Guten Rutsch, hieß es da, bloß so nicht!

Zu sehen waren zwei steile Abhänge, die zuliefen wie ein Trichter. Auf der einen Seite purzelten Männer mit bunten Hosen und vor Schreck aufgerissenen Augen hinunter und auf der anderen zeigte einer mit dem Finger auf sie. Als wollte er sagen: Recht geschieht Euch.

So kannte ich ihn nicht, Schleef als Comic-Zeichner. In Frankfurt hatte er nie gemalt oder gezeichnet, mir auch nichts von seinen Arbeiten gezeigt. Was er schrieb, war versöhnlich und endete mit der Aufforderung: Das Theater muss man schnell vergessen.

Ein radikales Diktum, das richtig und falsch war. Der Ast, auf dem man sitzt, heißt Arbeitsplatz. Er verbietet das radikale Denken – abgesehen von Ausnahmefällen. Man redet sich die Situation schön oder flüchtet. Ich war dabei zu flüchten, während Schleef sich in einer radikalen Antiposition eingerichtet hatte.

Er malte, schlug sich durch. Sicher auch mit Hilfe seiner Freundin, die inzwischen im Westen war.

Die Flucht beginnt, wenn man den Ort, an dem man lebt, nicht mehr in seinen natürlichen Farben wahrnimmt. Die Straßen werden grau, auch wenn die Sonne scheint. Die Arbeit wird mühselig, auch wenn sie leicht ist. Also weg, aber wohin?

Eine Frau Zeeh, rief meine Sekretärin eines Tages, aus Frankfurt. Ich glaube, die kennt Sie.

Einen wunderschönen guten Tag, grüßte das frühere Fräulein Geissler, die seit einigen Jahren mit einem Herrn Zeeh verheiratet war. Als ob wir uns gestern das letzte Mal gesehen hätten. Vorwärts und keine Zeit verlieren – sie war die Stimme ihres Herren.

Siegfried Unseld möchte Sie sprechen.

Unseld tastete sich vor: Wie es mir ginge? Er habe gehört …

Sie haben richtig gehört, erwiderte ich.

Hier, und damit meinte er den Verlag, gehen die Dinge leider nicht so, wie ich mir das wünsche. Vielleicht sollten wir uns mal sehen.

Ja, das sollten wir.

Kurze Zeit später trafen wir uns im Frankfurter Nordend, wo er eine provisorische Bleibe gefunden hatte, weil sein Haus in der Klettenbergstraße gerade umgebaut wurde. Unseld hatte sich verändert, obwohl ich nicht sofort und präzise hätte sagen können, wieso und worin. Er klagte über sein Gewicht, obwohl er nach wie vor frühmorgens im Hausener Bad seine Bahnen zog. Braungebrannt. Auf einem Sessel lagen Tennisschläger. Vor zehn Jahren, als wir uns das erste Mal begegnet waren, hatte eine Spannung über dem Treffen gelegen, eine politisch-geistige Spannung, die ihm etwas Verschwörerisches und damit

Immaterielles verlieh. Davon war jetzt nichts zu spüren. Es ging hauptsächlich um Geld, um Umsätze, die sich anders entwickeln müssten. Bei mir seien die Zahlen stets nach oben gegangen. Die Verluste aus den Tourneen erwähnte er nicht.

Obwohl von dem Angebot nichts Elektrisierendes ausging, sehnte ich mich aus Essen weg – nach einer geistigeren Umgebung. Im Gegensatz zu einem Verlag ist das Theater vornehmlich eine sinnliche Veranstaltung; Schauspieler verkleiden sich, Musiker nehmen ihre Instrumente in die Hand, um etwas vorzuspielen. Ich hatte die Stadt Essen und ihre Kulturpolitik gründlich satt. Mit den Eiern und Tomaten hatte das wenig zu tun. Es war das geistige Klima, das mir zuwider war. Die perfide Atmosphäre, in der Zahlen geschönt wurden, um den Bau des von Alvar Aalto vor mehr als zwanzig Jahren konzipierten Theaterneubaus durchzudrücken. Inzwischen sind solche politisch motivierten Praktiken gang und gäbe, damals schockierten mich die dreisten Berechnungen des Verwaltungsdirektors. Gegen die zu protestieren sinnlos gewesen wäre, weil er in „höchstem Auftrag“, das heißt als Lakai handelte. Deshalb kam das Angebot, die Leitung des Suhrkamp-Theaterverlags wieder zu übernehmen, gerade recht. Vielleicht glaubte ich sogar einen Moment, damit eine endgültige Richtung für mein Leben gefunden zu haben. Jedenfalls war der Abschied aus dem „Kohlenpott“ besiegelt. Nie wieder, schwor ich mir, würde ich einen Fuß in die Stadt Essen setzen. So tief saß der Groll.

Zum Ende des Gesprächs merkte Unseld an: Übrigens, wenn Sie nach Amerika fliegen, dann sollten Sie, wie heißt sie noch, ja, eine Frau Honegger, Gitta Honegger, besuchen. Eine Freundin von Bernhard; sie setzt sich in den Staaten sehr für ihn ein und glaubt, dass wir nicht genügend für ihn tun.

81

Städte können sehnsüchtig machen. Im negativen wie im positiven Sinne. New York war eine Stadt, in die ich unbedingt wieder hinwollte, seit ich 1969 zum ersten Mal dort war. Wie eine Droge blendete sie nicht nur das übrige Amerika, sondern den Rest der Welt aus. New York, New York: Frank Sinatra besingt die Stadt mit selbstsicherer Stimme, so glatt, wie die Hollywood-Filme ganz Amerika besingen. Schlaglöcher gibt es nicht, der Dreck ist schön zur Seite gekehrt, und die Gewalt nicht zu spüren, es sei denn als moralisches Highlight, wie in den Western-Filmen, wenn es zum Show-down kommt.

Die Wirklichkeit sah anders aus, wenn man amerikanischen Boden betrat, vom ersten Cop, der einen misstrauisch musterte, bis zum dreisten Kellner, der jeden Kunden gnadenlos an die Luft beförderte, wenn er seinen Hamburger verschlungen hatte. Damals zahlte ich für ein Zimmer in einer Seitenstraße am Times Square vier Dollar, was sechzehn Mark entsprach. Ein heruntergekommenes Hotel mit Putzfrauen, die einen morgens rücksichtslos aus dem Bett scheuchten.

Hey man, we must do our job, kreischten sie, und donnerten an die Tür.

Gegenüber, auf der anderen Straßenseite, ein riesiges verrußtes Gebäude. Ab Mitternacht fuhren die Sattelschlepper vor, um die frisch aus den Rotationsmaschinen laufende „Times" unter die Leute zu bringen. Brummende Motoren und schwarze Abgaswolken, die ganze Nacht über. Die berauschende Kraft der Stadt, die Skyscraper-Anarchie, die schwarz-weißen Gegensätze waren faszinierend. Deshalb wollte ich nach New York zurück.

Dann lass uns einfach hinfahren, sagte eine junge Bühnenbild-Assistentin, die im Schlepptau von Bockmayer ins Haus gekommen war.

Sie nähte mir bunte Hosen, um mich richtig auszustaffieren, und dann flogen wir nach New York.

Die Stadt hatte angefangen, sich zu verändern. Sie wollte sauberer werden. Das Chelsea-Hotel war ein Mythos geworden, der sich aus verschwommenen Vorstellungen speiste und ohne Leonard Cohen oder Andy Warhol beinahe schal wirkte. Die Wucht, mit der die Stadt beim ersten Besuch auf mich eingewirkt hatte, war einer Vertrautheit gewichen. Die Anarchie, die mir so gefallen hatte, machte einer monumentalen Sterilität Platz.

Bevor wir uns aufmachten nach San Francisco und an die Westküste, verabredeten wir uns mit Frau Honegger. Der grüne Loden, die blonden Haare, der Wiener Akzent. Das nach New York verpflanzte Österreich legte gleich los: Bernhard sei der größte lebende Autor, eine Schande, dass er in Amerika nicht als solcher anerkannt sei. Seine Stücke großartig und Peymann der beste Regisseur überhaupt. Man (und konkret hieß das: ich) müsse endlich etwas tun, um ihn an den Broadway zu bringen. Ja, beschwor sie mich, Peymann muss eins von Bernhards Stücken am Broadway herausbringen. Und um sicher zu sein, das Ziel auch nicht zu verfehlen, fügte sie hinzu: Das ist Ihre wichtigste Aufgabe. Sie ahnte nicht, was sie damit anrichtete.

Auf Peymann, den deutschesten aller deutschen Regisseure, hatte man am Broadway gerade gewartet. Und warum war Frau Honegger nicht in der Lage, die Unvereinbarkeit zwischen dem österreichischen Übertreibungskünstler und einer Unterhaltungsmaschine wie dem Broadway zu begreifen? Wo keine staatlichen Subventionen das Risiko der Produzenten abfedern, sondern der Erfolg an der Abendkasse zählt. Wo das Publikum die nicht gerade billigen Plätze erst bucht, wenn es sich beste

Unterhaltung verspricht. Wo Dekonstruktion und Pädagogik Fremdworte sind. Wo allein Stücke eine Chance haben, in denen Personen auftreten, in denen das Publikum sich wiedererkennt – mit dieser bewährten Mischung aus Anteilnahme an den handelnden Personen und Neugier auf den Ausgang der Geschichte.

Die verheerende Wirkung des Treffens wurde erst später klar. Wie und wann Frau Honegger Bernhard informiert hat, entzieht sich meiner Kenntnis. Vielleicht ist sie einer der Besucher, von denen er in seinem Brief an Unseld vom 28. Februar 1981 spricht. Jedenfalls hat die unverdrossene Kunstverfechterin Bernhard hinterbracht, dass sie einem ignoranten Menschen in Begleitung einer blutjungen weiblichen Person begegnet sei, einem Menschen, der nichts von seinen Texten verstehe und nichts verstehen könne und zu allem Überfluss eine Tigerfell-Hose getragen habe. So kolportierte es Bernhard an Unseld und Frau Zeeh war so entgeistert, als der Brief eintraf, dass sie mich sofort anrief und mir den Inhalt mitteilte. Sie ist meine Zeugin. Im Übrigen stimmte: ich hatte tatsächlich bei diesem Treffen eine Hose mit einem Tigerfellmuster an.

Sie hat so schön zu Frau Honeggers Loden gepasst, feixte meine Reisegefährtin.

Bernhard jedenfalls saugte die Anschuldigungen wie Honig auf und drohte, den Verlag zu verlassen, wenn ich zurückkäme. Daraufhin rief mich Unseld in Essen an und bat, Bernhard zu beruhigen. Er habe zurzeit so viele andere Sorgen mit Autoren, er könne einfach nicht mehr. Trotz meines Ärgers versprach ich, der Bitte nachzukommen. Mein versöhnlicher Brief an Bernhard und ein anderer an Unseld tauchen im veröffentlichten Briefwechsel zwischen den beiden in einer Fußnote auf – nur nirgendwo ein Hinweis auf die Tigerhose und die blutjunge Person.

Wieso nur?

Irgendjemand muss etwas unterschlagen haben. Entweder fehlt ein Brief oder eine Passage aus einem Brief. Es kann nicht anders sein und belegt, wie Geschichte geschrieben wird. Wie sie geschönt wird im Namen und Auftrag derer, die ein Bild verbreiten oder erhalten wollen. Der Briefwechsel insgesamt dokumentiert Bernhards Streitsucht, die elegante Perfidie, mit der er zu Werke ging. Da geht es Auf und Ab, in einem Wechselbad aus Lob und Schmähungen. Das vereinbart sich mit seinem Bild als Übertreibungskünstler, auch wenn es nicht zu seinem höheren Ruhme beiträgt und die Herausgabe der Briefe gegen Bernhards ausdrücklichen Willen verstößt. Er wusste nämlich, wie viel Sprengstoff sich da angesammelt hatte, und untersagte testamentarisch jede Publikation von unveröffentlichten Texten (also auch Briefen) nach seinem Tod. Die Herausgeber müssen daher ein schlechtes Gewissen gehabt haben, und aufzudecken, wie naiv der exzentrische Autor Frau Honegger auf den Leim gegangen ist, hätte ihn der Lächerlichkeit preisgegeben. Das freilich konnten die Herausgeber des Briefwechsels nicht zulassen. Weil es dem Bild von einem literarischen Genie zutiefst widersprochen hätte.

82

Der Umzug nach Frankfurt fiel leicht. Eine Freundin half, eine Wohnung gleich in der Nähe des Verlages zu finden. Was für ein Luxus: morgens zu Fuß zur Arbeit. Aber das Auto ganz aufzugeben, wie beim ersten Umzug nach Frankfurt unter dem Eindruck der Ölkrise, kam nicht infrage. Das Auto war nützlich und blieb es auch. Reisen gehörte zum Beruf und nach den Premieren ging es zurück nach Hause ins eigene Bett. Selbst wenn ich erst spät nach Mitternacht ankam, war das angenehmer als ein Hotel. Ich war Anfang vierzig und ab und zu kam mir der Gedanke, ich sei im richtigen Leben angekommen. Nach dem Universitätsleben und dem Theater schien der Verlag ideal als Arbeitsort. Eine Mischung aus Konstanz und Überraschungen, die dem Beruf die notwendige Würze gaben.

Matthias Schmiegelt, der Mann mit den Wettschulden, war Geschäftsführer des Wuppertaler Tanztheaters geworden.

Ich weiß, wiegelte er am Telefon ab, Sie kriegen noch drei Flaschen Champagner, nur komme ich mit etwas Besserem. Frau Bausch bereite ihm Kopfzerbrechen, denn neuerdings rede sie von Tantiemen.

Ich traute meinen Ohren nicht und verbarg meine Aufregung hinter einer Frotzelei.

Wollen Sie damit die Flaschen bezahlen?

Indirekt schon, meinte der gewitzte Schmiegelt.

Kriegt sie denn keine Autorenrechte?

Nein, sagte der Geschäftsführer, unsere Verwaltung und auch der Syndikus des Deutschen Bühnenvereins meinen, es stünden ihr keine zu. Die Rechte seien mit ihrem Anstellungsvertrag abgegolten.

Jeder Dramaturg, erwiderte ich, der eine Shakespeareübersetzung aus dem neunzehnten Jahrhundert überarbeitet, verlangt dafür Tantiemen. Die Stücke von Frau Bausch sind das Originellste, was es weit und breit gibt.

Schon möglich, meinte Schmiegelt vorsichtig, nur ganz so einfach ist die Sache nicht. Sie sollten sich mal mit ihr treffen.

Er gab mir die private Telefonnummer, und ein Mann mit einer schwungvollen Stimme meldete sich. Dann eine andere, eher leidende Stimme, fast wie aus einem Diakonissenhaus. Pina Bausch war leider beschäftigt; es gab Wichtigeres. Nach einem kurzen Wortwechsel waren wir verabredet.

Ein paar Tage später traf ich Pina Bausch und Ronald Kay in ihrer Wuppertaler Wohnung. Das Haus in der Fingscheid war schlicht – erstaunlich für eine inzwischen erfolgreiche Choreografin. Die Zimmer sparsam möbliert und angenehm proportioniert. Bertolt Brecht hätte die Bescheidenheit gefallen. Hier ein paar schön geformte Wirtshausstühle, da ein alter Holztisch oder eine Matratze auf dem Boden; Farbe, die von der Decke blätterte. *Arte Povera* in Wuppertal.

Ronald Kay kam aus Chile und sprach gut Deutsch. Ein Professor für Ästhetik und Poet, wurde gemunkelt. Er sah aus wie ein amerikanischer Filmschauspieler und lachte wie Clark Gable. Sie hatten sich bei einem Gastspiel in Santiago kennengelernt. Frau Bausch schien ein Faible für Western-Helden zu haben. Erst Jahre später, als das Buch von Walter Vogel mit den Fotos von ihr aus den sechziger Jahren herauskam, wurde mir klar, wie sehr sie der Aufenthalt in New York geprägt hatte. Damals schminkte sie sich wie ein Hollywood-Star, posierte wie ein Pin-up-Girl. Kays Familie stammte aus Hamburg und war nach dem Krieg ausgewandert. Über den Grund wurde nie gesprochen. Sie kam aus Solingen und Wuppertal war gleich um die Ecke.

83

Es gibt nur wenige Juristen, die sich im Urheberrecht auskennen. Nicht weil es als Rechtskonstruktion derart kompliziert wäre. Das Recht des Urhebers, so fordert es das Gesetz, schützt ein „eigenständiges Werk mit einer entsprechenden Gestaltungshöhe". Um zu begreifen, was damit gemeint ist, muss man etwas von Kunst verstehen; man muss kein Künstler sein, sondern einigen „Kunstverstand" haben.

Schon beim ersten Treffen und auch bei allen folgenden ging es darum, die Details des Vertrages zu erklären, den ich ihr – als Vertreter des Suhrkamp Verlags – vorschlug. Frau Bausch war argwöhnisch. Hinter der Sanftheit ihrer Gesten und dem bescheidenen Auftreten verbarg sich ein eiserner Wille. Außerdem sekundierte ihr Kay. Beide waren angespitzt und fragten mir Löcher in den Kopf. Wir waren bald per Du und Pina las jedes Wort des Vertrags nicht bloß ein- oder zweimal. Stets den Bleistift parat, um mit ungelenker Schrift eine Anmerkung zu notieren. Sie schrieb langsam, als erfände sie jeden Buchstaben neu; eine Schülerin, die sicher gehen will, nichts falsch zu machen. Sie stellte ihre Fragen wie ein Kind, dem man die Welt erklären soll, und es gab Momente, in denen ich passen musste, weil mir keine Antwort mehr einfiel.

Es ging um Geld, obwohl das Wort in unseren Unterredungen nie erwähnt wurde. Es ging sogar um sehr viel Geld für beide Seiten und auch – abgesehen von meinem Enthusiasmus für Pina Bausch und ihr Werk – um das Prestige, eine solche Ausnahmekünstlerin zu vertreten.

Wie oft ich nach Wuppertal gefahren bin und mit den beiden nach den Proben in Barmen zusammengegessen habe, weiß ich nicht mehr. Der Italiener kannte seine Kundschaft und servierte bis in den späten Nachmittag seine Espressi. Die Aschenbecher füllten sich, denn Pina qualmte ununterbrochen. Eines Tages, als ich wieder nach Wuppertal startete, mokierte sich selbst die mir wohlgesonnene Frau Zeeh: Wir wissen ja, dass Sie gerne nach Wuppertal fahren.

Im Verlag begriff niemand, um was es ging; selbst die engsten Mitarbeiter machten besorgte Gesichter. Denn Pina Bausch hatte ja kein Stück geschrieben, das man hätte drucken können. Sie hatte Werke geschaffen, die urheberrechtlich geschützt waren – das war unbestreitbar. Ob allerdings hierfür Tantiemen zu bezahlen waren, stand auf einem anderen Blatt. Das Theater hatte beim Syndikus des Deutschen Bühnenvereins, dem Arbeitgeberverband der deutschen Theater, ein Gutachten in Auftrag gegeben und darin war eine Pflicht des Theaters, Tantiemen zahlen zu müssen, klar verneint worden. Der Anstellungsvertrag enthielt eine Klausel, die unmissverständlich besagte, dass die choreografische Tätigkeit mit dem monatlichen Gehalt abgegolten sei. Aber: Diese Klausel war für einen Boris Pilato und andere Choreografen gedacht, die das klassische Repertoire nachbeteten und die altbekannten Schritte kopierten; die nie im Leben etwas anderes im Sinne hatten, als das sogenannte choreografische Erbe zu bewahren, geschweige denn Werke zu schaffen, die die Tanz-Welt auf den Kopf stellten. Und Pina Bausch war dabei, das heitere Schweben und Gleiten, das muntere Drehen und Springen in kurzen Röckchen oder eng sitzenden Hosen durch etwas ganz Neues zu ersetzen.

Obwohl der Vertrag noch nicht unterschrieben war, verabredete ich mich mit dem Wuppertaler Verwaltungsdirektor. Ein Theatermann wie aus dem Bilderbuch, verständnisvoll und zugewandt. Jemand, der Künstler liebte, der Lösungen suchte. Wir verstanden uns auf Anhieb. Es war ihm klar, dass eine Lösung gefunden werden musste – trotz des Gutachtens. Er wusste, dass Pina Bausch eine außergewöhnliche Künstlerin war.

Das brachte uns einen Schritt weiter, nur hatten wir immer noch keinen Vertrag. Pina wollte nicht zu Potte kommen, kramte immer neue Fragen aus ihrer Tasche, auch wenn sie – aus meiner Sicht – schon längst beantwortet waren. Es war ihre Art, den Gegenstand einzukreisen, ihn besser verstehen zu lernen. Das Wichtigste für sie war jedoch die Kontrolle über ihr Werk. Die wollte sie auf jeden Fall behalten. Wie eigensinnig sie da war, kriegte ich schon bald zu spüren. Der Film *Un jour,*

Pina m'a demandé ..., den Chantal Akerman in Avignon über das Tanztheater gedreht hatte, war fertig geschnitten. Der Produzent, ein freundlicher Franzose, hatte einen Film, aber keinen unterschriebenen Vertrag – weder mit Pina noch dem Theater. Er lief verzweifelt durch Wuppertal, weil er ohne eine solche Abmachung kein Geld für seinen Film bekommen würde. Ich verhalf ihm zu seinem Vertrag, ohne selbst einen zu haben. Ein Vorgeschmack.

Pina tat nur, was sie wollte und wann sie es wollte. Vor dem Abflug zu einem Gastspiel in Australien, buchstäblich beim letzten Aufruf der Maschine auf dem Frankfurter Flughafen, zog sie einen Kugelschreiber aus der Tasche und unterschrieb.

84

Jetzt hatten wir einen Vertrag und viele neue Probleme. Das Tanztheater gastierte in den verschiedensten Ländern und überall stieß unsere Forderung, für die Aufführungen Tantiemen zu entrichten, auf Unverständnis, ja heftigen Widerstand. Stets dasselbe Argument: Man verstehe nicht, wieso man für Choreografien neuerdings Urheberrechte zahlen solle. Dabei war das Gesetz eindeutig: Werke der Tanzkunst waren genauso geschützt wie musikalische oder literarische. Die Gewohnheiten saßen tief und der Kampf ging über Jahre. Wir konnten ihn gewinnen, weil die Nachfrage nach Aufführungen des Tanztheaters auf der ganzen Welt so groß war, dass wir unsere Forderungen durchsetzen konnten. Allerdings musste das „geräuschlos" geschehen, denn Pina Bausch waren die Gastspiele wichtiger als Tantiemen. Sie wollte das Geld, jedoch sollte es nebensächlich bleiben und auf keinen Fall mit der großen

Glocke eingetrieben werden. Im Übrigen gab es ein weiteres Problem: Die Tänzer und Tänzerinnen machten ebenfalls Rechte geltend. Ihr Argument war plausibel: Wir haben bei der Entstehung der Werke mitgewirkt. Ohne uns hätten sie nicht entstehen können. Pina fragte: Was meinst du dazu?

Nach den Premieren, wenn wir in verrauchten Kneipen beim Türken oder Italiener zusammensaßen, stellte mir der eine oder andere Tänzer dieselbe Frage. Verständlicherweise. Obwohl die Tänzer alleine nie in der Lage gewesen wären ein „Stück von Pina Bausch" zu entwickeln, wäre es nicht unbillig gewesen, ihnen einen finanziellen Anteil abzutreten. Viele Anregungen kamen von ihnen, sie hatten mit ihren Einfällen die Stücke bereichert und im wahrsten Sinne des Wortes miterarbeitet. Ohne Frage war Pina Bausch das „kompositorische" Genie, nur sie wusste, besser fühlte, wo sie hinwollte. Nur sie war in der Lage zu entscheiden, was von den vielen Einfällen fortfallen musste und bleiben konnte. Hatte den Blick für das Ganze. Aber ohne Tänzerinnen wie Jo Ann Endicott oder Meryl Tankard, ohne Jan Minarik oder Dominique Mercy hätten die Stücke der siebziger und achtziger Jahre ganz anders ausgesehen. Die Tänzer waren sich dessen bewusst und drängten auf eine Antwort.

Und Pina kam auf das Problem zurück: Was meinst du dazu?

Ich sagte ihr, was ich dachte. Sie richtete sich auf, schlug ihre langen Haare über die Schulter und beharrte darauf, allein über ihr Werk verfügen zu können. In ästhetischen Fragen traute sie niemandem über den Weg.

Wenn ein Werk durch mehrere Urheber geschaffen wird, sieht das Gesetz in der Tat vor, dass nur alle gemeinsam darüber verfügen können. Früher oder später hätte das zu Streitereien führen können. Insofern hatte sie recht. Doch hätte man, ohne den Tänzern Urheberstatus zuzubilligen, eine finanzielle Beteiligung für sie vorsehen können, die das Problem aus der Welt geschafft hätte. Brecht hat das so gemacht. Pina wollte das nicht. Ihr Verhältnis zum Geld war sonderbar. Sie nahm es klaglos entgegen, ausgeben konnte sie es nicht. Diese Engherzigkeit war eine „Sünde wider den Geist“ und sollte nicht folgenlos bleiben.

85

Frankfurt in den achtziger Jahren. Eine Stadt im Auge des Zyklons. Die Bundesrepublik im Zentrum des Ost-West-Konflikts. Beinahe vierzig Jahre nach dem Ende des Kriegs hielten die Alliierten als Besatzungsmächte immer noch die Zügel in der Hand. Weder Westdeutschland noch Ostdeutschland waren souveräne Staaten. Bundeskanzler Schmidt verteidigte die Aufstellung der Pershing- Raketen, die die Sowjet-Union – mit dem Ziel einer weitgehenden Abrüstung – verhandlungsbereit machen sollte. Während die Bundesregierung auf ein Mitsprachrecht bei einem möglichen Einsatz der Raketen verzichtete, brachte die Friedensbewegung Hunderttausende auf die Straßen. Schmidt verlor seine Kanzlerschaft bei einem Misstrauensvotum, und Helmut Kohl kam an die Regierung. Finanziell jedoch lief es ausgezeichnet, die deutsche Mark rollte. Ein ehemaliger Präsident der Bundesbank, Karl Klasen, erzählte auf Partys: Ohne die Deutschen geht nichts mehr. Und Suhrkamp hatte auf einmal einen Bestseller: *Das Geisterhaus* von Isabell Allende. Der Verleger residierte in einer großzügig umgebauten Villa, trank mit Freunden französische Weine und bestellte bei Andy Warhol ein Goethe-Porträt. Eine Gesellschaft von Arrivierten.

Das war die Atmosphäre, in die Bernhard seine Dramolette abfeuerte. Hinterfotzig konzipierte, gut komponierte und äußerst wirksame Szenen, die er an Zeitungen schickte und in denen er die deutsche Mentalität auseinandernahm. Darunter eins, in dem Schmidt (Kanzler), Genscher (Außenminister) und Scheel (Bundespräsident) als Nazis apostrophiert wurden. Nicht von Bernhard selber, sondern von einer erfundenen Person. Unseld war entsetzt. Aus einem später veröffentlichten Reisebericht kennen wir die Einzelheiten: wie er nach Salzburg flog, um Bernhard von einer Publikation abzubringen. Sein Argument: Es handele sich um literarisch minderwertige Texte. Vielleicht hat Unseld das zum damaligen Zeitpunkt geglaubt. Wahrscheinlicher ist, dass er davon überzeugt sein musste, weil ihm eine Veröffentlichung todpeinlich gewesen wäre. Denn inzwischen war er in den politischen Kreisen zuhause, die in den Dramoletten auf die Schippe genommen wurden. Dass sämtliche Dramolette ein paar Jahre später im Suhrkamp Verlag publiziert wurden, hat nie jemanden gestört. Woher dieser Sinneswandel? Hatte Unseld nicht hoch und heilig geschworen, „so etwas“ nie publizieren zu wollen?

Obwohl das Werk von Pina Bausch mehr und mehr Anerkennung fand, war erstaunlich, wie wenig das Fernsehen sich dafür interessierte. Und umso erstaunlicher, als die Stücke – trotz ihrer fantastischen theatralischen Qualitäten – sehr filmisch waren. Die Kostüme, die Art und Weise, wie die Tänzer geschminkt waren, wie sie sich bewegten (und sprachen), machte sie zu Menschen aus Fleisch und Blut. Was Siegfried Kracauer in seiner Ästhetik beschreibt, nämlich „die Rettung der physischen Realität durch den Film“, fand hier auf der Bühne statt. Diese Mischung aus Konkretheit im Detail und Erfindungsreichtum hatte mich bereits in Bochum bei der *Macbeth*-Interpretation verblüfft. Damals ist mir zum ersten Mal die Idee gekommen, dass Pina Bausch einen Film machen könnte, in dem sich die Freiheit des Theaters und die physische Realität der Filmbilder verbinden würden.

Die Vorsicht, ja Weigerung des deutschen Fernsehens erklärt sich zum Teil, wenn man die Umstände der Aufzeichnung von *Sacre du printemps* aus dem Jahre 1978 kennt. Das ZDF wollte das Stück – wie üblich – mit mehreren Kameras aufnehmen. Durch die verschiedenen Aufnahmewinkel und Aufnahmegrößen veränderte sich jedoch die gesamte Choreografie. Das vital bewegte und zugleich einheitliche Bild auf der Bühne, verlor sich zugunsten einer Fernsehästhetik, über die der Bildregisseur und nicht mehr Pina Bausch und ihr brillanter Arbeitsfreund Rolf Borzik entschieden. Die wüsten Auseinandersetzungen am Set verdarben allen den Appetit. Sie sprach voller Verachtung davon, und in der Folge traute sich niemand mehr an die eigenwillige Dame aus Wuppertal heran – sie wurde in den deutschen Fernsehanstalten zur Persona non grata. Dabei hätte es den WDR einen Klacks gekostet, die Stücke aufzuzeichnen und für die Nachwelt zu bewahren.

Ein treuer Bewunderer blieb Harro Eisele beim ZDF in Mainz. Trotz der schmerzlichen Erfahrung mit *Sacre du printemps* hielt er Pina die Stange. Er hat den Kontakt nach London geknüpft, wo Michael Kustow für den privaten englischen Sender Channel Four arbeitete. Beide planten, die *Blaubart*-Choreografie aufzuzeichnen: *Beim Anhören einer Tonbandaufnahme von Béla Bartóks Oper ‚Herzog Blaubarts Burg‘* lautet der etwas penible, jedoch exakte Titel. Auf einem fahrbaren metallenen Gestell war eine Tonbandmaschine montiert, auf der Bartóks Oper in einer Aufnahme des Chicago Symphony Orchesters unter Pierre Boulez abgespielt wurde. Genauer: stückweise hochjaulte und immer wieder brutal gestoppt wurde. Blaubart will die Erinnerung verjagen, der Schmerz über das Erlebte ist zu stark, und kaum steht das Tonband still, flammen die Auseinandersetzungen zwischen ihm und Judith wieder auf.

Bartók war kurz nach dem Kriege gestorben und seine beiden Söhne hatten ihn beerbt. Obwohl der in Budapest lebende Sohn die Aufführungen in Wuppertal tolerierte, war es nicht möglich, eine Autorisierung der Fernsehproduktion zu erreichen. Gründe waren nicht zu erfahren. Das ZDF und Channel Four waren mit ihrem Latein am Ende und die Produktion drohte zu platzen. Ob ich das Problem nicht lösen könne, fragte Pina mit denkbar süßester Stimme.

Die Aufzeichnung der Stücke war für den Fortbestand ihres Werkes entscheidend, und bestimmte – von ihr favorisierte – Besetzungen standen nur für eine begrenzte Zeit zur Verfügung.

Du musst uns helfen, drängte sie.

Wenn ich nach Budapest reise, erwiderte ich, um für die Fernsehanstalten die Kohlen aus dem Feuer zu holen, kann das nicht auf Kosten des Verlages geschehen. Etwas anderes wäre es, wenn Suhrkamp in Zusammenarbeit mit den Sendern die Produktion durchführt. So ließe sich der Einsatz rechtfertigen.

Unseld war einverstanden, und die Universal Edition in Wien, die einen direkten Draht zu Bartóks Sohn hatte, arrangierte ein Treffen.

86

Budapest lag hinter dem Eisernen Vorhang. Heute ist es schwer sich vorzustellen, wie sehr Europa gespalten war. Ausgestattet mit einem Visum kletterte ich auf dem Frankfurter

Flughafen in eine Tupolew der ungarischen Fluggesellschaft Malév. Der Fortschritt kam hier einen Zahn abgenutzter daher. Durchsagen in Ungarisch und Englisch. Starke Stewardessen, lustlos gekelterter Tokaier-Wein und Paprikagulasch.

Wir waren im Gebäude des ungarischen Staatsfernsehens verabredet. Ich hatte eine Aufzeichnung – in Schwarz-Weiß, mit einfachsten Mitteln hergestellt – in der Tasche, mit der ich den Sohn überzeugen wollte. Er sah seinem Vater zum Verwechseln ähnlich. Immerhin war auf dem Video die Struktur der Choreographie zu erkennen, die Schönheit des Bühnenbildes und der Kostüme von Rolf Borzik zu ahnen.

Nachdem mich Bartók dem Direktor der Anstalt, einem kommunistischen Funktionär, vorgestellt hatte, setzten wir uns in ein Studio, die beiden direkt vor mir. Während der Projektion flüsterten sie miteinander, ohne dass ich ein Wort verstanden hätte. Als der Film zu Ende war, drehte sich Bartók um und bemerkte auf Deutsch: Der Mantel vom Herzog aber sehr schmutzig.

Während ich verblüfft schwieg, setzte er nach: Und die Türen, wo sind die sieben Türen?

Das sah schlecht aus, die Partie schien verloren. Merkwürdigerweise hatte Bartók das eigentliche urheberrechtliche Problem, nämlich die ständigen Unterbrechungen und das abrupte Anfahren der Musik, nicht einmal angesprochen.

Ich werde Ihnen schreiben, sagte er zum Abschied.

Enttäuscht fuhr ich ins Hotel nach Buda. Es verfügte über ein prächtiges Thermalschwimmbad aus dem neunzehnten Jahrhundert. Die in den Nebelschwaden herumrudernden alten Männer, ihre harten Gesichter und kantigen Schädel waren so unsympathisch, dass ich mich für einen Spaziergang entschied.

Etwas oberhalb des Hotels gab es einen Weg, der parallel zur Donau lief. Er stieg leicht an und fiel leicht ab, wie sich das für einen Weg gehört, auf dem sich philosophieren lässt. Der blaue Septembertag und der mildberauschende Blick auf die Donaubiegung mit den herrlichen Brücken, ließen meine Niedergeschlagenheit beinahe verfliegen. Langsam wurde es dunkel. Zwischen dem hügeligen Buda und dem flachen Pest fing es an zu flimmern. Der Fluss trennte die beiden Stadtteile wie eine Fermate – ähnlich wie in Paris. Wenn man ein Auge zudrückte, fielen die Zerstörungen aus dem zweiten Weltkrieg nicht mehr auf. Vielleicht machten die Verletzungen die Stadt sogar schöner. Sie hatte etwas Grandios-Kämpferisches wie die Nike von Samothrake, die ohne Kopf und mit abgebrochenen Armen stolz den Sieg verkündet. Repariert man ihr die Gliedmaßen, wird sie zu einer goldenen Viktoria auf der Siegessäule im Tiergarten oder der Quadriga des Brandenburger Tors.

Vor dem Rückflug kaufte ich im Duty-Free-Shop eine Flasche Marillenschnaps; vorzüglich für einen Obstsalat *à la Nouvelle Cusine*. Der Zöllner winkte mich großzügig durch, nachdem er leicht ironisch darauf hingewiesen hatte, dass das Ausführen von Alkoholika zollpflichtig sei. Überall im Osten Verweise auf meine Herkunft, auf die beiden deutschen Staaten, von denen sich der eine so schnell aus Schutt und Asche erhoben hatte.

87

Vierzehn Tage später stürmte meine Sekretärin herein. Bartók, sagte sie in ihrer kurz angebundenen Art.

Der Brief war mit einer alten Schreibmaschine, auf holzhaltigem Papier geschrieben. Nicht unfreundlich im Ton – das spürte man beim ersten Satz. Trotz seiner Bedenken – Bartók erwähnte wieder den Mantel und die Türen – sei er mit einer Aufzeichnung einverstanden; der die Erben in Westeuropa vertretende Verlag, die Universal Edition in Wien, werde sich mit uns in Verbindung setzen. Das war der Startschuss für etwas Neues: Wir würden einen Film produzieren, und das gefiel mir.

Die Jahre beim Fernsehen und meine theoretische Beschäftigung mit der Materie Film waren dabei eine entscheidende Hilfe. Allerdings musste alles sehr schnell gehen, ein Team zusammengestellt werden. Laut Drehplan sollten die Aufzeichnungen bereits wenige Wochen später stattfinden. Weder die Fernsehanstalten noch das Theater hatten damit gerechnet, dass es wegen der Rechte Schwierigkeiten geben könne. Theaterspielpläne werden monatelang vorher festgelegt. Nach den Erfahrungen mit der Studioproduktion von *Sacre du printemps*, sollte *Blaubart* live, also während einer Vorstellung, aufgezeichnet werden. Im Übrigen lebte das Tanztheater in einem Zeitkorsett – wie jedes Unternehmen mit internationalen Verpflichtungen. Der Verfügbarkeit der Tänzer, ihrer körperlichen Fitness galt Pinas größte Sorge.

So eine Besetzung kriegen wir nie wieder zusammen, sorgte sie sich und machte Druck.

Ich rief meinen Bruder an, der als Kameramann für den Kölner Sender arbeitete. Ob er ein Team zusammenstellen könne?

Die Zeit ist knapp, ich werde es versuchen, kam als Antwort.

Weil der Theaterverlag nicht stillstand, brauchte ich jemanden, der mich in Wuppertal vertrat, und meinem Bruder konnte ich vertrauen. Der finanzielle Einsatz war hoch, die Unwägbarkeiten zahlreich. Verlässlichkeit daher das A und O beim Anheuern der Mannschaft. Zwar hatten ZDF und Channel Four ihre finanzielle Beteiligung zugesagt; weil sich jedoch alles überstürzte, wurde von morgens bis abends verhandelt – die Engländer lachten, als ich vorschlug, einen Vertrag in Deutsch zu entwerfen. Glücklicherweise konnte man sich auf mündliche Absprachen verlassen. Doch jede Regel kennt ihre Ausnahme und das Risiko lag jetzt ganz bei uns. Alle wussten, dass Pina Bausch für ihre Sache bis zum letzten Atemzug kämpfen würde und es ihr egal wäre, wenn andere dafür zahlen mussten. Die beiden Sender hatten bereits *1980* gemeinsam in London aufgezeichnet und der für *Blaubart* vorgesehene englische Regisseur besaß ein bemerkenswertes Phlegma. Wenn Pina mit einer neuen Forderung kam, reagierte er wie ein Therapeut.

Oh Darling, that's perhaps a good idea, let us see how it works.

Das Kamerateam arbeitete, wie Pina sich das wünschte – mit vollem Einsatz und ohne mit der Wimper zu zucken. So wie sie sich für ihr Werk opferte, hatten die anderen sich für sie zu opfern. Wer hätte schon sagen können, ob es die anerzogene puritanische Strenge oder die eigene Überempfindlichkeit war, die sie so wenig empfänglich für die Schmerzen anderer machte?

Ihr ahnt ja nicht, wie ich leide, pflegte sie zu sagen, und niemand dachte darüber nach, was das heißen sollte.

Natürlich hätte der durch Wuppertal irrende französische Produzent eine Warnung sein können. Chantal Akerman hatte Pina in Avignon bei den Proben als mitreißende Anführerin gezeigt, so wie Delacroix die Freiheit als Frau malte, die dem Volk den Weg weist. Begeistert von dieser jungen Deutschen und ihrem Werk, zeichnete sie ein Porträt, das genau war und auch stilistisch Pinas Ästhetik entsprach. Pina Bausch dankte es ihr nicht. Als Chantal Akerman sie, wie verabredet, für den Film interviewen wollte, schwieg sie beharrlich und sagte kein Wort. Irgendetwas war ihr über die Leber gelaufen. So hat es

Chantal Akerman erzählt, empört und enttäuscht über diesen krassen Mangel an Solidarität.

Der französische Produzent – auf der Suche nach einem unterschriebenen Vertrag – hätte also eine Warnung sein müssen. Doch was ist eine Warnung angesichts der Begeisterung für ein Faszinosum. Pina Bausch schlug mit ihrem Werk alle, die dafür empfänglich waren, in den Bann. Was es da auf der Bühne zu sehen und zu hören gab, war geheimnisvoll und anziehend. So wie eine Dolomitenwand, die man erklimmen muss, wenn man sie morgens nach dem Aufwachen vor sich sieht. Es gab ja nicht nur *Blaubart*; jedes Jahr erweiterte und vertiefte sich dieses Oeuvre. Und fern am Horizont sollte es kein Stück, sondern etwas Neues geben: einen Film von Pina Bausch. Das war das Ziel.

88

Es war eines der ersten politischen Spektakel, an die ich mich erinnern kann. Als nach dem Kriege die wiederaufgebaute Rheinbrücke zwischen Köln und Mülheim eröffnete wurde, hatten wir schulfrei. Man drückte uns Fähnchen in die Hand und wir warteten geduldig bis der Kanzler Konrad Adenauer in seinem Mercedes-Cabriolet über die Brücke fuhr. Wir winkten ihm zu. Das Wetter war schön und unter der Brücke kreuzten beflaggte Boote. Die Stimmung friedlich und aufgeregt zugleich. Der Wiederaufbau der Brücke, die tutenden Schiffe und das Lachen des winkenden Kanzlers. Tatsächlich konnte er zufrieden sein, weil es aufwärts ging. Im Übrigen war die Brücke ein Beweis für seine Geschicklichkeit. In den zwanziger Jahren, als er Kölner Oberbürgermeister war, hatte die Stadt Köln den Mülheimern eine Brücke versprochen. Der bekannte Architekt

Peter Behrens hatte eine monumentale Bogenbrücke vorgeschlagen. Adenauer wollte stattdessen eine Hängebrücke. Da er dafür in seiner Fraktion keine Mehrheit fand, setzte der Zentrumspolitiker den Behrens-Plan mit Hilfe der kommunistischen Stimmen im Kölner Stadtparlament schachmatt. So wurde eine Hängebrücke gebaut, weil ein Parteimitglied Adenauers Chef der Felten & Guillaume Werke war, die in Mühlheim die notwendigen Stahlseile produzierten. Und die Kommunisten hatten genau wie der Fabrikdirektor ein Interesse daran, dass die Seile für die Brücke aus Mülheim kamen.

Dreißig Jahre später war mein Blick schärfer geworden. Meine Naivität war in Staunen übergegangen, ohne dass ich die Ursachen für dieses Staunen an der Wurzel begriffen hätte. Eine Ausstellungseröffnung in Berlin war die spektakulärste Vernissage meines Lebens. Jeder, der an diesem Abend dabei war, wird sich erinnern. Der alte Gropiusbau war noch nicht vollständig restauriert. Die Ausstellung hieß „Zeitgeist“ und der Geist der Zeit war so präsent, dass es einem den Atem verschlug.

Der Eingang lag direkt gegenüber der Mauer und aus dem Hochparterre sah man auf den breiten abgeräumten Sandstreifen, auf dem ab und zu ein Einsatzfahrzeug der ostdeutschen Grenzer patrouillierte. Das grelle Licht der Scheinwerfer kontrastierte mit den dunklen Wachtürmen, die dicht bei der Mauer standen, und verlor sich im Hintergrund in der grau-braunen Häusermasse Ost-Berlins. Ab und zu tauchte ein Soldat hinter den Scheiben des nächstliegenden Wachturms auf und schaute neugierig auf den festlich erhellten imposanten Bau, in dem es von Gästen wimmelte. Alle waren da und alle hatten mitgewirkt: Joseph Beuys, Mario Merz, Georg Baselitz, A. R. Penck, Jannis Kounellis – und viele andere.

Sie standen in Grüppchen herum und diskutierten, tranken ein Glas. Ihre Werke spiegelten die in der Luft liegende Spannung.

Kounellis hatte ein Fenster vermauert, durch das man auf das zerstörte Gestapohauptquartier sehen konnte. A. R. Penck war der direkteste und fragte: Was denken eure Häuptlinge, die wie Minotaurus im Kern des Labyrinths hocken…? Penck, der kurz vorher aus der DDR ausgewiesen worden war, weil er das Regime mit seiner archaischen Zeichensprache in Unruhe versetzte.

An diesem Abend knallten die Gegensätze aufeinander. Und doch taten alle so, als ob das immer weitergehen könne. Auch da, wo jedem hätte klar werden müssen, dass es so nicht weitergehen konnte, weil die Sprengkräfte zu groß waren, gingen alle wie immer nach Hause.

89

In meinem Gepäck befand sich die Übersetzung eines schwedischen Stücks – der Autor hieß Lars Norén. Er hatte eine Reihe von Gedichtbänden in Schweden publiziert, doch als Dramatiker war er ein unbeschriebenes Blatt. Die Übersetzung provisorisch, das Stück – mit spürbar autobiografischem Einschlag – allerdings hervorragend gebaut. Ein älteres Ehepaar, das ein Hotel in der schwedischen Provinz betreibt. Der Vater, ständig in Geldnot, trinkt und will es nicht zugeben; die Mutter hat Krebs und zwei eifersüchtige Söhne, die um ihre Gunst buhlen. Ein Stoff, der dem amerikanischen Dramatiker O'Neill gelegen hätte und an Strindbergs Psychokammern erinnerte.

Norén verriet ein ungewöhnliches Talent für szenisches Schreiben. Eine Fähigkeit, Personen während einer Szene so miteinander sprechen und agieren zu lassen, dass sie an Fäden zusammenhingen und sich wie Schnüre verwickelten. Wodurch jeder Satz oder jede Bewegung eine Überraschung birgt, die die Geschichte vorantreibt und den Zuschauer wachhält und mitzieht, bis die Geschichte zu Ende erzählt ist. Wo es durchaus Sprünge und Ellipsen geben kann, ja muss, die sich jedoch früher oder später aus den Personen oder dem Plot heraus begründen, also nicht unerklärt und willkürlich bleiben. Wo Psychologie eine elementare Rolle spielt. Noréns Fähigkeit zum dramatischen Schreiben war frappierend. Seit Jahren hatte ich kein Bühnenwerk mehr gelesen, dessen Erzählstruktur oder Dramaturgie derart überzeugend gewesen wären.

Ich machte mich nach Göteborg auf, wo das Stück gespielt wurde. Es war einer der letzten Herbsttage und auf den Straßen und in den Kneipen wurde ausgelassen gefeiert. Vor dem einbrechenden Winter mussten die letzten Sonnenstrahlen eingefangen werden. Norén war untersetzt, glich eher einem Rugby-Spieler. Sein Englisch war mühselig und ab und zu lachte er laut auf, wenn er einen Witz gemacht hatte, den ich meistens nicht verstand. Dabei legte er die Hand vor den Mund, als ob er sich dafür schäme. Der Regisseur Björn Melander war dagegen geradezu leutselig. Obwohl wir uns in der schwedischen Provinz befanden, war die Aufführung exzellent besetzt und sorgfältig inszeniert. Wenn man will, war es eine „englische" Inszenierung; sie nahm die Psychologie der Personen ernst und versuchte nicht, das Stück gegen den Strich zu bürsten, wie es in Deutschland immer mehr Mode wurde. Melander hielt eine schwedische Tradition hoch. Ingmar Bergman inszenierte ähnlich. Mit Respekt vor dem Wort des Autors, für die erzählte Geschichte.

Als wir das Theater kurz vor Mitternacht verließen, war es draußen beinahe taghell; das Leben auf der Straße noch ausgelassener und die Temperatur erstaunlich mild; kein Mensch dachte daran, ins Bett zu gehen. *Die Nacht ist die Mutter des Tages* hieß das Stück. Zu Tag und Nacht, zu den langen dunklen Wintern und den kurzen Sommern gab es hier ein ganz anderes Verhältnis als in Deutschland. Die weite, wenig bevölkerte Landschaft machte das Miteinander in den Wohnungen nicht großzügiger. Im Gegenteil, Mann und Frau, Kinder und Eltern schlugen sich umso intensiver mit sich selbst herum, da die tausend kleinen Ablenkungen großer Städte fehlten. Strindberg, der düstere Maler skandinavischer Himmel und Höllen, stand Pate. Und Ibsen, der luzide Menschenkenner, war natürlich auch unter den Taufgästen.

90

Wenn ich aus dem Ausland nach Frankfurt zurückkam, fiel ich meistens in ein Loch. Das war der Anstrengung geschuldet, die das Reisen mit sich bringt. Denn die scheinbare Leichtigkeit des Fliegens steht in krassem Gegensatz zu den Anstrengungen von Maschinen und Organisationen, die es möglich machen. Der Körper schießt wie eine Kugel durch die Luft, die Seele kommt kaum hinterher; sie klammert sich irgendwo fest, ohne dass wir es merken. Dieser Widerspruch musste verdaut werden. Und dann gab es etwas anderes, was mit meiner Vergangenheit zu tun hatte. Mit meiner persönlichen und auch kollektiven Vergangenheit. Das Fliegen war nur eine Metapher für Schnelligkeit überhaupt. Alles raste so dahin, dass kaum Zeit blieb, darüber nachzudenken. Und wenn, dann legte ich mich auf das Sofa, hörte Verdi oder Schubert und starrte gegen die Decke. Ein Moment des Innehaltens, der Ansatz einer Trauer. Die Geschichte mit meinem Sohn zum Beispiel, die mich nicht losließ und für die mir keine Lösung einfiel. Eine Vergangenheit, die ich eher abschütteln wollte, statt abzuarbeiten. Bloß ist es eine Täuschung zu glauben, dass man seiner Vergangenheit entkommen kann. Wie bei einer Reise: Wo immer man ankommt, ist die Seele wieder ein Stück schwerer geworden.

Ich arbeitete in einem der angesehensten Verlage und auch da wurde aufs Tempo gedrückt. Alles musste schnell, viel zu schnell gehen. An den Wochenenden plagten mich Migräneattacken. Der „Aufstand der Lektoren", so unrealistisch und unausgewogen seine Zielsetzungen gewesen sein mögen, hätte den Verlag verändern müssen. In welche Richtung? Er hätte den persönlich haftenden Verleger und seine engsten Mitstreiter nachdenklich stimmen müssen. Statt zu überlegen, was da falsch gelaufen war, wurde der Verlag auf wirtschaftlichen Erfolgskurs getrimmt. Es war die Ideologie des deutschen Mittelstandes, der sich die Verlagsleitung verschrieben hatte: Wachstum um jeden Preis.

Um zu wachsen, muss man entweder die Preise oder die Stückzahlen erhöhen – ein Drittes gibt es nicht. Wie sollte das auf Dauer mit der besonderen Ware, die ein anspruchsvolles Buch ist, möglich sein? Nach den Taschenbüchern gab es inzwischen zusätzlich einen Klassiker Verlag. Der Verlag war zu einer Maschine geworden, die hunderte neuer Bücher pro Jahr ausspuckte. Maschinen können weder denken noch fühlen. Sie brauchen Maschinisten, die sie bedienen und deren Freiheit darin besteht, Fehler zu machen.

Unseld war nicht allein, er hatte einen Geschäftsführer bestellt, der ihm alles, was er wollte, von den Lippen ablas. Wenn ich ihm in seinem makellos aufgeräumten Büro gegenübersaß und er ein Blatt Papier auf den Schreibtisch legte, einen angespitzten Bleistift und einen Radiergummi parallel daneben, hätte ich aufspringen und aus dem Zimmer laufen mögen. Der höflich lächelnde Mann hatte in der Buchhandlung Baedecker in Essen gelernt, danach seine organisatorischen Fähigkeiten in einem Möbelhaus unter Beweis gestellt; jetzt war er bei Suhrkamp angekommen.

Das ist mein letzter Job, bemerkte er manchmal mit einem Anflug von Unmut und radierte in seinen Gesprächsnotizen. Ein Mann mit Manieren, der jedoch von der gehandelten Ware, also Literatur oder Theater, kaum etwas verstand. Der seinen Kopf mit der Anstellung an eine höhere Instanz abgegeben hatte, die Siegfried Unseld hieß.

Was fehlte also in der Frankfurter Lindenstraße? Zeit und Gesprächspartner. Und das in einem Unternehmen, dessen Renommee darauf gründete, die Geistesgrößen unserer Zeit zu verlegen. Mit Norén ging es mir übrigens nicht anders als mit Pina Bausch. Wieder dieses nachsichtige Lächeln der Kollegen, das nichts anderes besagte als: Wir wissen ja, dass Sie bestimmte Vorlieben haben. Das war schmerzhaft und deprimierend und ich schaffte es nicht, darüber ins Reine zu kommen. Die Jahre flogen dahin und die Chancen, eines Tages selbständig und unabhängig zu werden, standen immer schlechter.

91

Vielleicht ist Paris heute eine Stadt, in der man trauern kann. In einem Artikel der „New York Times“, der mir beim Schreiben in die Hände gefallen ist, wird das jedenfalls von einer jüngeren Journalistin behauptet. Ihr in Paris lebender Onkel ist gestorben. Das Foto des abschüssigen gepflasterten

Sträßchens im Quartier Latin, das den Artikel illustriert, erweckt durchaus den Anschein, als ob Paris die Fähigkeit besäße, allen Veränderungen zu trotzen. So gelingt es der Journalistin, in die Vergangenheit einzutauchen und ihres geliebten Onkels zu gedenken. Tatsächlich vermag Architektur den Geist ihrer Schöpfer länger zu konservieren als alle anderen Künste. Die Pyramiden Ägyptens wehren sich seit mehr als vier Jahrtausenden standhaft gegen die zersetzende Neugier der Archäologen und Geschäftemacher – länger als jedes andere Kunstwerk.

In der Mitte der achtziger Jahre brauchte man in Paris nicht zu trauern, da konnte man seine Sorgen vergessen, weil der alte Geist die Stadt beseelte. Er lebte in diesem wunderbaren Nebeneinander von Vierteln, von Arm und Reich, von Alt und Neu. In der Rue Bonaparte, zwischen dem Platz Saint Sulpice und dem Jardin du Luxembourg, gab es eine Buchhandlung neben der anderen und auch einen kleinen Verlag namens L'Arche, in dem der kauzige Verleger täglich die „Humanité" studierte, das Blatt der kommunistischen Partei. Dieser Verlag hatte nichts, wirklich nichts mit der Erfolgsmaschine des Suhrkamp-Verlags zu tun. Dennoch war dieser Mann meine Anlaufstation in Paris, denn er und sein Verlag vertraten seit den sechziger Jahren das Suhrkamp-Theaterprogramm in den französischsprachigen Ländern.

Es gab nicht viele deutschsprachige Stücke, die damals in Paris aufgeführt wurden. Peter Handke und Botho Strauß machten in den Siebzigern Schlagzeilen – als rühmliche Ausnahmen. Für Gastspiele deutscher Truppen gab es kein Interesse und deshalb auch kein Geld. Das französische und das deutsche Theater gingen eigene Wege. Es gab daher wenig Anlässe, nach Paris zu fahren und wenn, dann nutzte ich die Gelegenheit, um Samuel Beckett zu treffen. Seine vielgespielten frühen Stücke wurden durch den S. Fischer Verlag vertreten; erst die späten, zerebral-experimentellen Bühnenwerke wurden bei Suhrkamp verlegt. Unseld verehrte Beckett und auch ich bewunderte ihn wegen seiner Unbestechlichkeit. Der große Ire war nicht käuflich, einer der wenigen, die ich kennengelernt habe. Wahrscheinlich dank seiner Luzidität. Als man ihm in den siebziger Jahren vorschlug, *Hey Joe* für das Fernsehen des Südwestfunks zu inszenieren, stellte er zwei Bedingungen: kein Honorar, weil er kein professioneller Fernseh-Regisseur sei, und keine Interviews.

Etwa um die gleiche Zeit, als er *Warten auf Godot* im Frankfurter Schauspielhaus inszenierte, habe ich begriffen, was für ein großartiger Theatermann Beckett war. Wie gut er die Schauspieler führte, wie die kargen Szenen reich und sinnlich wurden und wie viel Humor in seinen Stücken steckte.

In Becketts Gegenwart war es ratsam, einen anderen Gang einlegen. Wenn er einem die Hand gab und mit seinen Adleraugen ansah, wachte man auf. Weil er einen so anders wahrnahm, fing man an, auch selbst anders wahrzunehmen; seine Empfindlichkeit übertrug sich, seine Empfindsamkeit steckte an. Niemals wäre man auf die Idee gekommen, dass er in seiner Jugend ein exzellenter Sportler gewesen ist.

Er wohnte auf dem Boulevard Saint Jacques und schräg gegenüber gab es ein Café, in dem er sich mit seinen Besuchern verabredete. Stets setzte er sich so, dass er eine große Uhr, die an der Wand hing, im Auge behielt. Nach Punkt einer Stunde erhob er sich, um sich zu verabschieden. Eines Tages war ich zu früh und beschloss, aus dem Quartier Latin zu Fuß nach Montparnasse zu marschieren. Lief über die Rue Saint Jacques, auf der schon die Pilger nach Santiago de Compostella gezogen sind, und stieß unvermutet auf die Rue de la Santé, an der sich eine ungewöhnlich dicke und hohe Mauer entlang zog. Das konnte nur La Santé, das aus Romanen und Filmen berüchtigte Gefängnis sein. Tatsächlich, ein paar hundert Meter weiter befand sich das Eingangstor.

Da der Boulevard Saint Jacques rechtwinklig zur Rue de la Santé verläuft, musste Beckett aus seiner Wohnung in den Hof des Gefängnisses sehen können. Vorausgesetzt, ein Fenster der Wohnung ging nach hinten und lag hoch genug, um über die Gefängnismauer schauen zu können.

Während wir, wie üblich, unseren Kaffee tranken, fragte ich, ob er den Hof einsehen könne. Ein flüchtiges Strahlen ging über sein Gesicht, wie bei einem Jungen, der einem Kameraden einen Streich gesteht.

Natürlich, die Gefangenen sind unsere Freunde. Wir beobachten sie bei ihren Rundgängen und verständigen uns mit Zeichen.

Das Warten und Eingeschlossen-Sein waren zentral für Becketts Weltbild. Das Warten auf das Wunder der Befreiung, das nie eintritt, das Warten auf das Ende, das unvermeidlich ist. Das Gefängnis als präzise Metapher für unsere Existenz.

92

Als ich bei einem dieser Besuche – es muss 1982 oder 83 gewesen sein – in der Rue Bonaparte vorbeischaute, traf ich auf einen schlecht gelaunten Verleger, der seine Zigarette in einem Aschenbecher zerdrückte und mich, den Deutschen, mit stechenden Augen musterte. Robert Voisin, so hieß er, verlegte Bertolt Brecht.

Waren nicht Suhrkamp in der Bundesrepublik und der Aufbau Verlag in der DDR die Verleger Brechts? Ja, aber es gab eine Ausnahme. Als das Berliner Ensemble 1954 bei einem Festival in Paris mit *Mutter Courage* gastierte, lernte Brecht den Verleger Robert Voisin kennen. Er stammte aus der Normandie, aus einer Familie von Fleischern, war als junger Mann – ohne Studium – nach Paris aufgebrochen und hatte 1949 einen Verlag gegründet. Den Namen L'Arche kaufte er für tausend Francs von einem Kollegen, einem Verlagsbuchhändler, der während des Krieges in Algier überlebt hatte. Der Verlag arbeitet eng mit dem *Théâtre national populaire* zusammen, das aus der franösischen Volksbühnenbewegung hervorgegangen war, und druckte die Texte, die dort gespielt wurden, unter anderen auch einige von Brecht. Das pädagogische Interesse, die politischen Überzeugungen gingen in dieselbe Richtung. Und Brecht suchte einen Ansprechpartner, mit dem er sich verstand. Jedenfalls schlossen beide im Jahre 1954 einen Vertrag, der Voisin dazu berechtigte, die gesammelten Stücke in französischer Sprache herauszugeben.

Voisin war ein Selfmademan, wie es sie von Zeit zu Zeit auch in der Verlagsbranche gibt. Ein Selfmademan besonderer Art, weil er nie eine Fremdsprache gelernt und trotzdem einen erstaunlichen Katalog aufgebaut hatte: Er publizierte den Amerikaner Eugene O'Neill, die Iren Bernard Shaw und Sean O'Casey, aber auch den Spanier Rafael Alberti oder den Schweden August Strindberg. Die kleine Buchhandlung im Erdgeschoss und die Büros in der ersten Etage hatten bessere Tage gesehen. Die Räume waren nicht geheizt, und als ich meine Jacke fröstelnd enger zog, lachte Voisin verschmitzt.

Sie könnten doch den Verlag übernehmen. Sie kennen das Gewerbe, insistierte er und drehte sich dabei eine neue Zigarette.

Monsieur Voisin, ein Deutscher hat in Paris nichts verloren – ich meine beruflich gesehen. Das ist eine Schnapsidee.

Als wir uns beim Abschied die Hand gaben, blinzelte er mich listig an.

Überlegen Sie sich das. Was wollen Sie denn in Frankfurt?

Wenn ich behauptete, Voisins Vorschlag gleich vergessen zu haben, würde das nicht stimmen. Dazu war er zu schmeichelhaft und fiel auf fruchtbaren Boden. Aber er landete da, wo Träume abgelegt werden; nicht nur weil er unrealisierbar erschien. Pina Bausch und Thomas Bernhard ließen keinen Zentimeter Raum für Träumereien. Die Fertigstellung der *Blaubart*-Aufzeichnung zog sich hin, weil immer wieder neue Varianten geschnitten wurden. Die von mir bewunderte Künstlerin und ihr Lebensgefährte entwickelten sich zu Quälgeistern. Sie vergruben sich in Schneideräumen und kämpften um Bruchteile von Sekunden – statt den Film fertigzustellen. Pina Bausch bediente sich der weltfremden Rigorosität des chilenischen Professors und schickte ihn vor, um in endlosen Telefonaten den Abgabetermin weiter hinauszuzögern.

Obwohl das Budget großzügig kalkuliert und zeitliche Überschreitungen eingeplant waren, hatte ich etwas Selbstverständliches außer Acht gelassen. Nach Schnitt und Endmischung ist ein Film normalerweise fertig. Dann bleibt er so, wie er ist, und einmal getroffene Entscheidungen sind praktisch irreversibel. Im Theater dagegen konnte Pina Bausch immer wieder etwas ändern. Ganze Szenen konnten umgestellt oder gestrichen werden. Das Werk gehörte ihr und es blieb ihr Werk. Sie hütete es wie ein menschliches Wesen und es bestand ja auch aus solchen. Im Film war das anders. Nach der Schlussmischung hatten Regisseur und Autor ihre Schuldigkeit getan. Kopien zu ziehen war ein technischer Vorgang.

Dieser Umstand sollte noch viel Verdruss bringen. Pina war eine Frau, die ihre Kinder nicht in die Selbständigkeit entlassen wollte.

Müßige Vermutungen. In der Produzenten-Wirklichkeit jedenfalls knallten die Gegensätze aufeinander. Selbst gut durchdachte Pläne können an einem nicht vorhergesehenen Detail scheitern.

Nach einem längeren und immer unangenehmeren Gezerre wurde die *Blaubart*-Aufzeichnung schließlich fertig und die Fernsehanstalten bekamen ihre Sendekopien. Es fehlte nur noch Pinas Unterschrift unter dem Vertrag, ohne die wir „nackt" dastanden. Sie nannte keine Gründe, und schwieg. Wenn ich ihr schrieb, erhielt ich keine Antwort und wenn wir telefonierten, hatte sie Ausflüchte.

Vielleicht würden die Sender auch ohne unterschriebenen Vertrag zahlen? Eigentlich ein Unding, aber die Sender wussten ja nichts davon und deshalb wurde das Geld ohne weitere Nachfragen überwiesen. Im Falle eines Falles hätte der Suhrkamp Verlag geradestehen müssen.

Wir standen vor der Wahl: Entweder wir lassen uns auf dieses Spiel ein – mit der Perspektive, weitere Filme produzieren zu können – oder drohen Pina Bausch, wie in der Politik, mit dem Abbruch der Beziehungen. Wie in der Politik? In der Politik geht es um die Beziehungen von Staaten. Hier um das Verhältnis zu einem künstlerischen Werk. Einem Werk, das wie eine Droge wirkte. Mir ging es wie den Tänzern; Seele (und Körper) verlangten nach dieser Arbeitssituation, die es nirgendwo sonst und nicht umsonst gab. Pina Bausch spürte das und nutzte die Situation kaltblütig aus.

Bei diesem Spiel mitzumachen war so riskant wie die Ersteigung einer Bergwand bei schlechtem Wetter; sie entbehrte keineswegs jeder Logik, setzte jedoch eine Passion voraus, die letztlich rätselhaft bleibt. Abgesehen davon gab es eine Hoffnung:

Irgendwann würde Pina Bausch einsehen müssen, dass sie nicht nur nehmen konnte, sondern auch geben musste und dass Verträge dazu da sind, die Rechte und Ansprüche beider Parteien festzuhalten. Irgendwann würde die Gelegenheit kommen, um ihre Unterschrift definitiv einzufordern. Sie selbst hatte ja in dem Vertrag mit Suhrkamp den Verlag dazu verpflichtet, nach Mitteln und Wegen zu suchen, um ihre Stücke für die Nachwelt aufzuzeichnen.

93

Inzwischen pfiffen die Spatzen von den Dächern, dass Frau Bausch kriegte, was sie wollte; mit jedem Gastspiel mehrte sich ihr Ruhm. Gleichzeitig drehte sich in den Fernsehanstalten der Wind. Die Privatsender fingen an, den öffentlich-rechtlichen Rundfunkanstalten die Kunden streitig zu machen. Statt ihrem Auftrag treu zu bleiben, rannten ARD und ZDF, wie das Kommerzfernsehen, den Zuschauern hinterher. Niemand dachte mehr daran, Stücke von Pina Bausch aufzuzeichnen. Als ich den Direktor der Brooklyn Academy of Music, der das Tanztheater regelmäßig nach New York einlud, fragte, ob er keine Möglichkeit sähe, den *Blaubart*-Film in Amerika zu verkaufen, schüttelte er den Kopf: *There is no place for such a project at the American television.* Die Amerikaner waren den Deutschen voraus – auch da.

Bei meinem nächsten Besuch in Paris ging es ebenfalls um Pina Bausch. Der Verleger aus der Rue Bonaparte schlug gut gelaunt ein Dejeuner vor. Vorsichtigerweise lud er nicht dazu ein, er schlug es vor und sah mich dabei forschend an; der Deutsche würde schon zahlen. Wir schlenderten über den Platz vor der Kirche Saint Sulpice, einen der angenehmsten Orte in Paris. Nicht, weil er sich durch die strenge Regelmäßigkeit der französischen Architektur des siebzehnten und achtzehnten oder die schon fast industrielle Gleichmäßigkeit des neunzehnten Jahrhunderts auszeichnete. Nein, jede Seite des Platzes zeigte ein anderes Gesicht, und selbst die Kirche hatte zwei unterschiedlich hohe Türme. Die Harmonie der verschiedenen Ansichten war es, die den Platz so faszinierend machte.

Schräg gegenüber dem Kircheneingang, auf der Terrasse vor dem Café de la Mairie plauderten elegante Frauen mit lässig gekleideten Männern und tranken mitten am Tag Wein oder Pastis. Die Sonne schien auf diese mondäne Welt. Das Stammlokal von Voisin lag ein paar Schritte weiter, in der Rue Mabillon, einem ehemaligen Treffpunkt für reisende Zimmerleute. Hölzerne Modelle, Meisterstücke der Zimmerer, verliehen dem Ort etwas Rustikales. Hier, im 6. Arrondissement, atmete jeder Zentimeter die Geschichte von Jahrhunderten. Voisin bestellte das Menü, nicht ohne mich vorher gefragt zu haben. Selbstverständlich trank er ein Glas Wein, sogar zwei, und seine Nase rötete sich.

Ich erzählte ihm von Norén und er hörte sofort aufmerksam zu. Dann kamen wir auf Pina Bausch. Ihre Truppe hatte in Paris gastiert, aber wir kamen nicht an die Tantiemen heran. Das Théâtre de la Ville, in dem die Wuppertaler gastiert hatten, verwies uns an eine Autorengesellschaft und diese wollte nur zahlen, wenn man bei ihr Mitglied geworden war. Mitgliedschaft setzte allerdings voraus, dass der Autor ihr sämtliche Inkassorechte für seine Werke einräumte. Und zwar für Frankreich und den Rest der Welt. So herrschte die Société des Auteurs et Compositeurs Dramatiques, die SACD, über die Verwertung der Aufführungsrechte in den französischsprachigen Ländern. Ein völlig anderes System als in der Bundesrepublik, wo eine Vielzahl von Theaterverlagen sich um den Markt stritt und jeder Autor entscheiden konnte, von wem er sich vertreten ließ.

Als ich den Kopf schüttelte, erklärte Voisin ungerührt: *La France n'est pas un pays de la concurrence.* So funktioniert das ganze Land. Man schafft sich ein Monopol, damit man ruhig schlafen kann. Seit Ludwig XVI. hat sich daran nichts geändert. Verstehen Sie, warum ich die „Humanité" lese?

Ehrlich gesagt, verstand ich nichts. Weder das, was Voisin das französische System nannte, noch seine Vorliebe für das kommunistische Blatt. Wäre mir die ganze Tragweite dessen, was er sagte, deutlich geworden, wer weiß, was aus meinem Leben geworden wäre. Denn Voisin kannte sein Land: In Frankreich sucht man die Konkurrenz auszuschalten, in Frankreich arrangiert man sich mit Vorliebe beim Essen, wenn Wein und Gänseleber den Menschen einsichtig machen.

Schicken Sie mir die exakten Daten, mal sehen, was sich machen lässt, sagte er dann. Die Probleme mit der SACD waren ihm vertraut. Seit Jahren schlug er sich mit dieser Organisation herum.

Zum Kaffee rollte er sich eine Zigarette und sah mich streng an.

Haben Sie sich die Sache überlegt?

Nein, das heißt, doch. *Vous êtes fou*, Monsieur Voisin. Paris ist herrlich, aber die Idee, dass ich hier einen Verlag leiten könnte, ist verrückt.

Tatsächlich benutzte ich das Wort „verrückt", weil mein Französisch nicht gut genug war, um ein passenderes Wort zu finden. Was Voisin keineswegs beeindruckte; im Gegenteil, der alte Fuchs verfügte über eine beneidenswerte Witterung. Mit diesem Gespür hatte der Autodidakt seinen Katalog aufgebaut. Normannische Viehhändler kannten sich mit Tieren aus – Voisin mit Menschen. Ein gegensätzlicheres Paar als wir beide hätte man sich schwer vorstellen können. Er trank sein Glas in einem Zug leer und wiederholte: Überlegen Sie sich den Vorschlag. Mit einer guten Sekretärin ist das kein Problem.

94

Obwohl ich mit meiner Einschätzung nicht daneben lag, staune ich heute, wie ich dem raffinierten Kerl auf den Leim gegangen bin. Ich staune und staune auch nicht. Denn in Frankfurt sah es trostlos aus. „Trostlos", auch so ein Begriff wie „verrückt". Unangemessen zu jeder Jahreszeit. Nichts ist trostlos und nichts verrückt. Richtig ist, dass es zwischen mir und dem Suhrkamp Verlag aufs Neue eine zunehmende Unverträglichkeit gab. Der bullige Unseld glaubte, Geist mit Geld und Macht vermählen zu können. Die Feier zu seinem fünfzigsten Geburtstag im Schlosshotel Kronberg hätte einem Parvenü alle Ehre gemacht. Philosophen und Dichter wurden einbestellt, um die Bedeutung des Verlegers in die Welt zu posaunen. Da er nicht genug davon kriegen konnte, darf man vermuten, dass er auf Bestätigung aus war, um tiefsitzende Minderwertigkeitsgefühle zu verscheuchen. Sein Sohn trug, wenn es der Anlass wollte, weiße Anzüge und fuhr mit einem Oldtimer-Sportwagen auf Partys in den Vordertaunus, wo die Fraktion Adel und Banken ihre Villen hatte. Sah so die Zukunft des Verlages aus? Eines Tages würde das Telefon klingeln und Unselds Nachfolger fragen: Warum reisen Sie eigentlich so oft nach Wuppertal? Ein Albtraum.

Ernst-Josef Aufricht, der legendäre Theaterdirektor aus dem Berlin der zwanziger Jahre, war der Sohn eines wohlhaben Holzhändlers aus dem ehemaligen Gleiwitz. Er lieh sich von seinem Vater hunderttausend Goldmark, pachtete das Theater am Schiffbauerdamm, und brachte als erste Premiere, nach nur vier Wochen Probenzeit, die *Dreigroschenoper* heraus, ein Welterfolg. In seiner Biographie erzählt er von Sonntagen, an denen es in Berlin regnete. Dann wurde Champagner zum Frühstück serviert. Schien die Sonne, gab es Wasser, weil die Berliner an schönen Tagen in den Grunewald und nicht ins Theater strömten. Aufricht verband Spürsinn für neue künstlerische Richtungen mit unternehmerischem Mut und gab seiner Lebensbeschreibung den treffenden Titel: *Erzähle, damit du dein Recht erweist.*

Leider bin ich ihm nie begegnet. Er gehörte einer Theaterwelt an, wie sie es heute in Deutschland nicht mehr gibt. Einer Welt voller existenzieller Risiken und gerade deswegen voller Freiheit. Aufricht spürte bei Brecht und Weill deren Theaterbegabung; hielt ihre Spleens aus, weil er an ihre Arbeit glaubte und gleichzeitig ein guter Unternehmer war. Für mich war er ein Vorbild, weil es wirkliche Freiheit nur da gibt, wo alles von einer auf die andere Minute abstürzen kann.

Wenn es also einen entscheidenden Grund gab, auf Voisins Angebot einzugehen, dann war es der Wille zur Unabhängigkeit. Später kolportierten Freunde – waren es Freunde? –, dass eine Liebesaffäre den Ausschlag gegeben habe. In Romanen muss das oft als Erklärung für überraschende Wendungen im Leben der Helden (oder Heldinnen) herhalten. Der offensichtliche Übermut, der sich aus Sicht der Bobachter meiner bemächtigt hatte, wurde so verständlicher. Selbst wenn ich einräume, dass mich eine Liebesgeschichte in dieser Zeit sehr beschäftigte, kann ich versichern, dass sie nicht der tiefere Grund, nicht einmal der Anlass war, Frankfurt und letzten Endes Deutschland zu verlassen.

Meine Sympathien für Frankreich mögen eine Rolle gespielt haben – entscheidend waren sie nicht. Ausschlaggebend war mein Wunsch, selbstständig als Verleger zu arbeiten, und dazu musste ich mich von Suhrkamp trennen. Von außen mag es ausgesehen haben, als ob ein Hasardeur am Werk sei, also jemand, der leichtfertig alles auf eine Karte setzt. Der seinen Job und ein gesichertes Einkommen aufgibt und sich Hals über Kopf ins Ungewisse stürzt. Aus meiner Sicht sah das ganz anders aus. Es war eine Art Vorwärtsverteidigung, um nicht versauern zu müssen. Bedenken wurden weggefegt, weil jeder Appell an die Vernunft nur die Angst vor dem kalten Wasser genährt hätte.

Wie willst du ein Manuskript in einer Sprache beurteilen, die nicht deine Muttersprache ist, fragte ein Kollege.

Hörst du nicht japanische Musik, gehst in japanisches Theater, obwohl du kein Japaner bist, antwortete ich ihm.

Wie willst du ein Manuskript auf Französisch lektorieren, bohrte er weiter.

Wie viele Jahre ist es her, dass ich das letzte Manuskript lektoriert habe, hielt ich dagegen. Denn so war es: Ein Verleger korrigiert Manuskripte nur in Ausnahmefällen. Er bestimmt die große Linie, kümmert sich um das Zusammenspiel des Ganzen. Details sind etwas anderes.

Als Voisin seine Idee zum dritten Mal auftischte, rief ich abends, nachdem ich mich mit einem heißen Bad aufgewärmt hatte, weil es bei ihm wieder eiskalt gewesen war, aus einem plüschigen Hotel in der Rue Bonaparte Katharina an. Katharina war mutig und lebte damals in München. Wir hatten uns ein paar Jahre vorher kennengelernt. Auch einer dieser Zufälle. Sie saß mit einem Freund in einem italienischen Restaurant und ich sprach sie an, weil ich sie mit einer Freundin von ihr verwechselte. Katharina organisierte die Frankfurter Bachkonzerte, hatte ein sehr genaues Gefühl für Kunst und eine wunderbare Art mit Künstlern umzugehen. Inzwischen arbeitete sie in der Musikbranche, bei der Plattenfirma ECM.

Man bietet mir hier einen Verlag an. Hast du Lust, mit nach Paris zu gehen?

Italien wäre mir lieber, gab sie zurück, doch damit war klar, dass Paris auch gehen würde. Ich erzählte ihr von dem Zürcher Literatur-Agenten Linder, der in Mailand eine Niederlassung aufgemacht hatte.

Ich beneide Sie, hatte ich ihm gesagt.

Ach, wissen Sie, erwiderte er, wenn Sie reich sind oder in Italien Ferien machen, ist das wunderbar; dort sein Geld zu verdienen, steht auf einem ganz anderen Blatt.

Na gut, dann schau mal, ob es in Paris leichter ist, sagte Katharina.

Wahrscheinlich war das der Moment, in dem die Entscheidung fiel. Ohne Katharina, ohne einen Menschen, der die Notwendigkeit begriff aufzubrechen, wer weiß, ob ich den Mut gehabt hätte, mit diesem schrulligen Kerl in der Rue Bonaparte ernsthaft zu verhandeln.

Wir beide waren Verleger und damit Geschäftsleute. Aber Verleger sind besondere Geschäftsleute, und wenn es sich um richtige Verleger handelt, vergessen sie das Geld, das bei Geschäften normalerweise das Wichtigste ist. Dann denken sie an die Werke, die ihnen teuer sind, an die Autoren, die sie gerne lesen, und dann spielt das Geld keine Rolle mehr. Dann diktiert ihnen ihre Leidenschaft, wie es weitergeht.

95

Voisin war seit fast vierzig Jahren im Geschirr. Ich ging auf die fünfzig zu. Wir standen beide unter Druck. Wenn man vierzig Jahre ein Gewerbe ausübt, das man liebt, ist es schwierig, sich davon zu trennen, sagt man. Was genau in Voisin vorging, wusste ich nicht; es war mir auch egal. Vielleicht dachte er, die Zeit sei gekommen, den verdienten Ruhestand anzutreten. Die Eisenbahnarbeiter machten es ja vor. Und die Angestellten der staatlichen Elektrizitätswerke oder der Pariser Metro ebenfalls. Deren erklärtes Ziel war es, mit fünfzig Schluss zu machen, und er war über sechzig. Aber wollte er wirklich in andere, zumal deutsche Hände geben, was er in Jahrzehnten aufgebaut hatte? Der Verlag war er und er war der Verlag.

Voisin hing in seinem Moleskin-Sessel und machte nicht den Eindruck, als habe er große Lust weiterzumachen; es sah so aus, als sei seine Kraft verbraucht. Wenn man genau hinsah, entdeckte man Spuren von Essensresten auf seinem Pullover. So sehen allein lebende ältere Männer aus. Der Verleger von Theaterstücken ging nicht mehr ins Theater, und das schon seit Jahren.

Was wollen Sie da, fragte er vorwurfsvoll, wenn ich in eine Vorstellung eilte.

Sein Verlag lebte von der Backlist und die wenigen Bücher, die noch erschienen, waren Nachdrucke oder Projekte, die seit Jahren geplant waren. Lange konnte das nicht mehr so weitergehen, weil das Neue fehlte. Das war auch ihm klar. Die Frage, warum er an einen Deutschen verkaufen wollte, stellte ich nicht. Dabei hätte das die erste sein müssen. Ich ahnte nicht, was in seinem Kopf vorging und vielleicht kam mir auch meine Eitelkeit in die Quere. Letzten Endes spielte das keine Rolle: Der alte Fuchs hätte nie eine ehrliche Antwort gegeben. Vielleicht eine halbehrliche: In Frankreich, hätte er gesagt, gibt es niemanden, der sich so wie Sie im Agenturgewerbe auskennt.

Was kostet denn der Verlag?

Ich nehme an, erwiderte Voisin, dass Sie nicht über genügend Geld verfügen, um ihn zu kaufen. Deshalb stelle ich mir vor, dass Sie ihn aus den zukünftigen Gewinnen zahlen. Sie schaffen das schon.

Machen Sie denn Gewinne, fragte ich und kam mir beinahe dreist vor.

Ich habe nie mit Krediten gearbeitet, Kredite sind ein Teufelszeug. Sie machen die Banken reich und die Kreditnehmer zu Sklaven. *Vous comprenez.*

Ich verstand und hakte nach.

Kredite und Gewinne sind zwei Paar Schuhe.

Voisin richtete sich auf, zog die Tabakbüchse an sich und drehte eine Zigarette.

Natürlich haben wir Gewinne gemacht.

Er zündet die Zigarette an und beförderte ein paar glühende Tabakstückchen in den Aschenbecher. Dann im Brustton der Überzeugung: *Evidemment*, sonst hätten wir ja Kredite gebraucht; *vous comprenez?*

Ich verstand, obwohl das, was er sagte, nicht ganz schlüssig war. Auch mit mageren Ergebnissen kann man ohne Kredite auskommen – theoretisch zumindest. Immerhin schien die Firma keine Schulden zu haben.

Monsieur Voisin, ohne Bilanz kommen wir nicht weiter.

Pas de problème, ich schicke sie Ihnen nach Frankfurt.

Können Sie keine Kopie machen?

Er schüttelte den Kopf.

Alle entsprechenden Unterlagen sind beim Steuerberater.

Der Verleger drehte sich um und warf einen Blick auf die hinter ihm aufgetürmten Pappkartons, voll mit diversen Vorgängen und Akten.

Sie wissen ja, wie vorsichtig man mit dem Personal sein muss, sagte er – vielleicht um Zeit zu gewinnen.

Natürlich wartete ich gespannt auf die Unterlagen. Sie kamen nicht. Ich rief an und Voisin versicherte, dass er sie abschicken wolle.

An die Privatadresse?

Selbstverständlich. Bitte, beeilen Sie sich. Am kommenden Wochenende bin ich wieder in Paris.

Pourquoi pas, brummte er, also bis Samstag.

Wenn ich abends nach Hause kam, stets die gleiche Enttäuschung; immer noch kein Brief von Voisin. Erst freitagabends gegen acht klingelte es. Der Postbote mit einem Eilbrief aus Paris.

Es gibt Leute, die lesen Firmenabschlüsse wie eine Zeitung. Hier jedoch handelte es sich, was die Sache entschieden komplizierter machte, um eine französische Bilanz. Die Begriffe und Zahlen heizten mir den Kopf und nach ein paar Stunden stand für mich fest: das würde nie gehen. Der magere Gewinn und die geringe Summe, die für Gehälter ausgewiesen wurde, würden es nicht erlauben, den Kaufpreis zu erwirtschaften. Dafür musste man kein Bilanzprofi sein. Dazu reichte das Einmaleins. Es sei denn, man könnte das Ergebnis schnell und substanziell verbessern. Nur wie?

96

Offenbar wollte Voisin mich für dumm verkaufen. Wie konnte er annehmen, dass ich in eine solche Falle tappen würde? Entsprechend enttäuscht saß ich am nächsten Morgen im Flugzeug. Blätterte noch einmal durch die Zahlen. Die Rechnung wollte nicht aufgehen und das letzte bisschen Hoffnung verdampfte wie die Wolkenfetzen in der aufgehenden Herbstsonne.

Im Verlag war es wieder kalt; wir schrieben Ende Oktober.

Selbstverständlich wird am Wochenende die Heizung abgestellt, dozierte Voisin ungnädig.

Wir setzten uns.

Monsieur, die Bilanz, wie soll ich sagen, sie ist übrigens erst gestern Abend eingetroffen. Im Ernst, wie soll das gehen? Die Zahlen geben das nicht her.

Das denken Sie, erwiderte er schlecht gelaunt und hustete so ausgiebig, dass sein Kopf rot anlief. Er hätte mich zu seinem Sklaven gemacht, wenn ich das Angebot angenommen hätte. Denn die Aktien wären erst nach Zahlung des geforderten Betrages auf den Erwerber überschrieben worden, und zu welchem Zeitpunkt das gewesen wäre, stand in den Sternen. In seinen Sternen.

C'est impossible, Monsieur.

Voisins Augen blitzten kurz auf. Er wusste, wie wichtig Geduld in Verhandlungen ist, und weil er genügend Menschenkenntnis besaß, spürte er meine Ungeduld. Um die Tür nicht ganz zuzuschlagen, fügte ich hinzu: Eine Möglichkeit wäre, den Verlag auf einen Schlag, also als Ganzes zu erwerben; leider ist der Preis zu hoch. Zweieinhalb Millionen Francs sind eine Stange Geld. Selbst wenn man die nächste Franc-Abwertung einkalkuliert.

Voisin schnipste einen Tabakrest in den Raum.

J'en ai ras-le-bol.

Das Gespräch stockte, weil ich mich auf unbekanntem Terrain in einem fremden Land befand. Weder Zöllner noch Schlagbäume markieren die Grenze. Erst wenn man nicht versteht, was der andere sagt, wird man mit dem Kopf darauf gestoßen, dass man sich nicht unter Landsleuten befindet. Was umso schmerzlicher ist, als man nicht einfach nachfragen kann. Das hieße ja, die eigene Unkenntnis preiszugeben. Heute gibt es Smartphones und Laptops; damals musste ein dickes Wörterbuch her, um zu begreifen, was das Gegenüber eigentlich sagen wollte: „Es reicht mir“, wollte Voisin sagen.

Und selbst dann: Was reichte ihm? Die Wirtschaftspolitik der Mitterrand-Regierung oder die Verhandlungen mit dem Deutschen? Das blieb offen, weil die beiden sich nicht verstanden. In solchen Momenten kamen selbst mir einige Zweifel. Es dämmerte, dass die eigentlichen Schwierigkeiten nicht in der Beurteilung von Manuskripten liegen würden, sondern da, wo es ums tägliche Geschäft ging – unangenehm, wenn da der Faden reißt.

Als wir uns trennten, blieb die vage Aussicht, den Verlag zu kaufen, freilich mit welchem Geld. Zumal Voisin uneinsichtig, ja geradezu stur auf seiner Forderung beharrte und nicht geneigt schien, von seiner Preisvorstellung Abstriche zu machen.

In düsterer Stimmung fuhr ich in das Theater am Rond Point der Champs-Élysée. Ein freistehender Bau aus dem neunzehnten Jahrhundert und in der Belle-Époque eine Attraktion für Schlittschuhläufer. Jetzt hatten es zeitgenössische Architekten zu einem riesigen Saal umgeformt und die Kulturpolitiker entschieden, es zur neuen Heimat von zwei großen Namen der Theatergeschichte zu machen: Madeleine Renaud und Jean-Louis Barrault. Auf dem Programm: *Les Apparences sont trompeuses* oder *Der Schein trügt* von Thomas Bernhard. Inszeniert von Daniel Benoin, der auch in Deutschland durch verschiedene Arbeiten bekannt war.

Als ich nach der Garderobe suchte, fiel mein Blick auf einen Mann in einem langen Mantel, der mir bekannt vorkam. Woher? Ja richtig, aus Frankfurt, ein Anwalt. Der Mann hatte vor Jahren ein Manuskript eingereicht und mich zum Essen eingeladen. Die Erinnerung daran war unangenehm, weil die Ablehnung ziemlich grob ausgefallen war. Irgendwas musste mir damals über die Leber gelaufen sein; trotzdem ging ich spontan auf ihn zu und reichte ihm die Hand.

Was für ein Zufall, ich habe eine Frage an Sie.

Der Anwalt strahlte.

Das trifft sich gut, ich nämlich auch. Was halten Sie davon, wenn wir zusammen essen gehen? Ich rufe Sie an.

Drei Wochen später saßen wir uns in einem italienischen Restaurant in Frankfurt gegenüber. Ich immer noch geniert wegen der ruppigen Ablehnung des Manuskripts, die mir seit meiner Rückkehr beharrlich durch den Kopf ging und die auch mein Gegenüber nicht vergessen haben konnte. Der Anwalt machte jedoch keinerlei Anstalten, auf die Angelegenheit zurückzukommen. Sein Beruf brachte ihn nahezu täglich mit den merkwürdigsten Figuren zusammen und er war erfahren genug, um zu wissen, dass man auf alte Geschichten nicht zurückkommen soll, wenn man neue vor sich sieht.

Paris war ein besonderer Ort für ihn. Dort hatte er sich während seiner Studienzeit an der Sorbonne als Fremdenführer und Taxifahrer verdingt; als junger Beau, wie er mit leichter Selbstironie formulierte, hatte er in dieser Stadt die „tollsten" Geschichten erlebt und allein die Möglichkeit, sich mit jemandem zu unterhalten, dem Paris nicht fremd war und dem er von seinen Abenteuern vorschwärmen konnte, versetzte ihn in gute Stimmung. Im Übrigen genoss er es, dem Verleger, der sein Stück so schnöde zurückgewiesen hatte, von einem Aufführungsprojekt mit eben diesem Text berichten zu können.

Während der Vorspeise stellte er verschiedene Fragen zum Urheberrecht. Da es um verlegerisches Einmaleins ging, waren die Punkte schnell abgehakt. Bald kamen wir wieder auf Paris zurück und schwärmten von den Vorzügen der Stadt. Nach dem Hauptgang, einem Seebarsch in Salzkruste, kam der entscheidende Moment.

Mir ist in Paris ein kleiner Verlag angeboten worden, sagte ich und setzte vorsichtig hinzu: Allerdings ist der Preis übertrieben.

Ich machte eine Pause, um zu sehen, wie die Ankündigung wirkte. Erstaunlicherweise reagierte mein Gegenüber, als habe es auf dieses Stichwort gewartet. Kategorisch erklärte der Anwalt: Wenn Menschen etwas haben wollen, glauben sie immer, dass es zu teuer ist. Und vergessen dabei, dass es nichts wert ist, wenn es nichts kostet. Ich habe Freunde bei der Bank of England; die kann ich bitten, sich mal zu erkundigen.

Das imponierte, und so war es ja auch gemeint. Zwar war damit noch nichts entschieden, andererseits wieder alles offen. Beim Abschied gaben wir uns die Hand und wünschten uns das Beste. Mein Schicksal lag jetzt in den Händen der Bank of England, genauer bei den Mitarbeitern ihrer Pariser Filiale.

97

Frankfurt war grau wie oft im Winter und der Norddeutsche Rundfunk hatte sein Interesse für eine Aufzeichnung von Pina Bauschs *Café Müller* bekundet. Obwohl ich mir geschworen hatte, nie wieder einen Film mit ihr zu produzieren, ohne im Besitz eines unterschriebenen Vertrags zu sein, war die Versuchung, dieses Meisterwerk aufzuzeichnen und damit „in unseren Besitz" zu bringen, einfach zu groß. Was waren die Schwüre von gestern gegen die Sehnsüchte von heute?

Also wurde gedreht und geschnitten – und wieder wartete ich auf einen unterschriebenen Vertrag. Der finanzielle Beitrag des NDR fiel erheblich niedriger aus als für die *Blaubart*-Produktion, unter anderem, weil der Film im Dritten Programm gezeigt werden sollte. Immerhin erlösten wir so einen kleinen

Teil der Kosten – in der Hoffnung, den Film an andere Sender weiterverkaufen zu können. Leider tendierte inzwischen bei den öffentlich-rechtlichen Rundfunkanstalten das Interesse für das Werk von Pina Bausch gegen Null. In den Dritten Programmen war das Geld rar geworden oder die Redakteure waren auf der Suche nach anderen Inhalten.

Erneut gab es Defizite und kritische Blicke im Hause Suhrkamp. Der Geschäftsführer gab sich kaum noch Mühe, sein Unverständnis zu kaschieren. Er konnte nicht begreifen, weshalb man Geld in eine solche Produktion steckte. Wie hätte er auch? Dieser Mann berauschte sich an Zahlenkolonnen, ein Radiergummifetischist, bar jeden Interesses für das, was der Film zeigte: einen geheimnisvollen Ort, an dem Frauen und Männer auf der Suche sind. Ist es das Café Müller aus Solingen oder einfach ein Raum, in dem sich sehnsuchtsvolle Seelen zusammenfinden? Tische und Stühle stehen herum. Aber niemand setzt sich, niemand versucht, ein Gespräch anzufangen. Stattdessen irren die Personen wie blind durch den Raum, stoßen sich an Tischen und Stühlen, laufen gegen die Wände, prallen aneinander ab. Jemand, der von draußen hereinkommt und des Sehens mächtig ist, will helfen und schleudert alles zur Seite, was ihnen den Weg versperren könnte.

Was die Herumirrenden suchen, ahnt man: den anderen, dem sie angehören oder angehören möchten. Alles bleibt in der Schwebe, wie die Musik Purcells, die so sehnsuchtsvoll ist, dass man sich ihr beglückt hingibt und die gleichzeitig wehtut, weil sie ahnen lässt, dass es die Erfüllung nicht gibt, von der alle träumen.

Der Erfolg des Films kam erst viele Jahre später. *Café Müller* wurde auf der ganzen Welt gezeigt, und nach dem Tode von Pina Bausch flammte das Interesse noch einmal auf, weil es zwar nicht der einzige Film ist, in dem sie auftritt, aber der wichtigste. Nur vier Wochen nach dem *Macbeth*-Furioso in Bochum war das Stück entstanden, ein geheimnisvolles Selbstporträt, ein Übergang zu dem, was die Bochumer Aufführung bereits radikal angekündigt hatte: das neue Tanztheater, in dem Tänzer wieder Menschen aus Fleisch und Blut sind. In dem Phantasie über Routine siegt – und das Theater neu geboren wird.

98

Natürlich hatte ich das Gespräch in dem italienischen Restaurant nicht vergessen. Doch Seelen verstehen sich darauf, das Wichtigste zu verdrängen. So halten sie die Spannung besser aus und bauen der möglichen Enttäuschung vor. Umso überraschender die lapidare Ankündigung meiner Sekretärin.

Ein Herr Dr. Philipps am Apparat.

Ahnte sie, dass mein Schicksal und auch ihres von diesem Anruf abhing?

Ich habe jetzt das Gutachten vorliegen, sagte Philipps. Die Experten der Bank schreiben, der Verlag sei nicht teuer, im Gegenteil, man könne von einem Schnäppchen sprechen.

Hoppla, was benutzen die denn für Rechenmaschinen?

Philipps lachte kurz und wurde dann ernst.

Sie dürfen das nicht beurteilen wie jemand, der kein Geld hat. Das zu investierende Kapital ist sekundär, entscheidend ist, was unter dem Strich herauskommt.

Solche Belehrungen, auch wenn sie gut gemeint waren, war ich nicht mehr gewohnt. Dabei hatte der Anwalt recht: So funktionierte der Kapitalismus – auch damals schon.

Heißt das, wir fangen wieder an zu verhandeln?

Philipps schien sich seiner Sache sicher und dann kam der Kick.

Wenn Sie wollen, beteilige ich mich.

Unter einer Voraussetzung, wandte ich ein.

Und welcher?

Dass ich einundfünfzig Prozent der Anteile bekomme.

Da Sie die Verantwortung haben, müssen Sie auch entscheiden können.

Das war Philipps, weitsichtig, schnell und risikobereit. Bei der Gründung des Medienverlages hatte ich Unseld mit Müh und Not eine Beteiligung von fünfzig Prozent abgerungen.

So rasch wie möglich rief ich in Paris an. Die Sekretärin nahm das Telefon ab, eine Direktwahl gab es nicht. Voisin schien keineswegs überrascht, als er hörte, dass ich einen Partner gefunden hätte. Ob er einverstanden sei, die Verhandlungen neu zu starten.

Warum nicht, kommen Sie nach Paris und wir besprechen die Chose.

Irgendwie schien er erleichtert.

99

Vielleicht ist es gut, hier eine Pause einzulegen. Denn die Ereignisse überstürzten sich und ich rede nur über berufliche Dinge. Und schweige mich zu meinem Privatleben aus, oder gebe nur Bruchstückhaftes von mir, wie Leute, die kein Privatleben haben oder sich nicht sonderlich dafür interessieren. Tatsächlich ging es mir wie anderen auch: geschieden, gebrannt und vorsichtig geworden. Der Beruf lud ja ein, das Private hintenanzustellen. Von flüchtigen Begegnungen abgesehen, fehlte einfach Zeit und Kraft. Der Beruf hieß zweierlei: die tägliche Arbeit meistern und, weil ich damit nicht zufrieden war, nach einer neuen Ausschau halten.

Es war noch nicht lange her, dass ich aus Essen nach Frankfurt zurückgekehrt war, als Digne, meine alte Freundin, eines Sonntagmorgens anrief.

Ich habe Freunde zu Gast, sagte sie im charmantesten Ton, und nichts im Haus. Könntest du uns nicht ein Mittagessen kochen?

Na ja, gab ich nach, wenn es euch Spaß macht.

Zum Glück reichten die Vorräte, und ich machte mich an die Arbeit. Gegen eins tauchten Digne und ihre Freunde auf. Drei Italiener und eine Italienerin, auf Anhieb sympathisch. Wir setzten uns zu Tisch, das Essen und der Wein schmeckten, nur Digne mäkelte herum.

Nicht, weil ich schlecht gekocht hatte, sondern wegen politischer oder beruflicher Geschichten. Kaum hatte ich eine Stichelei abgewehrt, kam die nächste hinterher. Das war ihre Spezialität.

Bei einem Essen für mehrere Personen muss man höllisch aufpassen; beinahe ein Äquilibrist sein, um alles auf den Punkt zu bringen. Im Übrigen handelte es sich um Italiener, die etwas vom Essen und Trinken verstanden. Das alles interessierte Digne nicht. Sie stichelte weiter.

Bitte hör auf, flehte ich sie an.

Es half nichts, sie legte es darauf an. Schließlich geriet ich derart in Rage, dass ich aufsprang, sie am Kragen packte und aus dem Zimmer zerrte. Außer mir vor Wut, habe ich sie aus der Wohnung geworfen.

Mamma mia, riefen die Italiener, *come in Italia*, und lachten ungeniert. Als wir weiter aßen, klopfte es an der Tür.

Digne wollte wieder rein.

Wenn du mich noch einmal angreifst, schmeiße ich dich aus dem Fenster, drohte ich.

Wir setzten uns wieder und mit einem Mal herrschte Ruhe. Das Essen ging ohne weitere Streitereien zu Ende und wir verabschiedeten uns, als seien wir die besten Freunde.

100

Das Haus, in dem sich diese Szene abspielte, hatte ich mit meinem Bruder gekauft. Damit waren meine Kreditmöglichkeiten erschöpft. Keine Bank hätte mir weiteres Geld geliehen. Womit also meinen Anteil finanzieren?

Das Haus verkaufen?

Ein Mietshaus in einer der beliebten Wohngegenden bedeutete in jedem Fall eine Sicherheit. Ich fuhr nach München und besprach mich mit meiner Katharina. Die Idee nach Paris zu gehen und dort in einem Verlag zu arbeiten gefiel ihr und wir vereinbarten, zusammen die einundfünfzig Prozent, also die Mehrheit zu übernehmen; meinen Anteil streckte sie mir vor.

Das Versprechen, ihr das Geld schon bald zurückzuzahlen, war nicht unrealistisch. Denn in der neuen Konstellation war der auf mich entfallende Kaufpreis erheblich niedriger. Außerdem war ich mir sicher, den Verlag wirtschaftlich voranbringen zu können. Das einfachste Mittel dazu lag auf der Hand: mehr zu arbeiten. Der Verlag war ein verschlafener Laden, aus dem der ausgekochte Verleger den letzten Franc presste. Wenn er morgens um zehn oder halb elf eintrudelte, ließ er sich die Post vorlegen und nachdem er sie durchgesehen hatte, begab er sich zum Mittagessen. Nachmittags diktierte er die nötigsten Briefe und kontrollierte die Kasse. Nachdem das erledigt war, verschwand er wieder. Gewiss lektorierte er die zur Veröffentlichung bestimmten Manuskripte; weil nur noch wenig publiziert wurde, konnte das nicht übermäßig viel Zeit in Anspruch nehmen.

Auf dem Bestellzettel standen etwa hundertachtzig lieferbare Titel: viele deutsche Autoren, aber auch aus der angloamerikanischen oder skandinavischen Welt. Ein Fundus an Rechten, aus dem etwas zu machen war. Auf meine Frage, warum es keinen Katalog für das breite Publikum gebe, denn der Bestellzettel war nur für die Buchhändler gedacht, erklärte Voisin süffisant: Hören Sie, das muss man einfach wissen.

So reden Mitglieder eines Clubs, die unter sich bleiben wollen, aber kein Geschäftsmann, der seine Ware an den Mann bringen möchte. Ein guter Verkäufer verführt seine Kunden und errichtet keine Hürden für sie. Da lag eine Chance.

L'Arche vertrat das Theaterprogramm des Suhrkamp Verlags und den Verlag der Autoren. Karlheinz Braun hatte das schon zu seiner Zeit eingefädelt. Warum also nicht auch andere deutsche oder ausländische Verlage an Bord holen? Mit Sprachkenntnissen und Kontakten würde da etwas zu machen sein. Zwar gab es die alles beherrschende Verwertungsgesellschaft SACD, die, kurz vor der französischen Revolution von Beaumarchais und einigen Kollegen gegründet, eine nationale Institution war und auf eine ruhmvolle Geschichte zurückblicken konnte. Aber Voisin hielt dagegen: Als guter Dialektiker müssen Sie in Rechnung stellen, dass uns die SACD die Konkurrenz vom Halse hält.

L'Arche war in der Tat der einzige französische Buchverlag mit einem Theaterverlag. Ein Theaterverlag vertreibt Aufführungsrechte von Stücken. In der Hauptsache handelte es sich um ausländische Autoren, die nicht Mitglied der SADC werden wollten oder konnten. Sei es aufgrund ihrer Verträge mit den Originalverlagen, sei es aus Vorsicht vor der französischen Bürokratie. So etwas spricht sich rum.

Solange sich die Publikation von Theaterstücken kommerziell lohnte, verfügten Verlage wie Gallimard oder Flammarion über eigene Theaterreihen. Erst die wachsende Konkurrenz des Fernsehens – begleitet vom innerbetrieblichen Kostendruck – entmutigte die Verleger. Das neue Medium brachte dem Zuschauer die Welt ins Heim. Der Besuch im Theater setzte gewisse Anstrengungen voraus; das Kino zuhause punktete mit Bequemlichkeit. Entsprechend ließ das Interesse an gedruckten Stücken nach. Hinzu kam, dass sich die Theaterstücke änderten, ihre Lektüre schwieriger wurde, weil sie mehr und mehr Partituren glichen, deren Entschlüsselung nicht ganz einfach war. Jedenfalls sank die Anzahl der verkauften Exemplare und reichte nicht mehr, um die Kosten einer Publikation zu decken. Und bei der Verwertung der Aufführungsrechte, die einen finanziellen Ausgleich hätte schaffen können, machte ihnen die SACD das Leben sauer.

Voisin hatte unter den Demütigungen dieses Goliaths gelitten. Er zeigte mir verschiedene Briefe und ich bekam einen ersten Eindruck von dem, was da gespielt wurde. Geprägt durch das, was man Rechtsstaat und freie Marktwirtschaft nennt, war ich überzeugt, in einem zusammenwachsenden Europa mich solcher Praktiken erfolgreich erwehren zu können. Zur Not auch mit Hilfe der Presse oder Gerichte. Schließlich kämpfte David für eine gute Sache.

Ich bat Unseld um ein Gespräch und erklärte ihm meine Pläne. Als ich geendet hatte, drehte er sich auf seinem schwarzen Ledersessel zur Seite, sah aus dem Fenster in die hohen schwarzen Linden, die neben dem Verlagshaus ihre Äste in den winterlichen Himmel streckten. Was er dachte, äußerte er nicht. Doch war es nicht schwer zu erraten: Unseld muss mich für verrückt gehalten haben. Und wenn schon nicht für verrückt, dann für einen Abenteurer, den man besser ziehen ließ.

Jedenfalls machte er nicht die geringsten Anstalten, mich von meinem Plan abzubringen. Vielleicht war er sogar erleichtert. Selbst wenn ihm meine Unzufriedenheit entgangen sein sollte, war es jetzt das dritte Mal, dass ich ihm die Gefolgschaft aufkündigte.

Trotzdem muss er einen gewissen Respekt für mein Handeln aufgebracht haben. Genauer: Er muss geahnt haben, dass das, was mich forttrieb, nicht simple Vorteilssucht oder pure Dummheit war. Er spürte das Risiko, das ich bereit war einzugehen, und das machte ihn sprachlos. Ein paar Jahre später kam er in einer sehr persönlichen Angelegenheit nach Paris. Da suchte er Hilfe und in solchen Situationen wendet man sich nicht an Leute, die jedes Vertrauen verspielt haben.

101

Zurück zu den laufenden Geschäften. Thomas Bernhard hatte seinen Besuch angekündigt. Auf dem Wege nach Brüssel zu Freunden wollte er in Frankfurt Halt machen, um die kommenden Uraufführungen zu besprechen. Digne, die ihn unbedingt fotografieren wollte, bedrängte mich, ihr einen Termin zu verschaffen. Sie kam in den Verlag und wir gingen in Unselds Büro. Bernhard war aufgeräumt und ließ sich bereitwillig fotografieren. Während sie ihre Bilder schoss, winkte mich Frau Zeeh in ihr Büro.

Bernhard hat übermorgen Geburtstag.

Sie hielt den Kalender in der Hand und tippte mit ihrem Kugelschreiber auf das Datum.

Übermorgen ist Sonntag.

Er hat mir gesagt, dass er erst am Montag weiterfährt. Fällt Ihnen nichts ein, bohrte sie.

Das war Frau Zeeh, besorgt um die Autoren. Unseld und sie ergänzten sich da aufs Beste.

Ich könnte ein Mittagessen anbieten.

Das ist eine Idee, die ihm gefallen wird, strahlte Frau Zeeh und klappte ihren Kalender zu.

Auf den Aufnahmen in Unselds Büro sieht man einen Bernhard, der nichts mehr mit dem Streithammel von früher zu tun hat. Entspannt und elegant lehnt er sich im Sessel zurück, bereit, die Dinge auf sich zukommen zu lassen. Ein Mann auf dem Höhepunkt seiner Karriere, jemand, der von der Welt erstritten hatte, was sie ihm schuldig war.

Sonntagmittags gab es Lammbraten mit Gurkensalat. Katharina war da, Frau Zeeh nebst Mann, auch Unseld, der sich im letzten Moment selbst eingeladen hatte. Das Zusammengewürfelte der Gesellschaft machte ihren Reiz aus. Wer würde als Erster eine unerwartete Karte auf den Tisch legen? Katharina verwickelte Bernhard gleich in ein Musikthema. Sie kannte seine Vorliebe für Glenn Gould, den er im *Untergeher* so eindringlich beschrieben hat.

Was für ein Unterschied zu Richter, hörte ich, als ich den Braten servierte.

Nein, nicht um Swjatoslaw Teofilowitsch geht es hier, donnerte Bernhard über den Tisch, sondern um Karl, den deutschen Bachpfleger.

Ironisch spielte er seine Überlegenheit aus: Gould „liest" Bachs Partitur und erfindet sie dabei neu. Richter spielt lediglich die Noten.

Katharina freute sich, dass sie einer Meinung waren.

Unseld, der von Musik wenig verstand und nichts dazu beitragen konnte, legte sich plötzlich mit Frauengeschichten ins Zeug. Laut klagte er über eine Gräfin, der er kostbaren Schmuck geschenkt und die ihn viel Geld gekostet hatte. Herr Zeeh schüttelte verwundert den Kopf und Bernhard bemerkte mit blitzenden Augen: Na so was, meine Gräfinnen zahlen ihre Brillanten immer selbst.

Als der Nachtisch auf dem Tisch stand, beugte sich Bernhard zu mir: Ich muss Ihnen gestehen, grinste er, dass ich normalerweise kein Lamm esse, seit Jahren das erste Mal, dass mir so etwas schmeckt.

Keine Rede von vergangenen oder aktuellen Konflikten, keine Rede von einem bevorstehenden Abschied. Die Leute, die hier beisammensaßen, amüsierten sich bestens.

102

Wir waren naiv, als wir mit meinem alten Mercedes nach Paris kutschierten, um uns mit Voisin über den Kauf zu einigen. Naiv und optimistisch, weil wir überzeugt waren, alle Widerstände durch Entschlossenheit beiseite räumen zu können.

Verglichen mit den Prozeduren, die heute bei Firmenkäufen üblich sind, glich die Besprechung in der Rue Bonaparte einem Besuch in einem Kleidergeschäft. Selbst da probiert man den Anzug an und lässt die Hose auf die richtige Länge bringen, bevor man zur Kasse geht. Hier nichts dergleichen. Ohne detaillierte Kontrolle der Bilanz, nach stichprobenartiger Durchsicht der Verträge wurde der Deal beschlossen. Ich vertraute Voisin, Philipps vertraute der Bank of England und Katharina vertraute uns beiden. Das waren Zeiten.

Voisin drehte sich eine Zigarette nach der anderen, schien zufrieden. Die *Boches* waren wieder da, allemal gut, um Geschäfte mit ihnen zu machen.

Zweifel an seinem Verhalten kamen mir erst ein paar Wochen später, als der Kaufvertrag unterschrieben werden sollte. Wir trafen uns bei einem Anwalt, der im 17. Arrondissement für eine größere Kanzlei tätig war. Voisin hatte ein Faible für junge Leute, die sich ihre Sporen verdienen wollten und nicht viel kosteten. Der Anwalt war auffallend klein, tadellos gekleidet und lispelte. Während er den Vertrag vorlas, zog er immer wieder seine Jackenärmel hoch, wie ein Konfirmand, der seinen neuen Anzug nicht schmutzig machen will. Andererseits verlieh ihm diese Geste etwas Gravitätisches. Nachdem er den Vertrag vorgelesen hatte, fragte er, wer ihn denn für seine Bemühungen bezahlen werde. Einschließlich verschiedener Stempelgebühren ging es um etwa achttausend Francs, etwas mehr als zweitausendfünfhundert Mark, herzlich wenig im Verhältnis zum Kaufpreis.

Voisin setzte einen messerscharfen Blick auf und bemerkte, dass der Betrag zu Lasten der Käufer gehen müsse. Ich protestierte, Philipps ebenfalls; schließlich hatte Voisin den Anwalt ohne Rücksprache mit uns beauftragt. Doch Voisin blieb hart.

Entweder Sie übernehmen den Betrag oder der Vertrag platzt.

Wir sahen uns verdutzt an, der Anwalt muckste sich nicht.

Philipps lehnte sich in seinem Stuhl zurück und versuchte eine versöhnliche Geste in Richtung Voisin, der wie ein störrisches Kind vor sich hinstarrte.

Wir teilen uns die Summe.

Kommt nicht infrage, erwiderte Voisin streng. Entweder Sie zahlen die Kosten oder der Vertrag kommt nicht zustande.

War ihm eine Laus über die Leber gelaufen? Oder suchte er in letzter Minute einen Grund auszusteigen, weil er sich nicht von seinem Lebenswerk trennen konnte? Der französische Anwalt schaute wortlos in seine Unterlagen. Ein so irrationales Verhalten war mir in meinem Berufsleben noch nicht vorgekommen.

Katharina, Philipps und ich verständigten uns mit Blicken. Philipps erklärte, dass wir bereit seien, die Summe zu übernehmen. Die einzelnen Seiten wurden paraphiert und schließlich ging es ans Unterschreiben. Der Anwalt bat um zwei handschriftliche Zusätze: *Lu et approuvé* und *Bon pour accord*. Jeder versicherte also nicht nur, dass er alles gelesen und für gut befunden hatte, sondern beteuerte noch einmal ausdrücklich, dass aus dem Schriftstück ein Vertrag werden solle.

Es war später Nachmittag; niemand hatte Lust, in Paris zu bleiben. Wir aßen in einer Brasserie eine Kleinigkeit und wollten nach Frankfurt zurück. Vielleicht war es das Omelett, vielleicht die Austern oder die Anspannung; mir wurde zum Erbrechen übel. Ich ging aufs Klo und übergab mich, ohne dass das viel geholfen hätte. Ausgeschlossen, mich ans Steuer zu setzen.

Legen Sie sich auf die Rückbank, entschied Philipps. Dann trat er aufs Gas und raste ohne Rücksicht auf irgendwelche Geschwindigkeitsbeschränkungen Richtung Frankfurt. Gegen Mitternacht kamen wir an, Katharina gelassen, Philipps bester Dinge, ich mehr tot als lebendig.

Am nächsten Morgen war der Spuk vorbei. Die Würfel waren gefallen; bald würde ich Verleger in Paris sein. Chef eines Unternehmens in einem anderen Land mit einer anderen Sprache. Doch was besagte das schon? Es war ein Versprechen, das erst eingelöst sein würde, wenn das Abenteuer gut ausging. Ich musste liefern. Auf Katharina und Philipps war Verlass. Aber der Rest? Der Rest war ein Gewässer, tief und unbekannt.

Erste Auflage

c/o Verlag der Buchhandlung Klaus Bittner
Albertustraße 6, D-50667 Köln
http://www.bittner-buch.de

Lektorat: Rainer Weiss
Korrektorat: Jochen Reichel
Einbandentwurf: Susanne Gerhards
Satz: SG Konzept & Design, Düsseldorf
Druck und buchbinderische Verarbeitung: Ley + Wiegandt, Wuppertal

Printed in Germany
ISBN : 978-3-926397-44-7